Camilleri

Das Ende des Fadens

AF196372

Weitere Titel des Autors:

Aus der Serie um Commissario Montalbano

Weitere Titel

Titel in der Regel auch als Hörbuch und E-Book erhältlich

Über den Autor
Andrea Camilleri (1925–2019) ist der erfolgreichste zeitgenössische Autor Italiens und begeistert mit seinem vielfach ausgezeichneten Werk ein Millionenpublikum. Ob er seine Leser mit seinem unwiderstehlichen Helden Salvo Montalbano in den Bann zieht, ihnen mit kulinarischen Köstlichkeiten den Mund wässrig macht oder ihnen unvergessliche Einblicke in die mediterrane Seele gewährt: Dem Charme der Welt Camilleris vermag sich niemand zu entziehen.

Andrea Camilleri
Das Ende des Fadens

Commissario Montalbanos vierundzwanzigster Fall

Roman

Aus dem Italienischen
von Rita Seuß und Walter Kögler

Lübbe

Vollständige Taschenbuchausgabe
der bei Bastei Lübbe erschienenen Hardcoverausgabe

Copyright © 2016 by Sellerio Editore, via Enzo ed
Elvira Sellerio, 50, Palermo
Titel der italienischen Originalausgabe: »L'altro capo del filo«
Originalverlag: Sellerio Editore, via Enzo ed
Elvira Sellerio, 50, Palermo

Für die deutschsprachige Ausgabe:
Copyright © 2023 by Bastei Lübbe AG,
Schanzenstraße 6–20, 51063 Köln

Umschlaggestaltung: Kirstin Osenau
Umschlagmotiv: © S-F/Shutterstock; © Ardea-studio/
shutterstock
Satz: Dörlemann Satz, Lemförde
Gesetzt aus der DTL Documenta
Druck und Verarbeitung: GGP Media GmbH, Pößneck

Printed in Germany
ISBN 978-3-404-19212-0

5 4 3 2

Sie finden uns im Internet unter luebbe.de
Bitte beachten Sie auch: lesejury.de

Eins

Schweigend saßen sie auf dem kleinen Balkon in Bocca-
dasse und genossen den kühlen Abend.
Livia hatte den ganzen Tag schlechte Laune gehabt, wie
immer, wenn Montalbano wieder zurück nach Vigàta
musste.
Sie war barfuß und sagte plötzlich:
»Kannst du mir meine Pantoffeln holen? Ich hab kalte
Füße. Ich glaube, ich werde langsam alt.«
Der Commissario sah sie erstaunt an.
»Was schaust du mich so an?«
»Fängt das Altwerden für dich bei den Füßen an?«
»Na und? Ist das verboten?«
»Nein, aber ich dachte, das Alter macht sich zuerst bei an-
deren Organen bemerkbar.«
»Lass diese Anzüglichkeiten.«
Montalbano wunderte sich.
»Was redest du denn da?«
»Ich rede, wie es mir passt, klar?«
»Aber ich wollte doch gar nichts Anzügliches sagen. Mit
Organen meinte ich – keine Ahnung – die Augen, die Oh-
ren ...«
»Holst du mir nun die Pantoffeln oder nicht?«

»Wo sind sie denn?«

»Na wo wohl? Neben dem Bett natürlich. Die Katzenpantoffeln.«

Montalbano stand auf und ging ins Schlafzimmer.

Die Pantoffeln hielten die Füße bestimmt schön warm, aber sie gefielen ihm nicht, weil sie tatsächlich aussahen wie zwei weiße zottelige Katzen mit schwarzem Schwanz. Selbstverständlich waren sie weit und breit nicht zu sehen.

Wahrscheinlich lagen sie unterm Bett.

Montalbano bückte sich.

Der Rücken! Noch so ein Körperteil, der einem zeigt, dass man alt wird, dachte er.

Er streckte den Arm aus und tastete mit der Hand.

Als er den Pelz eines Hausschuhs spürte, griff er danach, doch sofort durchzuckte ihn ein heftiger Schmerz.

Schnell zog er die Hand zurück und bemerkte auf seinem Handrücken einen tiefen Kratzer. Es blutete sogar ein bisschen.

Konnte das eine echte Katze gewesen sein?

Aber hier gab es keine Katze.

Er knipste die Nachttischlampe an und leuchtete damit unters Bett, um nachzusehen, was ihn gekratzt hatte.

Er traute seinen Augen nicht.

Einer der beiden Hausschuhe war immer noch ein Hausschuh, aber der andere hatte sich in eine lebendige Katze verwandelt, die ihn mit angelegten Ohren und gesträubtem Fell bedrohlich anfunkelte.

Wie war das möglich?

Eine unsägliche Wut packte ihn.

Er richtete sich auf, stellte die Lampe an ihren Platz, ging ins Bad, öffnete das Medikamentenschränkchen und desinfizierte die Wunde mit Alkohol.

Dann kehrte er auf den Balkon zurück und setzte sich, ohne ein Wort zu sagen.

»Und die Pantoffeln?«, fragte Livia.

»Hol sie dir selbst, wenn du dich traust.«

Livia warf ihm einen verächtlichen Blick zu. Dann schüttelte sie den Kopf, als würde sie ihn bemitleiden, und verließ den Balkon.

Montalbano untersuchte seine Hand. Die Wunde hatte aufgehört zu bluten, aber der Kratzer war wirklich tief.

Livia kam zurück, setzte sich und schlug die Beine übereinander. An den Füßen trug sie die Pantoffeln.

»War da keine Katze?«, fragte Montalbano.

»Wovon sprichst du?«, fragte Livia. »Ich hatte noch nie eine Katze in meiner Wohnung.«

»Und woher habe ich dann das hier?«, fragte der Commissario und zeigte ihr seine Hand.

Doch zu seinem maßlosen Erstaunen war der Handrücken unversehrt.

»Was denn? Ich sehe nichts.«

Da bückte sich Montalbano blitzschnell und riss ihr einen Pantoffel vom Fuß.

»Diesen Kratzer hab ich von deinem sogenannten Pantoffel«, sagte er gereizt und warf den Schuh über das Balkongeländer.

Livia fing so laut zu schreien an, dass …

… Montalbano aufwachte.

Sie waren nicht in Boccadasse, sondern in Vigàta, und

Livia lag neben ihm und schlummerte friedlich. Vom Fenster sickerte fahles Morgenlicht ins Zimmer.

Wahrscheinlich weht heute der Libeccio, dachte Montalbano. Der stürmische Südwestwind.

Das Tosen der Brandung war stärker als gewöhnlich.

Er stand auf und ging ins Bad.

Eineinhalb Stunden später kam Livia in die Küche, wo der Commissario für sie das Frühstück und für sich selbst eine große Tasse Espresso zubereitet hatte.

»Um eins fährt mein Bus zum Flughafen Punta Raisi«, sagte Livia.

»Ich hätte dich gern zum Flieger gebracht, aber ich kann nicht einmal für eine Stunde aus dem Kommissariat weg. Du hast selbst gesehen, was bei uns los ist. Machen wir es so: Wenn du fertig bist, rufst du mich an, dann hole ich dich ab und bringe dich zum Bus.«

»In Ordnung«, sagte Livia, »aber diesmal hältst du dein Versprechen, nach Boccadasse zu kommen, ja? Ich will keine Ausreden hören.«

»Ich habe gesagt, dass ich komme, also komme ich.«

»Im neuen Anzug.«

»Im neuen Anzug«, antwortete Montalbano zähneknirschend.

In der kurzen Zeit, die Livia in Vigàta verbracht hatte, hatten sie täglich mindestens zwei Stunden darüber diskutiert.

Gleich nach ihrer Ankunft, noch bevor sie ihn umarmte, hatte Livia ihm die großartige Neuigkeit mitgeteilt.

»Weißt du, dass Giovanna in ein paar Tagen noch einmal heiratet?«

Montalbano riss die Augen auf.

»Giovanna? Welche Giovanna? Deine Freundin? Wen heiratet sie denn? Und was ist mit den Kindern?«

Livia fing an zu lachen und bedeutete ihm, das Auto zu holen.

»Ich erzähl es dir unterwegs.«

Kaum hatte der Commissario den Gang eingelegt, stellte er schon die nächste Frage:

»Und Stefano? Was hat er dazu gesagt?«

»Was soll er dazu gesagt haben? Er hat sich wahnsinnig gefreut. Sie sind seit über zwanzig Jahren verheiratet.«

Montalbano war verwirrt.

»Wie kann ein Vater von zwei Kindern nach zwanzig Jahren Ehe froh darüber sein, dass seine Frau einen anderen heiratet?«

Livia bekam einen Lachanfall, der ihr die Tränen in die Augen trieb. Sie musste den Sicherheitsgurt lösen, um sich den Bauch zu halten.

Es dauerte eine ganze Weile, bis sie sich beruhigt hatte und antworten konnte.

»Was du dir da zusammenreimst! Wie kommst du auf so eine Idee? Giovanna heiratet Stefano zum zweiten Mal.«

»Dann haben sie sich also scheiden lassen? Das hast du mir gar nicht erzählt.«

»Sie haben sich nicht scheiden lassen.«

»Und wieso müssen sie dann noch einmal heiraten?«

»Sie müssen nicht. Sie tun es freiwillig. Sie möchten ihren Ehebund bekräftigen.«

»Ihren Ehebund bekräftigen?!«

Jetzt war Montalbano so konfus, dass er den Wagen an den Straßenrand lenken und anhalten musste.

»Soll ich dir was sagen?«, explodierte er, »ich versteh einen verdammten Scheißdreck.«

»Spar dir die Schimpfwörter, sonst sag ich überhaupt nichts mehr!«

Sie fuhren weiter, und Livia erklärte ihm die Geschichte von Giovanna und Stefano in allen Einzelheiten.

Die beiden waren seit fünfundzwanzig Jahren glücklich verheiratet und wollten dieses Jubiläum feiern, indem sie ihr Eheversprechen erneuerten.

Bei dem Wort »erneuern« platzte dem Commissario der Kragen.

»Erneuern? Wie bei der TÜV-Plakette für das Auto? Oder beim Mitgliedsausweis für den Sportverein?«

Livia beklagte sich über Salvos mangelnden Sinn für Romantik, dann erklärte sie ihm das Zeremoniell.

»Nach fünfundzwanzig Jahren Ehe feiert man Silberhochzeit, und das bedeutet, dass man sein Treuegelöbnis erneuert. Man geht mit den Verwandten und, falls vorhanden, den Kindern, mit Freunden und Bekannten in die Kirche und feiert zum zweiten Mal die Hochzeitsmesse. Dabei bekräftigt man das Eheversprechen: ›Willst du den hier anwesenden Soundso zum Mann nehmen ...‹ Das ist sehr romantisch. Die Ringe werden gesegnet. Ich habe gehört, dass jeder der beiden eine Kerze in der Hand hält und sie dann gemeinsam eine dritte Kerze anzünden, die symbolisch für ihren Lebensbund steht. Anschließend gibt es ein Hochzeitsessen mit allen Schikanen und Mandeln mit silbernem Zuckerguss. Und du musst dabei sein, das habe ich Giovanna und Stefano versprochen. Du kommst zu mir nach Boccadasse, und dann fahren wir gemeinsam nach Udine.«

Das war der erste Schlag gewesen.

Den zweiten hatte Livia ihm noch am selben Abend beim Essen versetzt. Montalbano war augenblicklich der Appetit vergangen.

»Ich hab in deinem Schrank nachgesehen«, sagte Livia mit ernster Miene.

»Und du hast Skelette darin gefunden?«

»Keine Skelette, aber die Leichen deiner Anzüge. Du hast keinen einzigen ordentlichen Anzug. Für das Fest musst du dir endlich einen schneidern lassen.«

Montalbano brach der kalte Schweiß aus. In seinem ganzen Leben war er noch nie bei einem Schneider gewesen. Er war so niedergeschmettert, dass er nicht einmal mehr die Kraft hatte, den Mund aufzumachen.

Erst nach einer Weile fasste er sich wieder, versuchte aber, das Thema zu wechseln.

»Livia, morgen früh musst du mit mir ins Kommissariat kommen. Beba weiß schon Bescheid.«

»Weswegen?«

»Weißt du, von Boccadasse aus kannst du dir überhaupt keine Vorstellung machen, wie dramatisch die Situation hier ist. Die Flüchtlingsboote kommen an den Küsten inzwischen pünktlicher an als der Bus aus Montelusa. Hunderte Menschen, Nacht für Nacht. Bei jedem Wetter. Männer, Frauen, Kinder, Alte. Sie sind durchgefroren, ausgehungert, durstig, verängstigt. Sie benötigen einfach alles. Und wir im Kommissariat sind rund um die Uhr damit beschäftigt, die Ankunft der Flüchtlinge in geordnete Bahnen zu lenken. In der Stadt gibt es Freiwilligenkomitees, die das Allernötigste sammeln, Essen kochen und Kleidung, Schuhe und Decken besorgen. Eines dieser Hilfskomitees wird von Beba geleitet. Hast du Lust, ihr zu helfen?«

»Aber natürlich«, sagte Livia.

Der Commissario hoffte – und kam sich dabei ziemlich schäbig vor –, dass Livia über ihrer Hilfsbereitschaft für diese Ärmsten das Eheversprechen und den damit verbundenen neuen Anzug vergessen würde.

Am nächsten Morgen hatte er Livia zu Beba gefahren und den ganzen Tag nichts mehr von ihr gehört oder gesehen. Abends trafen sie sich in Marinella, und noch bevor Livia ihm erzählte, was sie tagsüber gemacht hatte, versetzte sie ihm den dritten und entscheidenden Schlag – auch diesmal beim Essen, fast als wollte sie ihn zu einer Zwangsdiät verdonnern.

»Trotz allem habe ich es heute geschafft, in der Schneiderei vorbeizuschauen. Leider ist für morgen kein Termin mehr frei, aber sie waren wahnsinnig nett und haben mir zugesichert, dass der Anzug auf jeden Fall rechtzeitig fertig wird. Du sollst übermorgen kommen, am Tag meiner Abreise, nachmittags um drei. Schade, dass ich dich nicht begleiten kann. Du schwörst mir doch, dass du hingehst, ja?«

Montalbano war verärgert.

»Seit gestern mache ich nichts anderes als schwören. Ich

verspreche dir, dass ich hingehe. Gib mir die Adresse von diesem Schneider.«

»Via Garibaldi 32. Der Eingang ist neben dem Schreibwarenladen. Draußen hängt kein Schild, aber du kannst das Geschäft gar nicht verfehlen, es liegt im Erdgeschoss. Und ich bin sicher, dass du mit Elena gut auskommen wirst.«

»Elena?!«

»Ja. Wieso?«

»Tut mir leid, aber dann geh ich nicht hin«, sagte der Commissario resolut.

»Was soll das heißen: Du gehst nicht hin? Du hast es mir gerade versprochen.«

»Ich habe dir versprochen, zu einem Schneider zu gehen, nicht zu einer Schneiderin.«

»Also, das musst du mir erklären. Was ist der Unterschied zwischen einem Schneider und einer Schneiderin?«

»Ein sehr großer.«

»Und der wäre?«

»Ich zieh mich nicht vor einer Frau aus. Ich will nicht, dass mir eine Frau im Schritt Maß nimmt, dass sie mit einem Metermaß um mich herumgeht und Schultern und Taille abmisst. Ich möchte aus anderen Gründen von einer Frau umarmt werden ...«

»Ich weiß gerade nicht, ob ich dich einen widerlichen Macho oder einen elenden Hurenbock nennen soll!«

»Nenn mich, wie du willst, aber ich geh nicht hin.«

Livia hatte wütend die Küchentür zugeschlagen und sich im Schlafzimmer eingeschlossen.

Um seine Unnachgiebigkeit zu demonstrieren, war Montalbano ins Esszimmer gegangen, hatte den Fernseher eingeschaltet und eine Stunde lang einen Krimi geschaut, von dem er rein gar nichts kapierte. Dann hatte er den Fernseher ausgeschaltet, das Schlafsofa hergerichtet und sich, um nicht das Bettzeug aus dem Schlafzimmer holen zu müssen, angekleidet hingelegt und mit dem Bademantel zugedeckt.

Lange wälzte er sich hin und her, ohne Schlaf zu finden. Dann hörte er, wie die Schlafzimmertür aufging und Livia sagte:

»Spiel nicht den Idioten. Los, komm ins Bett.«

Wortlos war er aufgestanden und mit gesenktem Blick ins Schlafzimmer getrottet, wo er sich an die Bettkante legte, als wäre er zu Gast.

Nach einer Weile spürte er an seiner Hüfte Livias warme Hand, die ihn streichelte. Es folgte die vollständige Kapitulation mit dem Versprechen, zur Schneiderin zu gehen.

Als er am dritten Tag abends nach Hause kam, verlor Livia kein Wort über den neuen Anzug – zum Glück, denn so konnte er beim Essen richtig reinhauen und nachholen, was er an den beiden Abenden zuvor versäumt hatte.

Livia dagegen brachte keinen einzigen Löffel von der Fischsuppe an die Lippen, weil sie den Commissario mit Fragen über jemanden löcherte, dessen Bekanntschaft sie in Bebas Hilfskomitee gemacht und der sie tief beeindruckt hatte.

»Ich habe einen Mann kennengelernt, etwa sechzig Jahre alt, groß, hager, sehr elegant, mit Brille. Er scheint hier in Vigàta mit jedem befreundet zu sein. Er spricht ausgezeichnet Italienisch, und mit den Flüchtlingen hat er Arabisch gesprochen, bestimmt genauso gut. Sie nennen ihn Dottore, Dottor Osman. Kennst du ihn?«

Montalbano musste lachen.

»Klar kenne ich ihn, er ist mein Zahnarzt. Ein außergewöhnlicher Mensch und, nebenbei gesagt, ein tüchtiger Arzt. Einer vom alten Schlag mit einem klinischen Blick. Der schaut dich an und stellt dir sofort die richtige Diagnose, verstehst du?«

»Ja«, antwortete Livia. »Und woher kommt er?«

»Aus Tunesien. Er ist, glaube ich, nicht nur Zahnarzt, sondern auch ein angesehener Kunstexperte. Er berät das Bardo-Nationalmuseum in Tunis, aber das ist noch nicht alles. Dottor Osman steht schon seit mehreren Jahren im Sommer und jetzt leider auch im Winter mitten in der Nacht auf, um unten am Hafen den Flüchtlingen zu helfen, als Dolmetscher und als Arzt.«

»Ich würde ihn gern näher kennenlernen.«

»Wenn du das nächste Mal kommst, laden wir ihn zum Essen ein.«

»Wo hat er studiert?«

»Er hat in London seinen Doktor gemacht.«

»Und was hat ihn nach Vigàta verschlagen?«

»Dottor Osman ist sehr zurückhaltend und hat mir seine Geschichte nie erzählt, aber offenbar hat er sich noch während seines Studiums mit einer Frau aus Vigàta verlobt. Die Verlobung ist dann zwar geplatzt, aber da hatte er sich schon in Sizilien verliebt, vor allem in dieses Meer, das auch sein Land umspült.«

»In Tunesien war ich schon mal. Abgesehen von der Sprache gibt es tatsächlich kaum Unterschiede zu hier.«

»Ich glaube, das sehen nicht viele so. Aber ich stimme dir zu, Livia. Im Übrigen sind auch die Tunesier heute gezwungen, ihre Häuser, ihr Land und ihre Familien zu verlassen, um zu überleben, wie auch unsere jungen Leute die Insel verlassen müssen, um anderswo Arbeit zu finden.«

»Weißt du, Salvo«, sagte Livia wehmütig, »ich bedaure sehr, dass ich morgen wieder fahren muss. Ich wäre gern länger geblieben, um bei dir zu sein, aber auch, um Beba zur Hand zu gehen.«

Salvo umarmte sie. Und im Verlauf des Abends wurde die Umarmung immer intensiver und leidenschaftlicher.

Als sie mit dem Frühstück fertig waren, stand Montalbano auf, beugte sich zu Livia hinunter und küsste sie. Da fasste Livia ihn bei der Hand.

»Es fällt mir schwer, dich jetzt gehen zu lassen. Kannst du nicht bei mir bleiben, nur noch ein bisschen länger?«

Montalbano brachte es nicht übers Herz, ihre Bitte abzulehnen. Er nahm seinen Stuhl und setzte sich neben sie. Livia reichte ihm ihre Hände, und er nahm sie, und so saßen sie schweigend da und blickten sich tief in die Augen wie viele Jahre zuvor, als sie ganze Vormittage lang so dagesessen, die Wärme ihrer Hände gespürt und einander tief in die Augen geschaut hatten.

Dann klingelte das Telefon.

Keiner von beiden wagte es, seine Hände aus der Verschränkung zu lösen, aber die Temperatur sank schlagartig. Bis Livia resigniert sagte:

»Geh ran.«

Montalbano hatte Catarellas Stimme erwartet, aber es war Fazio.

»Verzeihen Sie, Dottore, aber könnten Sie bitte so schnell wie möglich ins Büro kommen?«

»Warum, was ist passiert?«

»Heute früh hat ein Patrouillenboot mit hundertdreißig Flüchtlingen an Bord angelegt, darunter drei schwangere Frauen und vier Leichen, zwei davon Kinder.«

»Und?«, sagte Montalbano.

»Im Erstaufnahmezentrum für Flüchtlinge sind nur hundertneunundzwanzig angekommen. Einer fehlt.«

»Ein Mann oder eine Frau?«

»Offenbar ein fünfzehnjähriger Junge, der allein unterwegs war.«

Aus dem Augenwinkel sah Montalbano, dass Livia die Verandatür öffnete. Das fahle Licht im Zimmer verwandelte sich in das trübe Licht eines grauen Tages. Das Tosen des Meeres war jetzt noch lauter.

»Das Problem ist«, fuhr Fazio fort, »dass der Questore jammert und weint wie die heilige Maria Magdalena. Er will, dass wir den Jungen so schnell wie möglich finden. Deshalb sind wir alle seit drei Stunden mit der Suche beschäftigt. Im Kommissariat ist also niemand.«

»Ich bin sofort da.« Montalbano kam der Gedanke, dass der Junge inzwischen vermutlich die deutsche Grenze erreicht hatte, auf welche Weise auch immer.

Kaum hatte er aufgelegt, klingelte das Telefon erneut.

»Montalbano!«

Der Commissario erkannte die gebieterische Stimme des Polizeipräsidenten Bonetti-Alderighi sofort.

Er hatte große Lust aufzulegen, aber dann ging ihm auf, dass er früher oder später doch mit ihm sprechen musste. Er tat einen tiefen Seufzer und sagte:

»Verzeihung, wer spricht da?«

»Ich bin's, verdammt nochmal!«

»Wer: Ich?«

Die Stimme des Polizeipräsidenten wurde noch lauter und noch wütender:

»Ich bin der Questore! Montalbano, wachen Sie auf!«

»Verzeihung, Dottore. Buongiorno.«

Bonetti-Alderighi erwiderte den Gruß.

»Einen Scheißdreck buongiorno! Sie liegen zu Hause auf der faulen Haut, statt dass Sie in dieser äußerst heiklen Situation im Kommissariat die Zügel in die Hand nehmen.«

»Was für eine heikle Situation?«

»Würden Sie es nicht als heikel bezeichnen, wenn ein Terrorist...«

»Verzeihung, Signor Questore. Es handelt sich lediglich um einen armen Flücht...«

Bonetti-Alderighi schnitt ihm das Wort ab. Er war fuchsteufelswild.

»Einen Scheißdreck ›arm‹. Ich habe vertrauliche Informationen von der Anti-Terror-Einheit. Offenbar hatte sich ein hochgefährlicher ISIS-Kämpfer auf diesem Boot versteckt.«

»Offenbar oder sicher?«

»Montalbano, jetzt bloß keine Haarspaltereien, verdammt nochmal. Wir haben die Aufgabe und die Pflicht, ihn zu finden und im Erstaufnahmezentrum festzusetzen.«

»Gestatten Sie, dass ich Ihnen widerspreche, Signor Questore. Diese Haarspaltereien, wie Sie es nennen, sind äußerst wichtig. Die Boote sind voll mit armen Flüchtlingen, die meisten von ihnen Muslime, und wenn wir nicht zwischen Muslimen und ISIS-Kämpfern unterscheiden, tragen wir nur dazu bei, die Ignoranz zu vergrößern und noch mehr Panik und Feindseligkeit zu schüren. Damit steigen wir in das schmutzige Spiel dieser Terroristen ein.«

Bonetti-Alderighi schwieg. Allerdings nur für einen kurzen Moment.

»Verdammt nochmal, finden Sie mir diesen Terroristen!« sagte er und legte grußlos auf.

Drei »verdammt nochmal« und zwei »einen Scheißdreck« in vier Minuten. Bonetti-Alderighi musste von allen guten Geistern verlassen sein.

Montalbano stand langsam auf.

Er ging zu Livia, die auf das aufgewühlte Meer hinausblickte, legte ihr einen Arm um die Schultern und zog sie an sich.

»Tut mir leid, Livia, aber ich muss jetzt wirklich gehen.«

Livia rührte sich nicht.

Montalbano ging ins Schlafzimmer und holte seine Jacke und die Autoschlüssel.

Dann kehrte er zu ihr zurück.

»Ich warte auf deinen Anruf, wie abgemacht.«

Erst jetzt wandte Livia sich ihm zu und sah ihn an. Sie deutete auf das Meer hinaus und sagte:

»Was ist das für ein Bündel?«

»Wo?«

»Dieses schwarze Ding, das da links im Wasser schwimmt, neben dem Hafenarm.«

Montalbano trat zwei Schritte auf die Veranda hinaus und schaute angestrengt in die Richtung, in die Livia zeigte.

Eine Weile stand er schweigend da.

»Du bleibst hier«, sagte er und verließ die Veranda, um zum Strand hinunterzugehen.

Er kam nur ein Stück weit, denn der Libeccio hatte kräftige Wellen mitgebracht, die fast den ganzen Strand überspült hatten. Er stützte sich auf ein umgedrehtes Boot, das der Fischer wie jeden Morgen an einen sicheren Strandabschnitt gezogen hatte.

Er blickte eine ganze Weile hinaus, dann kehrte er langsam zur Veranda zurück.

Sein Gesichtsausdruck hatte sich verändert.

»Nein, Livia«, sagte er, »das ist kein Bündel.«

Zwei

Livia wurde kreidebleich.

»Ist es ein Toter?«, fragte sie.

»Ja«, sagte der Commissario und war schon dabei, die Jacke auszuziehen und die Hose aufzuknöpfen.

»Was hast du vor?«, fragte Livia.

»Ich muss ihn bergen, bevor die Strömung ihn aufs offene Meer hinausträgt. Hol mir meine Sandalen und meine Badehose.«

Livia rannte los, und als sie wiederkam, stand Montalbano nackt da, den Telefonhörer in der Hand.

»Pronto, Fazio? Hör zu, ich bin gerade dabei, einen Toten aus dem Meer zu bergen, direkt vor meinem Haus. Sag dem Wanderzirkus Bescheid und kommt so schnell wie möglich her.« Damit legte er auf.

Er zog Badehose und Sandalen an, und als er auf die Veranda trat, stand der Fischer vor ihm, der allmorgendlich aufs Meer hinausfuhr.

»Buongiorno, Dottori. Haben Sie gesehen, dass im Meer ein ...«

»Ja. Ich wollte ihn gerade rausholen.«

»Wir nehmen mein Boot.«

Gemeinsam drehten sie das Boot um und schoben es auf

den nassen Sand. Es wurde von der ersten Welle erfasst und ins Wasser gezogen.

Montalbano und der Fischer sprangen hinein. Der Fischer ergriff die Ruder und legte sich kräftig ins Zeug. Nach wenigen Minuten erreichten sie die im Wasser treibende Leiche. Der Fischer ließ die Ruder los, stellte sich neben den Commissario, und zu zweit packten sie den Toten und hievten ihn ins Boot.

Der Commissario musterte ihn.

Das Meer hatte noch keine Zeit gehabt, ihn zu entstellen. Der unbekleidete Körper war nahezu unversehrt, er konnte also noch nicht lange im Wasser gelegen haben. Der Junge mochte etwa fünfzehn Jahre alt sein. Der Tod hatte seine Gesichtszüge noch kindlicher gemacht.

Montalbano hatte das sichere Gefühl, die Zügel der »äußerst heiklen Situation«, wie Bonetti-Alderighi es formuliert hatte, fest in der Hand zu halten.

Während er das Boot ans Ufer ruderte, sagte der Fischer:

»Wissen Sie, Dottore, heutzutage hat es keinen Sinn mehr, aufs Meer hinauszufahren. Man holt mehr menschliche Leichen als Fische heraus.«

Sie waren am Ufer angelangt. Montalbano lud den Toten auf seine Schulter und trug ihn ins Trockene.

Livia war mit einem Bademantel herbeigeeilt, den sie ihm reichte.

»Trockne dich ab. Es ist kalt«, sagte sie, ohne auch nur einen Blick auf den Toten zu werfen.

Montalbano nahm den Bademantel, aber statt sich abzutrocknen, bedeckte er damit den Körper des Jungen.

Von weitem waren Polizeisirenen zu hören.

Als Montalbano sich angezogen hatte, gönnte er sich die Genugtuung, den Signore e Questore anzurufen:

»Ich wollte Ihnen nur mitteilen, dass der Fall des hochgefährlichen Terroristen gelöst ist. Ich habe ihn tot aus dem Meer gefischt.«

»Wie können Sie sicher sein, dass er es ist?«

»Dottor Pasquano hat mir soeben mitgeteilt, dass der Tod vor nicht mehr als fünf Stunden eingetreten ist, zu der Zeit, als das Patrouillenboot auf Höhe des Hafens war. Der Junge muss ins Wasser gefallen sein, ohne dass es jemand gemerkt hat. Ich erbitte daher die Erlaubnis, die Suche abzubrechen.«

Bonetti-Alderighi zögerte einen Moment.

»Übernehmen Sie die Verantwortung?«

»Voll und ganz«, sagte Montalbano und legte grußlos auf.

»Es ist fast Mittag«, sagte Livia. »Was machst du jetzt? Fährst du ins Büro?«

»Nein«, erwiderte der Commissario, »lass uns noch ein halbes Stündchen zusammenbleiben, dann begleite ich dich zum Bus.«

Er nahm Livia an der Hand und führte sie in die Küche.

»Wir brauchen etwas Warmes.«

Er bereitete eine weitere große Tasse Espresso für sich und einen Tee für Livia.

Sie tranken schweigend, und schließlich ging Livia ins Schlafzimmer, um ihren Koffer zu holen. Montalbano zog seine Jacke an, schloss die Verandatür, und sie verließen das Haus.

Nachdem er sich von Livia verabschiedet hatte – sie vergaß nicht, ihn an sein Versprechen zu erinnern –, ging er zum Mittagessen.

»Was bringst du mir heute?«, fragte er Enzo.

»Dottori, ich habe ein neues Gericht kreiert und möchte, dass Sie es probieren.«

»Was für ein Gericht?«

»La zuppa del migrante. Das Hilfskomitee der Signora Beba hat uns um Unterstützung bei der Verpflegung dieser armen Seelen gebeten, und da habe ich mir eine Fischsuppe ausgedacht, die Nudeln und Gemüse enthält und deshalb ausgesprochen nahrhaft ist. Möchten Sie sie probieren?«

»Warum nicht?«, sagte der Commissario.

Das neue Gericht schmeckte ihm so gut, dass er eine zweite Portion bestellte. Am Ende war er so satt, dass er auf den Hauptgang verzichtete.

Da es noch früh war und das Wetter zu trüb, um seinen Spaziergang zur Mole zu machen, ging er ins Cafè Castiglione, wo er Mimì Augello antraf, der gerade zum Kommissariat aufbrechen wollte.

Da kam ihm ein Gedanke.

»Sag mal, Mimì, kennst du zufällig eine Schneiderin mit dem Namen Elena?«

Mimì lächelte und machte eine Kopfbewegung, die sagen sollte: »Und ob ich die kenne.«

»Wieso fragst du?«, wollte er wissen.

»Weil Livia mich gedrängt hat, mir einen Maßanzug machen zu lassen, und bei dieser Schneiderin einen Termin vereinbart hat. Und das geht mir gewaltig auf die Eier.«

»Warte, bis du sie siehst, dann änderst du deine Meinung«, gab Mimì zurück.

»Warum?«

»Weil sie eine wunderschöne, außergewöhnliche Frau ist. Sie ist knapp über vierzig, und glaub mir, Salvo, sie hat das Talent, einen sofort für sich einzunehmen. Wart's ab, das wird bei dir nicht anders sein.«

»Hast du dir etwa auch einen Anzug von ihr schneidern lassen?«

»Was glaubst du wohl, die Gelegenheit wollte ich mir natürlich nicht entgehen lassen, aber als Beba davon erfuhr, hat sie gedroht, mich mit einem Anzug von dieser Frau nicht mehr in unsere Wohnung zu lassen.«

Während Montalbano seinen Espresso trank, dachte er über Mimìs Bemerkung nach, die ihn keineswegs beruhigte, denn für seinen Vize war jede Frau, die ihm über den Weg lief, wunderschön und außergewöhnlich.

Vor dem Haus mit der Nummer zweiunddreißig war der Rollladen hochgezogen. Montalbano blieb stehen. Es kostete ihn große Anstrengung, nicht kehrtzumachen und ins Kommissariat zu gehen.

Dann gab er sich einen Ruck. Die Glastür war abgesperrt, sodass er läuten musste. Den Klang der Glocke empfand er als angenehm. Eine zierliche Dreißigjährige mit braunen, unter einem weißen Schleier zusammengebundenen Haaren öffnete ihm. Sie hatte tiefschwarze Augen und lächelte ihn freundlich an.

»Buongiorno, ich bin Meriam. Kommen Sie bitte herein.«

Ihr Italienisch war perfekt, aber sie sprach mit einem leichten ausländischen Akzent.

Montalbano folgte ihr einen sehr langen Korridor entlang, dessen Wände in einem dunklen und warmen, anheimelnden pompejanischen Rotton gestrichen waren. Linkerhand standen Schränke, kleine Tische, Regale, Vitrinen und ein Tellerregal – alles Küchenmöbel mit Stoffen, Pullovern, Oberhemden und Krawatten in einer Farbenpalette so bunt, dass ein Regenbogen daneben blass ausgesehen hätte.

Auf der rechten Seite des Korridors war ein verzweigter, stattlicher weißer Ast aufgestellt, vielleicht ein Stück Treibholz, das lange vom Meer bearbeitet worden war. An diesem Ast hingen Kleiderbügel mit Herrenanzügen, Mänteln und Trenchcoats.

Am Ende des Korridors bogen sie zweimal nach rechts ab, und nun stand der Commissario in einem riesigen Raum.

»Buongiorno«, begrüßten ihn zwei Männerstimmen.

»Buongiorno«, antwortete er.

»Nehmen Sie Platz«, sagte Meriam und deutete auf ein blaues Sofa. »Die Signora ist gleich bei Ihnen.« Damit setzte sie sich an eine Nähmaschine.

Montalbano nahm Platz und schaute sich um.

Es war ein luftiger, heller Raum, ein richtiger Salon. Neben dem Sofa standen zwei Sessel und ein niedriges Tischchen. Die Stimmen, die ihn begrüßt hatten, gehörten zwei Angestellten, einem älteren und einem jüngeren, die an einem großen Schneidertisch arbeiteten.

Es hatte etwas gediegen Altmodisches, wie sie die Stoffe

auf der Holzplatte ausbreiteten, mit einem alten Maßband abmaßen und dabei um den Tisch tänzelten. Die beiden fühlten sich beobachtet. Sie drehten sich um, fingen Montalbanos Blick auf und lächelten einander unwillkürlich an.

Die Wand hinter ihnen füllte ein deckenhohes Regal mit Stoffen in allen Farben aus.

Dem Commissario gingen die Augen über.

Er wusste nicht, ob er sich auf dem Djemaa el Fna in Marrakesch befand, auf dem Gewürzbasar von Kairo oder in einem Laden in Beirut, jedenfalls fühlte er sich wie zu Hause.

Dann kam die Signora Elena herein, streckte dem Commissario die Hand entgegen und sagte mit einem strahlenden Lächeln:

»Commissario Montalbano, wie schön, Sie hier zu sehen!«

Montalbano wusste sofort, dass Mimì dieses Mal absolut recht gehabt hatte.

Er stand auf und streckte ihr seine Hand entgegen, die Elena erst losließ, als sie neben ihm Platz genommen hatte.

»Möchten Sie eine Tasse Tee?«

Montalbano fand Tee widerlich, aber zu seiner großen Überraschung hörte er sich sagen: »Warum nicht? Danke.«

Bei diesen Worten stand Meriam auf und verließ den Raum.

»Ihre Lebensgefährtin«, begann Elena, »die, nebenbei bemerkt, eine bildschöne und sehr elegante Frau ist, hat gesagt, dass Sie einen festlichen Anzug brauchen. Ich dachte, auch in Anbetracht der Jahreszeit, an einen nicht allzu schweren Anzug, Merinowolle vielleicht, in einer nicht zu dunklen Farbe, beispielsweise Londoner Rauchgrau, oder in einem eher herbstlichen Ton, was halten Sie von einem Rostbraun? Ich habe einen neuen Stoff, ein weiches Tuch, fast wie Flanell, das ich Sie gern befühlen lassen möchte. Sie können den Anzug später auch kombinieren. Die Hose können Sie auch gut mit einem bequemen Sakko tragen ...«

Während Elena redete, konnte Montalbano den Blick nicht von ihren Beinen abwenden.

Als Meriam den Pfefferminztee und eine Zuckerdose auf das Tischchen stellte, waren Montalbanos Augen zu Elenas straffen Knien hochgewandert. Es war die Schneiderin, die sich hinunterbeugte, um die Tasse zu nehmen und dem Commissario zu reichen, der jetzt gezwungen war, sich vom Anblick ihrer Beine loszureißen und sich ihrem Gesicht zuzuwenden.

Ein nicht weniger reizender Anblick. Elena war blond, ihr Gesichtsausdruck offen und heiter mit einem Lächeln wie ein angenehm weiches Kissen, in das man gern den Kopf sinken lässt, wenn man todmüde ist.

Montalbano bemerkte überrascht, dass Elena schwarze Augenbrauen hatte, und fragte sich, was unecht war: das Blond der Haare oder das Schwarz der Augenbrauen. Dann entschied er, dass bei einer solchen Frau alles natürlich, echt und unverfälscht war. So natürlich wie ihr schmaler Körper mit den geschwungenen Formen.

Montalbano beschloss, den Tee nicht in kleinen Schlucken zu sich zu nehmen, das hätte er bestimmt nicht geschafft.

Und so leerte er die halbe Tasse mit einem einzigen großen Schluck.

Der Geschmack, der in seinem Mund zurückblieb, schien
ihm jedoch gar nicht so übel.

Unterdessen war Elena zu den Regalen gegangen.

Montalbano blickte ihr nach. Sie bewegte sich mit unge-
zwungener Eleganz. Nach einer Weile kehrte sie mit zwei
langen Stoffballen zurück und setzte sich wieder neben
ihn. Sie nahm seine Hand und führte sie sanft über den
ersten Ballen. Der Stoff war wirklich weich und fühlte
sich warm an. Montalbano fand ihn angenehm. Elena ließ
seine Hand den zweiten Stoffballen berühren, der noch
weicher und angenehmer war als der erste.

»Diesen hier«, sagte Montalbano.

Die Farbe des Stoffes war Rostbraun.

»Das freut mich! Du hast den ausgesucht, der meiner Ansicht nach am besten zu dir passt.«

Plötzlich merkte sie, dass sie ihn geduzt hatte.

»Oh, entschuldigen Sie, es ist mir einfach so herausge-
rutscht.«

»Keine Ursache, wir können uns gerne duzen. Es wäre mir
eine Ehre.«

Elena lächelte ihn an, nahm seine Hand und führte ihn
zum Tisch.

»Zieh die Jacke aus.«

Während Montalbano seine Jacke auszog und beiseite-
legte, dachte er peinlich berührt, dass nun der heikle Moment der Vermessung des Schritts kommen würde.

Doch Elena berührte den älteren ihrer beiden Mitarbeiter
an der Schulter.

»Nicola, begleite bitte den Herrn in die Anprobe.«

Nicola legte das Maßband um seinen Hals, setzte seine Brille auf, griff nach Papier und Bleistift und sagte:

»Bitte, kommen Sie mit.«

Sie gingen hinaus in den Korridor. Diesmal wandten sie sich nur einmal nach links, dann blieben sie stehen. Nicola schob einen Samtvorhang zur Seite, der wie ein Bühnenvorhang aussah, und forderte den Commissario mit einer Geste auf, einzutreten. Kleine Scheinwerfer verströmten ein warmes Licht in dem geräumigen Zimmer. Es gab einen dreigeteilten Spiegel, zwei Stühle, einen Kleiderständer aus Metall und ein Tischchen.

Nicola nahm Maß, und als er wenig später fertig war, war von der anderen Seite des Vorhangs auch schon Elenas Stimme zu hören:

»Darf ich hereinkommen?«

»Bitte sehr«, sagte Nicola.

»Hast du alle Maße genommen?«

»Sissignora«, sagte der Mitarbeiter, schob den Vorhang beiseite und entfernte sich.

Elena stellte sich mit dem Rücken vor den Spiegel und sagte:

»Würdest du bitte zwei Schritte zurücktreten?«

Perplex gehorchte Montalbano.

Elena musterte ihn eingehend. Ihre Augen wanderten von seinen Schultern zu seinem Brustkorb und von seinem Bauch zu seinen Beinen.

»Und jetzt dreh dich um.«

Montalbano kam sich vor wie bei einer ärztlichen Röntgenuntersuchung.

Er spürte, wie Elenas Augen erneut über seinen Körper wanderten.

»Danke«, sagte sie, »wir können wieder rüber.«

Im Schneidersalon zog Montalbano seine Jacke an.

»Deine Partnerin hat mir gesagt, du brauchst den Anzug schon in ein paar Tagen. Ich habe zwar viel zu tun, aber ich versuche, dich vorzuziehen. Passt es dir, wenn wir die erste Anprobe in drei Tagen um die gleiche Zeit machen?«

»Das passt mir ausgezeichnet«, sagte der Commissario. »Sofern nichts dazwischenkommt.«

»Belassen wir es vorerst bei diesem Termin«, sagte Elena, »ich gebe dir die Telefonnummer von der Schneiderei und meine Mobilfunknummer. Wenn etwas dazwischenkommt, rufst du einfach an. Ich begleite dich zur Tür.«

Montalbano verabschiedete sich, und ein Chor von Stimmen antwortete ihm.

Diesmal ging er an Elenas Seite den Korridor entlang. Sie öffnete die Glastür, reichte ihm eine Visitenkarte, küsste ihn auf beide Wangen und sagte:

»Hat mich gefreut, dich kennenzulernen. Du bist wirklich ein sympathischer Mensch.«

»Die Freude ist ganz meinerseits«, erwiderte Montalbano aufrichtig.

Als sich die Glastür hinter ihm schloss, holte er tief Luft. Für einen Moment war er in einer Art Paradies gewesen. Jetzt, im Kommissariat, erwartete ihn die Hölle.

Beim Eintreten fiel ihm sofort auf, dass Catarellas Augen rot und geschwollen waren. Er wischte sich gerade mit einem Taschentuch die Nase.

»Bist du erkältet?«

»Nein, Dottori«, lautete die einsilbige Antwort.

Aber Montalbano ließ nicht locker.

»Sag, was passiert ist.«

»Nein, Dottori.«

»Das ist ein Befehl. Sprich.«

Catarellas Mundwinkel fingen an zu zittern, als würde er gleich zu weinen anfangen.

»Passiert ist, dass heute Nacht, als diese Evakuierten ausgeschifft wurden...«

Montalbano unterbrach ihn.

»Das sind keine Evakuierten, Catarè, sondern Migranten. Evakuierte sind Menschen, die im letzten Krieg wegen der Bombardierungen ihre Häuser verlassen mussten.«

»Verzeihung, Dottori, aber müssen die hier denn nicht auch wegen der Bomben ihre Häuser verlassen?«

Montalbano wusste nicht, was er antworten sollte, Catarellas Logik war einwandfrei.

»Erzähl weiter.«

»Also, es war so, dass ich mitten in dieser Menge von Evakuierten plötzlich eine Frau in den Armen hatte, die im neunten Monat schwanger war. Sie hatte einen Bauch wie eine riesige Amphore und konnte sich kaum bewegen. Und da hab ich ihr einen Arm um die Hüfte gelegt und sie zum Totkreuzwagen begleitet. Sie hat immerzu gejammert. Ich hab sie nach ihrem Namen gefragt, und da hat sie gesagt, dass sie Fatima heißt. Als wir dann endlich beim Totkreuzwagen angekommen waren...«

»Entschuldige, Catarè«, unterbrach ihn der Commissario, »aber waren denn keine Sanitäter da?«

»Doch, doch, Dottori, aber die mussten sich um einen Schwerverletzten kümmern. Ich hab ihr also in diesen Totkreuzwagen geholfen, und als ich gehen wollte, hat sie in perfektem Italienisch gesagt: ›Lass mich nicht allein.‹ Ich hab gefragt, ob ich bei ihr bleiben kann, aber es hieß, dass das nicht geht. Also bin ich in mein Auto gestiegen und ins Krankenhaus nach Montelusa gefahren. Da lag Fatima noch auf dieser Pritsche im Gang. Ich hab ihre Hand genommen und festgehalten, bis sie in den Kreischsaal gebracht wurde, und dann bin ich wieder zurückgefahren, hierher vor Ort.«

»Hast du Nachricht von ihr?«

»Ja, Dottori. Vor einer halben Stunde haben sie mich angerufen. Es war ein Junge. Aber er wurde tot geboren.«

Jetzt konnte Catarella nicht mehr an sich halten. Tränen liefen ihm über die Wangen.

»Kopf hoch«, ermunterte ihn der Commissario und wollte weitergehen, als Catarella ihn zurückrief.

»Dottori, darf ich Sie um etwas bitten?«

»Sag.«

»Könnte ich von diesem Dienst am Hafen dispensifiziert werden? Bitte, Dottori, wenn mir so etwas noch einmal passiert, bricht mir das Herz, das schwör ich, dann trifft mich der Schlag.«

»Hm«, sagte Montalbano, »ich schaue, was ich tun kann.«

Kaum hatte er sich an seinen Schreibtisch gesetzt, kam Mimì Augello herein.

»Wie war's bei der Schneiderin?«

»Prima«, antwortete Montalbano kurz angebunden, »aber lass uns über ein paar ernste Angelegenheiten reden.«

»Wieso, ist diese Frau deiner Ansicht nach keine ernste Angelegenheit?«, gab Augello zurück.

»Ich muss dich etwas fragen«, sagte Montalbano. »Warum hast du gestern Nacht Catarella für den Dienst am Hafen eingeteilt?«

»Ich brauchte Ersatz für einen kranken Kollegen.«

»Sorg dafür, dass das nicht noch einmal vorkommt.«

»Warum?«

»Unsereiner ist an solche Szenen gewöhnt. Aber Catarella ist wie ein Kind und kann sich nicht abfinden mit dem, was da passiert. Und vielleicht hat er sogar recht.«

»In Ordnung«, sagte Augello.

In diesem Moment kam Fazio herein. Er sah müde aus und trug eine düstere Miene zur Schau, als er sich auf den Stuhl vor den Schreibtisch setzte und sagte:

»Ich hab da was gehört und kann nur hoffen, dass es nicht stimmt. Heute Nacht sollen fast vierhundert verzweifelte Menschen ankommen.«

Mimìs Reaktion war heftig.

»Ja, ja, so wie vorgestern Nacht, da sollten tausend kommen, und dann waren es mit Ach und Krach hundertdreißig. Ich versteh nicht, warum die Leute so einen Schwachsinn erzählen.«

Das Telefon klingelte.

»Dottori, ich hätte da den Dottori Sileci, der persönlich selber mit Ihnen sprechen möchte.«

»Stell ihn durch.«

»Das kann ich nicht, Dottori, denn er ist nicht in der Leitung, sondern vor Ort.«

»Dann schick ihn zu mir.«

Sileci war ein Kollege von Montalbano, um die fünfzig, mit Schnurrbart, korpulent. Der Polizeipräsident hatte ihn zum Leiter einer Sondereinheit ernannt, die sich um den Flüchtlingszustrom kümmern sollte.

Mit einem Gruß in die Runde trat er ein und nahm auf dem Stuhl Platz, den Fazio für ihn frei gemacht hatte.

»Wir sitzen schon wieder in der Scheiße«, erklärte er.

Alle sahen ihn fragend an.

»Soeben habe ich die offizielle Mitteilung erhalten«, fuhr Sileci fort, »dass zwei Patrouillenboote hierher unterwegs sind. Das erste hat zweihundert Schiffbrüchige aufgenommen. Das zweite zweihundertzwölf. Sie sind sieben Stunden von hier entfernt.« Er warf einen Blick auf seine Uhr und sagte: »Mit anderen Worten: Gegen Mitternacht beginnt das ganze Theater von vorn.«

»Und diesmal«, meinte der Commissario, »riskieren wir, in der Scheiße abzusaufen, ihr werdet sehen.«

»So ist es. Und deshalb brauchen wir einen Plan. Aber welchen?«

Tiefes Schweigen.

Sie sahen einander an in der Hoffnung, dass einer von ihnen die Lösung parat hätte.

Nach einer Weile ergriff Montalbano das Wort.

»Ich hätte da so halb eine Idee. Aber vorher muss ich noch zwei Dinge wissen. Fazio, tu mir den Gefallen und ruf Dottor Osman an. Frag ihn, ob er heute Nacht zur Verfügung steht. Wenn ja, soll er sich um halb zwölf im Kommissariat einfinden.«

Fazio eilte aus dem Zimmer.

»Das Zweite ist Folgendes«, fuhr der Commissario an Sileci gewandt fort. »Könntest du bei der Hafenbehörde nachfragen, ob es möglich ist, dass das zweite Schiff wenigstens eine halbe Stunde später ankommt?«

Sileci stand auf, holte sein Handy aus der Jackentasche und trat ans Fenster. Nach einem kurzen Telefonat drehte er sich um.

»Das kriegen die hin. Ich möchte hinzufügen, dass mich vor meiner Ankunft hier der Questore angerufen und gewarnt hat. Diesmal darf uns keiner durch die Lappen gehen, hat er gesagt.«

»Was genau meint er?«, sagte Montalbano. »Die übliche Geschichte von dem Terroristen, der sich unter die Migranten gemischt hat?«

»Richtig. Seit Cusumano Chef der Anti-Terror-Einheit ist, schaut er vor dem Einschlafen unterm Bett nach, ob sich dort ein Terrorist versteckt. Was hältst du von dieser Geschichte?«

»Schon möglich, dass sich irgendein Verrückter unter den Flüchtlingen versteckt. Aber warum sollte jemand eine so gefährliche Reise übers Meer auf sich nehmen und nach seiner Ankunft diese ganzen Kontrollen über sich ergehen lassen? Der Terrorist, falls er überhaupt kommt, steigt meiner Ansicht nach mit einem einwandfreien Pass aus dem Flugzeug. Und den Sprengstoff liefert ihm ein Komplize, der bereits vor Ort ist.«

Fazio kehrte zurück.

»Osman steht zu unserer vollen Verfügung.«

»Und jetzt verrat uns deinen Plan«, forderte Sileci den Commissario auf.

Drei

»Ich habe über den kritischsten Moment bei der Ausschiffung nachgedacht«, sagte der Commissario, »den Moment, in dem für uns die Kontrolle besonders schwierig ist und die Maschen des Netzes so groß werden, dass leicht jemand hindurchschlüpfen kann.«

»Und der wäre?«, fragte Sileci.

»Wenn die Gangway ausgefahren wird und den Kai berührt. Da geht an Bord alles drunter und drüber, so sehr sich die Besatzung auch bemüht, eine gewisse Ordnung aufrechtzuerhalten. Die Flüchtlinge verspüren den unwiderstehlichen Drang, den Fuß sofort aufs Festland zu setzen. So schnell wie irgend möglich raus aus dem Wasser. Dazu kommt, dass sie all ihre Hoffnungen in diese Überfahrt gesetzt, ihre geringen Ersparnisse und das Geld, das sie sich von ihren Angehörigen geliehen haben, in die Waagschale geworfen haben. Sie wissen, dass die Überfahrt lebensgefährlich ist, und deshalb sind all ihre Überlebensmöglichkeiten auf den Moment gerichtet, an dem sie das Festland betreten. Und was passiert dann? Alle stürzen los, um als Erste von Bord zu gehen, sie drängeln und schubsen, sie steigen übereinander und fallen dabei ins Wasser. Wenn sie die Gangway verlassen, müssen wir den Ansturm von zwanzig, dreißig Personen auf einmal bewältigen, die allesamt außer Rand und Band sind. Sie schreien, jammern, weinen und lachen, vor allem aber rennen sie einfach drauflos, instinktiv und ungezügelt. Und wir sind schlichtweg zu wenige, um diese vorwärtsdrängende Masse im Zaum zu halten. Stimmt's?«

»Stimmt«, sagte Sileci. »Was schlägst du also vor?«

»Das will ich dir sagen.« Montalbano legte ihnen seinen Plan dar und fragte anschließend:

»Einverstanden?«

»Ja. Hoffen wir, dass es funktioniert«, erwiderte Sileci und stand auf.

In Marinella angekommen warf er wie immer als Erstes einen Blick in den Kühlschrank.

Gähnende Leere.

Er stürzte zum Backofen, brauchte ihn aber gar nicht zu öffnen, denn der köstliche Duft von Adelinas Pasta 'ncasciata stieg ihm auch so augenblicklich in die Nase.

Er schaltete den Ofen an, um den Nudelauflauf warm zu machen, und deckte den Tisch in der Küche, da sich der Libeccio zwar gelegt hatte, der Abend aber dennoch kühl war.

Um die Wartezeit zu überbrücken, schaltete er den Fernseher ein und landete bei einem Bericht über die Ankunft eines Schiffs in Lampedusa, das sechzig Menschen aus dem Meer gerettet hatte. Sieben waren gestorben. Er wollte sich nicht den Appetit verderben lassen und schaltete aus.

In dem Moment klingelte das Telefon. Es war Livia. Ihre erste Frage lautete:

»Wie war's bei Elena?«

»Welche Elena?«, fragte Montalbano.

»Jetzt sag nicht, du warst nicht da ...«, platzte es aus ihr heraus.

Erst jetzt fiel dem Commissario ein, dass die Schneiderin so hieß.

»Natürlich war ich da. Ich halte meine Versprechen.«

»Und? Wie war's?«

»Wie soll es gewesen sein? Gut.«

»Wusste ich's doch.«

»Aber eine Sache versteh ich nicht, Livia: Elena hat zwei Assistenten und eine Schneiderin, die an der Nähmaschine sitzt. Einer der beiden Assistenten hat meine Maße genommen. Elena hat mich einen Stoff auswählen lassen, ansonsten hat sie nicht mehr gemacht, als mich von vorn und hinten zu betrachten.«

»Na und?«

»Nun ja, sie kam mir eher vor wie die Besitzerin eines eleganten Cafés, gar nicht wie eine Schneiderin.«

Livia fing an zu lachen.

»Es hat ihr gereicht, einen Blick auf dich zu werfen.«

»Gereicht wofür?«

»Um sich einen Eindruck von deinen Körperproportionen zu verschaffen und dir den Anzug schneidern zu können.«

Bei Livias Worten überkam Montalbano dieselbe Verlegenheit, die er, warum auch immer, bei Elenas durchdringendem Blick verspürt hatte.

Nach einer Weile sagte Livia:

»Also dann gute Nacht.«

Montalbano wünschte ihr gleichfalls eine gute Nacht. Was ihn betraf, wusste er jedoch, dass die Nacht alles andere als gut werden würde.

Inzwischen war die Pasta ausreichend warm. Er nahm sie aus dem Ofen, lud sie in einen tiefen Teller und ließ es sich schmecken.

Als er fertig gegessen hatte, stellte er fest, dass es schon nach zehn war. Er ging ins Schlafzimmer und holte sich einen dicken Pullover.

Pünktlich um halb zwölf war er im Kommissariat.

»Ah, Dottori! Da wäre jemand da, der Dottori Cosma nämlich, der im Wartezimmer auf Sie wartet.«

»Und wo ist Damiano?«

Catarella riss die Augen auf.

»Haben Sie den auch erwartet? Er ist noch nicht aufgetaucht, aber sobald er da ist, geb ich Ihnen Bescheid.«

»Ist gut, Catarè. Vergiss nicht, dass Cosma und Damiano immer gemeinsam auftreten«, erwiderte der Commissario.

Aber Catarella hatte sich diesmal mit dem Namen nicht ganz so verhauen wie sonst, denn Dottor Osman hatte tatsächlich etwas von einem Heiligen.

Montalbano ging ins Wartezimmer, Dottor Osman stand auf, und sie gaben sich lächelnd die Hand.

»Sie ahnen nicht, wie froh ich bin, dass Sie meiner Bitte nachgekommen sind«, sagte der Commissario.

»Allah ist gnädig und barmherzig«, erwiderte Dottor Osman, »und ich, der ich nur ein Tropfen im Meer bin, versuche diesem Beispiel zu folgen.«

Sie gingen in Montalbanos Büro und setzten sich.

»Wie kann ich Ihnen behilflich sein?«, fragte der Dottore.

»Heute Nacht sollen ungewöhnlich viele Flüchtlinge ankommen. Auf zwei Schiffen. Mehr als vierhundert Personen.«

Dottor Osman raufte sich buchstäblich die Haare.

Montalbano fuhr fort:

»Und deshalb ist die Wahrscheinlichkeit groß, dass es zu ernsten Zwischenfällen kommt. Das muss um jeden Preis vermieden werden. Und dafür brauche ich Ihre Hilfe.«

»Sagen Sie mir, was ich tun soll.«

»Ich habe mir überlegt, dass wir an Bord gehen sollten, noch bevor die Schiffe anlegen. Auf diese Weise könnten Sie mit den Leuten reden und ihnen erklären, dass ein geordneter und disziplinierter Ausstieg den Transport in das Erstaufnahmezentrum einfacher und schneller macht.«

»Was genau soll ich sagen?«

»Sie müssten den Leuten erklären, dass sich die Vorschriften geändert haben und jeder, der sich den Anweisungen der Polizei widersetzt, sofort festgenommen, zur unerwünschten Person erklärt und in seine Heimat zurückgeschickt wird.«

»Stimmt das?«, sagte Osman verblüfft.

»Nein, Dottore. Es ist eine Notlüge.«

»Gut. Ich vertraue Ihnen.«

Der Commissario erläuterte ihm noch weitere Details, die er den Migranten vermitteln sollte, dann setzten sie sich ins Auto und fuhren zum Hafen.

Ein Stück von der Anlegestelle entfernt warteten bereits an die zehn Busse und drei Ambulanzen.

Die Busse waren blank poliert und blitzsauber, fast als harrten sie einer Delegation arabischer Scheichs, die das Tal der Tempel besuchen wollten. Die Fahrer, die rauchend und schwatzend im Kreis zusammenstanden, trugen schnittige Uniformen.

Mit dem Vertrag für diesen Busshuttle stopfen sich gewiss eine Menge Leute die Taschen voll, ging es Montalbano durch den Kopf.

Ganz vorn am Kai standen zwanzig Polizisten neben Sileci, Mimì und Fazio. Sileci ging Montalbano und Osman entgegen, begrüßte sie und sagte dann zum Commissario:

»Wir haben Nachricht erhalten, dass auf dem einen Schiff zwei Männer und eine Frau sind, die sofort ins Krankenhaus gebracht werden müssen.«

»Sind Tote an Bord?«, fragte Montalbano.

»Zum Glück offenbar nicht.«

»Und auf dem anderen Schiff?«

»Weder Verletzte noch Kranke noch Tote.«

»Gott sei Dank«, sagte der Commissario.

In diesem Augenblick näherte sich ihnen ein Leutnant der Küstenwache. Er hielt ein Handy am Ohr.

»Das erste Schiff befindet sich in der Hafeneinfahrt. Was soll ich denen sagen?«

»Dass sie anhalten und auf uns warten sollen. Wir sind in zehn Minuten an Bord«, sagte der Commissario.

Und an Fazio gewandt fragte er:

»Ist das Lotsenboot startklar?«

»Ja. Kommen Sie mit mir.«

»Ich brauche zwei von unseren Leuten als Begleitung.«

»In Ordnung«, sagte Fazio, dann rief er mit lauter Stimme:

»Macaluso, Gianni Trapani!«

Zwei Polizisten lösten sich aus der Gruppe und traten zu Fazio.

»Ihr begleitet Dottor Montalbano.«

Sie bestiegen das Lotsenboot, das sofort ablegte.

Montalbano wandte sich an die beiden Polizisten:

»Sobald ihr an Bord seid, begebt ihr euch unverzüglich zum Heck und stellt euch neben die Gangway.«

Bei ihrer Ankunft baumelte seitlich am Patrouillenboot eine Strickleiter. Montalbano fragte sich, ob er es wohl schaffen würde, sie hochzusteigen, und fürchtete, dabei eine schlechte Figur abzugeben.

Er nahm all seinen Mut zusammen und sagte:

»Ich geh zuerst hoch.«

So würde ihn sicher jemand aus dem Wasser herausziehen, falls er einen falschen Tritt machte.

Das Lotsenboot hatte unterdessen alle Scheinwerfer eingeschaltet und einen davon genau auf die Strickleiter gerichtet, um den Aufstieg zu erleichtern.

Montalbano hob einen Fuß, stellte ihn auf die erste Sprosse, schloss die Augen, weil ihn das Licht blendete, und empfahl sich sicherheitshalber sowohl Gott als auch Allah.

Er kam zügig voran, bis er plötzlich merkte, dass er mit seiner Hosentasche irgendwo hängen geblieben war. Vermutlich hatte sie sich an einem Haken verfangen. Da er Angst hatte, eine Hand loszulassen, um die Hose von dem Haken zu befreien, riss er sich mit einem Ruck los. Er hörte das ratschende Geräusch des reißenden Stoffs, dann kletterte er weiter die Leiter hinauf.

Auf Höhe der Kommandobrücke packten ihn die kräftigen Arme eines Offiziers und zogen ihn an Bord.

»Ich bin Comandante De Luca«, sagte der Mann, nachdem er seine Mundschutzmaske abgenommen hatte.

Trotz erster Reinigungsarbeiten auf dem Schiff lag immer noch der Gestank von Kot, Pisse und Menstruationsblut in der Luft.

»Angenehm, Montalbano.«

Als alle oben waren, begaben sich die beiden Polizisten zum Heck des Schiffes. Der Commissario und Dottor Osman wurden auf die Kommandobrücke geleitet.

Von dort aus überblickten sie eine form- und gestaltlose Menschenmasse. Alle Flüchtlinge waren in Thermodecken gehüllt, die sie an Bord erhalten hatten. Es waren nur Augen zu sehen: glänzende, weit aufgerissene, wachsame Augen wie von Hunden, die auf ihren Knochen warten.

Der Commissario konnte diesen Beschuss verzweifelter Blicke nicht ertragen und schaute nach unten.

Dottor Osman sprach auf Arabisch in das Mikrofon, das De Luca ihm gereicht hatte.

Montalbano wusste, dass der Dottore haargenau wiederholte, was er ihm aufgetragen hatte. Und obwohl er kein Arabisch konnte, meinte er einige Wörter zu verstehen. Während er zuhörte, fiel ihm ein, dass die Fischer des Mittelmeers einst eine gemeinsame Sprache gehabt hatten, das Sabir. Wer wusste schon, wie es entstanden und wie es erloschen war. Aber heute hätte dieses Sabir gute Dienste leisten können.

Der Dottore beendete seine Ansprache mit einer Frage, auf die zweihundert Stimmen im Chor antworteten.

»Sie werden tun, was Sie verlangen«, sagte Osman. »Wir können mit der Ausschiffung beginnen.«

De Luca erteilte den Befehl, weiterzufahren.

Als Montalbano und der Dottore die Kommandobrücke verließen, teilte sich die Menge, um ihnen Platz zu machen. Der Commissario spürte Hände, die ihn leicht berührten, und Stimmen, die flüsterten:

»Schukran.«

An der noch nicht ausgefahrenen Gangway am Heck sah Montalbano drei Personen auf dem Boden liegen, neben ihnen zwei Seeleute, die ihnen Trost zusprachen. Er zog sein Handy heraus, rief Sileci an und bat ihn, die drei Ambulanzen näher heranfahren zu lassen.

Als das Schiff angelegt hatte und die Gangway ausgefahren wurde, verharrten alle reglos.

Die Flüchtlinge hielten Wort.

Und so konnten die Sanitäter mit ihren Tragen an Bord eilen, um die Verletzten zu bergen und ins Krankenhaus zu bringen. Dann sagte Dottor Osman etwas auf Arabisch, und sofort stellten sich die Migranten in Zweierreihen auf und verließen das Schiff in geordneten Bahnen und ohne Geschrei. Nur ein paar geflüsterte Worte waren zu hören und leises Wehklagen wie bei einer Litanei.

Als die ersten vierzig an Land waren, wies Osman die anderen an, noch kurz zu warten. Diejenigen, die das Schiff verlassen hatten, wurden von der Polizei zum Bus geleitet, dann war eine weitere Gruppe von vierzig Personen an der Reihe.

Nachdem der letzte Flüchtling an Land gegangen war, teilte der Offizier der Küstenwache Montalbano und Dottor Osman mit, dass das zweite Schiff bereits an der Hafeneinfahrt wartete.

Erneut bestiegen sie das Lotsenboot.

Auch die zweite Ausschiffung vollzog sich ohne Zwischenfälle. Montalbanos Notlüge mit der Drohung, wer Ärger machte, würde festgenommen und unverzüglich zurückgeschickt, hatte den gewünschten Effekt.

Da jeweils vierzig Flüchtlinge von Bord gingen, bestand die letzte Gruppe nur aus zwölf Personen. Montalbano, Osman und die beiden Polizisten schlossen sich ihnen an.

Am Kai traten Fazio und Augello auf den Commissario zu.

»Dottore«, sagte Fazio, »Ihre Hose ist zerrissen. Man sieht sogar die Unterhose.«

»Hast du ein Problem damit?«, fragte Montalbano barsch.

»Ganz und gar nicht. Ich wollte es Ihnen nur sagen«, gab Fazio gekränkt zurück.

Jetzt kam auch Sileci und begrüßte seine Kollegen. Aber das Händeschütteln wurde von zwei aufgebrachten Stimmen aus der letzten Gruppe unterbrochen, die inzwischen den Bus erreicht hatte. Alle drehten sich um.

Ein Polizist befahl einem Flüchtling:

»Nimm diese Decke ab. Nimm sie sofort ab!«

»Nein! Nein! Nein!«, sagte der Mann verzweifelt und schlang sie noch fester um sich.

Da griff der Polizist nach der Decke und versuchte, sie ihm zu entreißen.

Und dann geschah etwas Verblüffendes: Der Flüchtling ließ die Decke in den Händen des Polizisten und rannte los wie von Sinnen. Er war westlich gekleidet, mit einer Samthose, einer Sportjacke und auffällig eleganten Schuhen.

»Haltet ihn! Er ist bewaffnet«, rief der Polizist.

Daraufhin preschte Fazio los wie ein Hase, gefolgt von Mimì Augello. Im Nu hatten sie den Mann gepackt und zu Boden geworfen, und als Montalbano und Osman bei ihnen waren, versuchte Mimì gerade, ihm gewaltsam die Hände zu öffnen, die er fest an seine Brust drückte, während er mit den Füßen um sich trat und schrie:

»Nein! Nein! Nein!«

Dann hatte Augello es geschafft. Der Mann gab auf, und Augello zog einen langen schwarzen Gegenstand unter seiner Jacke hervor.

»Das ist ja eine Flöte!«, sagte er völlig verdutzt und hob sie hoch. Der Anblick des Musikinstruments setzte auch die anderen in Erstaunen.

Die Flöte wirkte in dieser Situation so fremd, als käme sie direkt vom Mars.

Seiner Flöte beraubt war der Mann auf dem Boden liegen geblieben, die Arme ausgebreitet, den Kopf nach links gedreht, und weinte lautlos.

Er sah aus wie ein Gekreuzigter.

»Stellt ihn auf die Füße«, sagte Montalbano zu Fazio und Augello.

Als der Mann, von den beiden Polizisten gestützt, aufrecht

stand, trat Osman einen Schritt auf ihn zu und betrachtete ihn aufmerksam, dann sagte er etwas auf Arabisch.

Aber der Mann unterbrach ihn sofort.

»Ich spreche gut Italienisch.«

»Verzeihung, aber sind Sie nicht Abdul Alkarim?«

»Ja«, sagte der Mann mit kaum hörbarer Stimme.

»Ich habe Sie vor zwei Jahren beim Maggio Fiorentino gehört. Ich glaube, mit Debussys *Prélude à l'après-midi d'un faune.*«

»Ja«, sagte der Mann, jetzt noch leiser. »Es war mein letztes Konzert in Italien. Kann ich eine Zigarette haben?«

Montalbano zog sein Päckchen heraus, der Mann nahm eine Zigarette, der Commissario gab ihm Feuer.

»Behalten Sie das ganze Päckchen und das Feuerzeug.«

»Danke«, sagte der Mann und inhalierte gierig.

»Aber wie sind Sie in diese Situation gekommen?«, fragte Montalbano.

»Kurz nach dem Konzert«, antwortete der Mann, »habe ich erfahren, dass mein Bruder von Assads Leuten verhaftet worden war und seine Frau und seine elfjährige Tochter völlig mittellos dastanden und ihr Leben bedroht war. Ich betrachtete es als meine Pflicht, in meine Heimat zurückzukehren, allerdings heimlich, denn auch ich hatte mich gegen das Regime ausgesprochen. Vor sechs Monaten ist es mir gelungen, meine Schwägerin und meine Nichte in Sicherheit zu bringen, und danach habe auch ich mich auf die Reise gemacht.«

Augello reichte ihm die Flöte, die der Mann sogleich an seine Brust drückte und sanft streichelte.

»Die kann Ihnen noch nützlich sein«, sagte Osman.

»Das glaube ich nicht«, sagte der Mann. »Wenn ich Glück habe und politisches Asyl erhalte, finde ich hoffentlich eine Arbeit als Olivenpflücker.«

Sileci, der die Szene verfolgt hatte, sagte:

»Es ist Zeit aufzubrechen.«

»Danke«, sagte der Mann mit einem Blick in die Runde. Dann kehrte er wieder zu seiner Gruppe zurück. Der Polizist reichte ihm die Decke, der Mann legte sie sich um die Schultern und stieg in den Bus. Montalbano wies Fazio an, die Beamten aus dem Kommissariat nach Hause zu schicken.

Sileci setzte sich mit seinem Auto an die Spitze des Konvois, und sie fuhren los. Den Abschluss bildete ein großer Mannschaftswagen der Polizei, in dem Silecis Männer saßen.

Mit einem Schlag war die Anlegestelle menschenleer.

Montalbano schaute auf die Uhr. Es war halb vier.

Noch zu früh für die Fischer, die allmorgendlich aufs Meer hinausfuhren, und zu früh für die Fischkutter, die nach einer langen Nacht auf dem Meer in den Hafen zurückkehrten.

»Wo steht Ihr Auto?«, wandte er sich an Osman.

»Auf dem Parkplatz des Kommissariats.«

»Ich kann Sie mitnehmen.«

Sie verabschiedeten sich von Fazio und Augello, und alle machten sich auf den Weg.

Während der Fahrt wechselten Montalbano und Osman kein Wort. Auf dem Parkplatz stiegen sie aus und gaben sich die Hand.

»Ich danke Ihnen für Ihre großzügige Hilfsbereitschaft.«
Osman machte eine Bewegung mit der Hand, als wollte er
eine Fliege verscheuchen.
»Ich werde, inschallah, immer da sein, wenn Sie mich
brauchen. Versuchen Sie, sich auszuruhen.«
Damit stieg er in sein Auto.

Obwohl er müde war, hatte Montalbano keine Lust, sich
sofort schlafen zu legen. Er öffnete die Verandatür, ver-
sorgte sich mit Whisky und einem Glas, holte eine Re-
serveschachtel Zigaretten und ein Feuerzeug, die in seiner
Nachttischschublade bereitlagen, und setzte sich auf die
Veranda.
Die Nacht war kalt, aber er spürte es nicht, vielleicht weil
er immer noch eine Menge Adrenalin im Blut hatte.
Er dachte an den Flötisten.
Die Würde und das gesamte Auftreten des Mannes hatten
ihn beeindruckt.
Und noch etwas ging ihm durch den Kopf: Wie viele
dieser Unglückseligen konnten mit ihren Fähigkeiten
die Welt bereichern? Wie viele der zahllosen Toten, die
inzwischen auf dem unsichtbaren Friedhof des Meeres-
grundes lagen, wären imstande gewesen, ein Gedicht zu
schreiben, das denen, die es lasen, Trost oder Freude hätte
spenden oder ihnen das Herz hätte aufgehen lassen können? Wie viel Altruismus, wie viel menschliche Groß-
mut gingen in dieser Tragödie verloren, die sich Nacht für
Nacht wiederholte?
Der Flötist hatte auf ein angenehmes und ungefährliches
Leben verzichtet, auf den Applaus des Publikums und auf

seine Kunst, um seinen Angehörigen zu helfen, und sich dabei der Gefahr ausgesetzt, eingesperrt zu werden wie sein Bruder.

Zusammen mit diesen Toten erlitt auch das Beste im Menschen Schiffbruch.

Er stand auf, ging in die Küche, zog seine zerrissene Hose aus und warf sie in den Mülleimer. Dann betrat er das Bad mit der Absicht, mindestens eine halbe Stunde zu duschen.

Nach drei Stunden Tiefschlaf erwachte er in derselben Position, in der er eingeschlafen war.

Wie ein Totgewicht lag er auf der Matratze. Aber er fühlte sich ausgeruht und klar im Kopf. Es war kurz nach neun.

Diesmal kochte er sich zwei große Tassen Espresso.

Im Kommissariat traf er Catarella an, der auf seinem Stuhl eingeschlafen war, den Kopf im Nacken.

Montalbano schlug mit der Hand auf den Tisch.

Catarella zuckte zusammen und riss erschrocken die Augen auf.

»Was ist los? Was ist los?«

Dann erkannte er den Commissario, sprang auf und nahm Haltung an.

»Ich bitte um Vergebnis und Entschuldung, Dottori, aber ich hatte einen Schlafüberfall und bin weggeknickt.«

»Sag mir eins, Catarella: Bist du heute Nacht nach Hause gegangen, um zu schlafen?«

»Nein, Dottori. Ich habe auf Sie gewartet.«

»Du suchst dir sofort eine Vertretung, und wenn ich dich

in fünf Minuten immer noch hier sehe, befördere ich dich mit Fußtritten hinaus.«

»Zu Befehl!«, sagte Catarella.

Montalbano sah in Mimìs Büro nach, ob sein Vize schon da war, aber das Zimmer war leer. Er ging in sein Büro und setzte sich an seinen Schreibtisch. Die Schriftstücke, die er zu unterzeichnen hatte, türmten sich zu zwei hohen Bergen.

Aber diesmal betrachtete er sie nicht hasserfüllt. Vielleicht würde es ihm gelingen, die Last der vergangenen Nacht abzuschütteln, wenn er zwei Stunden lang Dokumente unterschrieb.

Fünf Minuten später klopfte es an seine Tür.

»Herein!«

Es war Fazio. Er hatte geschwollene Augen, und als er auf dem Stuhl vor Montalbanos Schreibtisch Platz genommen hatte, konnte er ein Gähnen nicht unterdrücken.

»Dottore«, sagte er, »vielleicht sollten wir für diese Ausschiffungen einen Schichtplan erstellen. Wenn irgendetwas passiert, während wir alle unten am Hafen sind, ist nur Catarella im Kommissariat.«

»Einverstanden«, sagte der Commissario. »Sobald Augello hier ist, teilen wir die Schichten ein.«

Vier

Es war nach elf, als Mimì Augello im Kommissariat auftauchte. Fazio war zum Umfallen müde, und Mimì bewegte sich wie ein Schlafwandler.

Er war in eine Art kataleptische Starre gefallen.

Montalbano fragte ihn, ob er im Vollbesitz seiner geistigen Kräfte sei.

Statt zu antworten, machte Augello eine Bewegung mit der Hand, die besagte: so lala.

»Fazio schlägt vor, für die Ausschiffungen einen Schichtdienst einzurichten. Bist du einverstanden?«

Augello nickte.

»Also«, fuhr der Commissario fort, »wenn heute Abend Flüchtlinge ankommen, ist Fazio dran. Morgen ich und in der dritten Nacht du, Mimì.«

Augello nickte wieder, dann hob er einen Finger und sagte:

»Wird denn irgendwann mal eine Nacht vergehen, ohne dass ein Boot kommt?«

»Aber sicher! Fahr nach Syrien und rede mit dem Kalifat!«, sagte der Commissario.

Dann fragte er:

»Ist schon etwas über neue Flüchtlingsboote bekannt?«

»Bis jetzt noch nicht«, antwortete Fazio, »die schlechten Nachrichten kommen immer erst am Nachmittag.«

»Wenn es sonst nichts zu besprechen gibt«, sagte Mimì, »geh ich jetzt in mein Büro.«

»Die Sitzung ist hiermit beendet«, verkündete Montalbano. »Wenn nichts dazwischenkommt, sehen wir uns hier um vier Uhr wieder.«

Seltsamerweise hatte er Lust, weitere Akten zu unterschreiben. Das Eintauchen in das tiefe Meer der Bürokratie empfand er als geradezu heilsam. Aber er kam nicht weit, denn auch diesmal wurde er vom Schrillen des Telefons unterbrochen.

»Ah, Dottori! Da wäre, dass der Dottori Cosma in der Leitung wäre.«

»Stell ihn durch.«

»Buongiorno, Commissario. Ich wollte Ihnen sagen, dass ich, wenn Sie mich heute Abend brauchen, leider nicht kommen kann.«

Das war ein herber Schlag!

»Und warum nicht?«

»Weil ich starkes Fieber habe. Ich hatte schon gestern Abend erhöhte Temperatur, offenbar war die nächtliche Kälte ...«

»Und was soll ich jetzt machen?«, entfuhr es dem Commissario.

»Ich habe vorgesorgt«, versicherte ihm der Dottore, »und mit einer Freundin von mir gesprochen. Sie heißt Meriam. Sie werden sehen, Sie wird mich ausgezeichnet vertreten. Ich habe ihr gesagt, wie sie sich den Migranten gegenüber verhalten soll.«

Der Name kam dem Commissario irgendwie bekannt vor.

»Verzeihung, aber arbeitet diese Meriam zufällig in einer Schneiderei?«

»Ja, ja. Das tut sie.«

»Ich kenne sie. Glauben Sie, dass sie es schaffen wird?«

»Das garantiere ich Ihnen. Sie spricht vier Sprachen fließend.«

»Geben Sie mir ihre Handynummer?«

Er notierte sie, beendete das Gespräch und rief Fazio zu sich, um ihm die Neuigkeit mitzuteilen. Fazio verzog das Gesicht.

»Passt dir das nicht?«

»Doch doch, Dottore, mir schon. Aber wie kommt das bei den Flüchtlingen an? Dottore, sie ist eine Frau...«

»Ich verlasse mich auf Dottor Osman. Aber wenn du Zweifel hast, können wir die Schicht tauschen. Dann gehe ich heute Abend.«

Fazio fühlte sich gekränkt.

»Dottore, ich wollte nur auf eine mögliche Komplikation hinweisen. Wenn Sie sich auf Dottor Osman verlassen, können Sie sich auch auf mich verlassen.«

Die Trattoria war menschenleer, aber die Tische waren hufeisenförmig angeordnet.

Ein Stück entfernt war ein separater Tisch gedeckt.

»Was findet hier statt? Ein Bankett?«, fragte der Commissario alarmiert.

»Nein, Dottore, die Feier zum neunzigsten Geburtstag von Cavaliere Sciaino«, sagte Enzo.

»Und warum hast du dann nicht im Raum nebenan einen Tisch für mich gedeckt?«

»Bitte entschuldigen Sie, Dottori, aber dort lasse ich gerade die Wände streichen.«

Montalbano musste also gute Miene zum bösen Spiel machen. Er setzte sich.

Insgeheim hoffte er, dass er mit dem Essen fertig war, bevor die Geburtstagsgäste eintrafen.

»Was krieg ich zu essen?«

»Spaghetti e vongole?«

»Aber gewiss doch! Bring sie mir, und zwar schnell.«

Enzo zischte ab in die Küche, dafür kamen Leute herein, die aussahen, als wären sie zu einer Totenwache geladen.

Sechzigjährige, Fünfzigjährige, Männer und Frauen, alle mit Leichenbittermiene, traurig und verhärmt. Sie nahmen Platz, während weitere Gäste hereinströmten, die einen nicht weniger trübsinnigen und schwermütigen Eindruck machten.

Dann ertönte von draußen eine kräftige, fröhliche Stimme:

»Da bin ich, Kinder!«

Ein eleganter alter Herr kam herein, lächelnd, rotgesichtig, untergehakt von zwei jungen Männern, vielleicht seinen Enkeln. Aber es schien, als würden nicht sie den Cavaliere, sondern der Cavaliere sie stützen, so sicher und schnell bewegte er sich.

Mit dem Neunzigjährigen kam ein wenig Leben in die Tischrunde.

Und während Montalbano seine Spaghetti mit Venusmuscheln verzehrte, drang die Stimme des Alten an sein Ohr, der einen Witz nach dem anderen erzählte, einer schlüpfriger als der andere, und dabei aß und trank und seinen Tischgenossen zuprostete.

Der Commissario verließ die Trattoria in der festen Überzeugung, dass der Neunzigjährige alle überleben würde, bevor er selbst für immer die Augen schloss.

Bei seinem üblichen Spaziergang zur Mole fiel ihm auf, dass die beiden Schiffe verschwunden waren. Sie waren gewiss unterwegs, um weitere Flüchtlinge auf dem Meer zu suchen.

Wie Fazio prophezeit hatte, kam die schlechte Nachricht um halb fünf, telefonisch überbracht von Sileci.

Augello und Fazio waren in Montalbanos Büro.

Als Catarella ihm den Namen des Anrufers nannte, stellte der Commissario das Gespräch auf laut.

»Montalbano, ich muss dir mitteilen, dass gegen Mitternacht wie üblich ein Patrouillenboot ankommt. Zum Glück sind es diesmal nur fünfunddreißig Flüchtlinge, die alle von einem sinkenden Boot gerettet wurden. Es wird also nicht besonders schwierig werden.«

»Schön. Aber ich bin heute Abend nicht dabei. An meiner Stelle kommt Fazio.«

»Ich erwarte ihn um halb zwölf an der Anlegestelle. Ich denke, diesmal reichen fünf von euren Leuten.«

Montalbano sah Fazio fragend an, und der nickte.

»In Ordnung«, sagte der Commissario und legte auf.

Bevor er nach Marinella fuhr, schaute er noch in Fazios Büro vorbei.

»Vielleicht wäre es gut, wenn du mit dieser Frau Kontakt aufnimmst, die heute Abend anstelle von Osman kommt.«

»Schon geschehen«, lautete die Antwort.

Montalbano unterdrückte den Wutanfall, den er jedes Mal bekam, wenn er diesen Satz hörte, und fragte:

»Und was für einen Eindruck hattest du von ihr?«

»Sie scheint eine resolute Person zu sein. Eine, die weiß, was sie will.«

»Umso besser«, sagte der Commissario, verabschiedete sich und ging.

Er war früh in Marinella und bekam Lust, einen Spaziergang zu machen. Aber der Libeccio, der stürmische Südwestwind, hatte Plastikflaschen, Einkaufstüten und sogar eine kaputte alte Waschmaschine an den Strand gespült, der zu einer regelrechten Müllkippe geworden war.

Wenigstens keine Leichen, ging es dem Commissario durch den Kopf, und er dachte an den Jungen, den er am Tag zuvor tot geborgen hatte.

Er verbrachte einen geruhsamen Abend. Er schaffte es sogar, ein paar Seiten eines schönen Romans zu lesen, dessen Protagonist, ein Vicequestore aus Rom, ins schneereiche Aostatal versetzt worden war. Montalbano fröstelte schon bei dem Gedanken daran.

Bevor er sich schlafen legte, rief er Livia an und erzählte ihr von der Ausschiffung der vergangenen Nacht. Livia ärgerte sich, dass er ihr seinen nächtlichen Einsatz verschwiegen hatte, aber dann versöhnten sie sich und wünschten sich wie immer eine gute Nacht, die diesmal gut zu werden versprach.

Doch er irrte sich.

Er schreckte aus dem Schlaf, weil er sich einbildete, das Telefon hätte geläutet.

Er spitzte die Ohren.

Nichts.

Absolute Stille. Er schaltete das Nachttischlämpchen ein und sah auf die Uhr. Punkt eins. Er löschte das Licht, legte sich wieder in Schlafposition, und prompt läutete das Telefon.

Im Dunkeln stürzte er los. Wenn um diese Uhrzeit ein Anruf kam, war bestimmt bei der Ausschiffung etwas passiert.

Fazio war am Apparat.

»Dottore, entschuldigen Sie bitte, aber Sileci möchte, dass Sie hierherkommen.«

»Was ist passiert?«

»Dottori, es ist kompliziert zu erklären, aber wenn Sie nicht kommen, können wir nicht losfahren.«

Er ging ins Bad, hielt den Kopf unter den Wasserhahn, zog wahllos irgendetwas an und rannte hinaus.

Der Vollmond, den Leopardi besungen hatte, begleitete ihn bis zur Anlegestelle und munterte ihn auf. Bei seiner Ankunft wirkte die Situation am Hafen nicht dramatisch.

Fazio und Sileci erwarteten ihn am Bus, in dem bereits alle Flüchtlinge Platz genommen hatten. Die fünf Polizisten des Kommissariats hielten ein Schwätzchen, Silecis

Leute saßen im Mannschaftswagen. Alle waren abfahrbereit. Meriam war nirgends zu sehen.

»Was gibt's?«, fragte Montalbano Fazio und Sileci, die ihm entgegenkamen.

»Die Ausschiffung selbst verlief absolut ruhig«, sagte Fazio.

Mit einem Blick zu Sileci übergab er ihm das Wort.

Sileci war sichtlich nervös. »Das Theater fing an, als ich den Befehl zur Abfahrt erteilen wollte. Da ist ein Mädchen schreiend und weinend aus dem Bus gesprungen und weggerannt. Die Eltern haben noch versucht, sie aufzuhalten. Und dann hat sich diese Frau eingemischt ... wie heißt sie?«

»Meriam«, sagte Fazio.

»Nun, diese Meriam hat mit dem Mädchen gesprochen, und es hat ziemlich lange gedauert, bis sie sie beruhigen konnte. Sie haben sich ein Stück entfernt, und dann kam Meriam und erklärte mir, während der Überfahrt sei etwas Entsetzliches passiert, und das Mädchen weigere sich, in den Bus zu steigen.«

»Und was ist passiert?«

»Das wollte Meriam uns nicht sagen. Aber, Salvo, was soll schon passiert sein?«, sagte Sileci.

»Das weiß ich nicht. Sag du es mir«, forderte der Commissario ihn auf. Langsam wurde auch er nervös.

»Sie werden ihr an den Hintern gefasst haben«, sagte Sileci. »Und wegen so eines Schwachsinns verlieren wir eine Menge Zeit.«

»Und wo sind Meriam und das Mädchen jetzt?«, wandte sich Montalbano an Fazio.

»In meinem Wagen, Dottore.«

Montalbano ging unverzüglich zu Fazios Wagen, öffnete die Tür und nahm auf dem Fahrersitz Platz.

Auf der Rückbank erkannte er im Halbdunkel Meriam. Sie lächelte. Das Mädchen, kaum vierzehn Jahre alt, schien eingeschlafen zu sein, sie lag auf Meriams Schoß, und Meriam strich ihr sanft übers Haar.

Sie bedeutete ihm, leise zu sein.

Montalbano sah sie nur fragend an.

Und dann begann Meriam im Flüsterton:

»Das Mädchen, sie heißt Leena, hat mir anvertraut, dass sie während der Überfahrt von zwei Männern vergewaltigt worden ist. Sie konnte mit niemandem darüber sprechen, sonst hätten die beiden sie und ihre ganze Familie ins Meer geworfen.«

»Und nun sitzen die Vergewaltiger mit im Bus«, schlussfolgerte Montalbano.

»Richtig, und das ist der Grund, warum Leena nicht einsteigen wollte. Sie hat Angst, dass es noch einmal passiert. Ich habe mit den Eltern gesprochen, die völlig ahnungslos waren. Ich habe sie beruhigt und ihnen gesagt, dass Leena von den Strapazen der Reise mitgenommen ist und eine Zeitlang bei mir bleiben wird. Sie haben schweren Herzens zugestimmt.«

Montalbano traf eine schnelle Entscheidung.

»Ich bin gleich wieder da«, sagte er, stieg aus und schloss leise die Tür.

Ein paar Schritte entfernt wartete Fazio.

»Und?«, fragte er.

Montalbano antwortete nicht, sondern ging auf Sileci zu.

»Das Mädchen hat Meriam anvertraut, dass sie auf der Überfahrt im Boot zwei Mal vergewaltigt wurde. So viel zum Thema Schwachsinn! Es gibt nur eine Lösung: Alle müssen aussteigen.«

»Wie bitte?!«, fragte Sileci mit wachsender Nervosität.

»Keine Sorge, ich übernehme das, du brauchst nicht mal deine Leute zu behelligen. Gib mir nur ein paar Minuten.«

»Na gut«, sagte Sileci.

Montalbano wandte sich an Fazio:

»Sag unseren Männern, sie sollen die Leute aussteigen und sich in einer Reihe aufstellen lassen. Erst mal trennen wir die Frauen von den Männern.«

Innerhalb von zehn Minuten standen alle vierunddreißig Flüchtlinge aufgereiht vor dem Commissario, der zu Fazio sagte:

»Lass die Frauen wieder einsteigen, und dann sieh dir jeden Mann einzeln an.«

Sechs von den Männern waren alt und klapprig, auch sie schickte Montalbano zurück in den Bus.

Dann wandte er sich an Sileci:

»Lass den Bus abfahren. Diese fünf und das Mädchen nehmen wir mit ins Kommissariat. Ich lasse dir noch heute Nacht eine Kopie des Antrags auf Untersuchungshaft zukommen.«

Sileci war sprachlos. Er gab ihm die Hand und eilte davon.

Auf Fazios Anweisung verfrachteten die Polizisten aus dem Kommissariat jeweils zwei der Flüchtlinge in ihre beiden Dienstwagen. Montalbano nahm einen Sechzehnjährigen mit, der nicht wusste, ob er gleich vor Angst oder vor Müdigkeit umfallen würde. Ein Polizeibeamter fuhr als Begleitschutz mit.

Fazio ging zu seinem Auto und fuhr mit Meriam und Leena los.

Nach einer Weile erhielt der Commissario einen Anruf von Fazio auf dem Handy.

»Dottore, Meriam sagt, dass das Mädchen im Augenblick nicht in der Lage ist, Fragen zu beantworten. Sie meint, es wäre besser, wenn sie sie erst einmal mit zu sich nach Hause nimmt. Sie will ihr etwas Warmes zu essen geben, sie waschen und ihr frische Anziehsachen von ihrer Nichte geben, die fast im selben Alter ist. Anschließend könnten die beiden ins Kommissariat kommen.«

»Vermutlich hat sie recht«, sagte Montalbano. »Wann könnte sie da sein?«

Nach einer kurzen Rücksprache sagte Fazio:

»In spätestens einer Stunde.«

»In Ordnung«, sagte der Commissario. »Sag unseren Leuten, dass sie die Migranten in die Arrestzelle bringen sollen, und lass dann alle bis auf zwei Feierabend machen.«

Vor dem Kommissariat hielt er an, ließ den Polizisten mit dem Jungen aussteigen und fuhr nach Marinella.

Er war aus dem Tiefschlaf gerissen worden und fühlte sich immer noch wie benommen. Jetzt verspürte er das Bedürfnis, sich unter die Dusche zu stellen, dann würde er auch einen klaren Kopf bekommen.

Er betrat das Haus wie eine Stummfilmfigur. In einem Affentempo zog er sich aus, duschte, rannte vom Bad in die Küche, setzte eine große Tasse Espresso auf, trocknete sich ab und zog sich an, stürzte den Espresso hinunter, steckte zwei Päckchen Zigaretten aus seinem Vorrat in die Jackentasche und verließ das Haus. Als er die Tür absperrte, klingelte erneut sein Handy.

»Was gibt's, Fazio?«

»Eine Komplikation, Dottore.«

»Nämlich?«

»Als Meriam das Mädchen wusch, hat sie Blutspuren entdeckt. Sie hat ihre Frauenärztin angerufen, und die hat das Mädchen sofort in ihre Praxis bestellt, die sich im selben Haus befindet, in dem sie wohnt. Ich habe die beiden hingefahren, und jetzt stehe ich hier unten und warte. Ich melde mich, sobald ich etwas weiß.«

»Ist gut«, sagte Montalbano.

Er sperrte die Haustür wieder auf, ging ins Schlafzimmer, zog seine Schuhe aus, legte sich aufs Bett und nahm den Roman zur Hand, in dem sein unglückseliger Kollege langsam zu einem Eiszapfen gefror.

Er las sich fest und verlor jedes Zeitgefühl. Diesmal klingelte es auf dem Festnetzanschluss.

»Dottore, ich bin jetzt bei Meriam. Die Ärztin hat das Mädchen untersucht und ihr eine Tablette gegeben, um eine Schwangerschaft zu verhindern. Sie ist dafür, dass das Mädchen ins Krankenhaus gebracht wird, aber Meriam konnte sie überzeugen, dass sie Leena erst einmal mit nach Hause nimmt. Sie hat das Mädchen zu Bett gebracht, denn sie darf sich nicht bewegen. Was machen wir?«

»Ich komme zu euch. Gib mir die Adresse.«

»Via Alloro 14, an der Klingel steht Choukri.«

Zum Glück kannte er die Straße, sodass er keine Zeit mit der Suche verlor.

Er parkte, klingelte, drückte die Tür auf, als der Öffner summte, und nahm am Aufzug vorbei die Treppe in den zweiten Stock. Die Wohnungstür stand offen. Meriam erwartete ihn.

Sie führte ihn ins Wohnzimmer, wo Fazio in einem Sessel saß, den Kopf in die Hände gestützt. Er schnellte hoch, als Montalbano hereinkam, und setzte sich erst wieder, als der Commissario in einem anderen Sessel Platz genommen hatte.

»Die Ärztin meint, die Verletzungen seien glücklicherweise nur oberflächlich. Leena liegt in meinem Bett, ich habe meine Nichte geweckt, die jetzt bei ihr ist«, sagte Meriam unaufgefordert.

»Und Ihr Mann?«, fragte Montalbano.

»Mein Mann kommt um sieben Uhr nach Hause. Er ist Nachtwächter.«

»Hören Sie«, begann der Commissario, »ich möchte die psychische Belastung für das Mädchen bei der Vernehmung so gering wie möglich halten. Wenn Leena Ihnen gegenüber Andeutungen gemacht hat, was auf dem Boot vorgefallen ist, wäre es gut, wenn Sie mich davon in Kenntnis setzen. Ich würde gern vermeiden, dass sie dieses Trauma noch einmal durchleben muss.«

»Sie hat tatsächlich darüber geredet«, erwiderte Meriam. »Ein paar Stunden nach der Abfahrt des Schlauchboots lag sie neben ihrer Mutter und schlief. Sie ist aufgewacht, als sich eine Hand auf ihren Mund legte und sie von zwei Männern gepackt und zum Bootsheck gezerrt wurde. Ihre

Familie war erschöpft und kraftlos, zermürbt vom Warten auf die Einschiffung, sie alle hatten seit Tagen nichts gegessen und kein Auge zugetan, sodass keiner von ihnen etwas mitbekam. Auch Leena dachte zuerst, es sei ein Traum oder vielmehr ein Albtraum. Die beiden Männer, die sie wegbrachten, haben sie nacheinander vergewaltigt und ihr dabei den Mund zugehalten. Danach haben sie sie wie ein Bündel gepackt und zu ihrer Mutter zurückgebracht. Sie haben gedroht, sie und ihre Eltern ins Meer zu werfen, wenn sie auch nur ein Wort über den Vorfall verlieren würde. Es hat eine Weile gedauert, bis sie Vertrauen zu mir gefasst hat, aber dann brach alles aus ihr heraus ...«

»Danke«, sagte Montalbano. »Hat sie Ihnen sonst noch etwas über die beiden Männer gesagt?«

»Nein.«

»Glauben Sie, wir können zu ihr?«

»Ja. Folgen Sie mir. Sie heißt übrigens Leena Marrash.«

Leena lag auf dem großen Doppelbett, mit drei Kissen im Rücken. Zusammen mit Meriams Nichte schaute sie auf ein Handy, aus dem amerikanische Musik ertönte.

»Anna, würdest du bitte in dein Zimmer gehen?«, bat Meriam.

Das Mädchen stand auf, griff nach ihrem Handy und verschwand.

Montalbano und Fazio nahmen auf den beiden Stühlen Platz, Meriam setzte sich neben Leena aufs Bett. Leenas Kopf war mit einem Schleier bedeckt, und jetzt, bei Licht, fiel dem Commissario auf, wie sehr ihre kindlichen Züge von Schmerz und Kummer gezeichnet waren.

Auch Fazio betrachtete sie, senkte dann aber den Blick, um ihr nicht in die Augen zu sehen.

»Können wir es so machen«, schlug Montalbano vor, »dass Sie, Meriam, meine Fragen übersetzen und mir dann sagen, was Leena geantwortet hat?«

»Einverstanden.«

»Würden Sie sie fragen, ob sie den Männern ins Gesicht sehen konnte?«

Meriam hatte die Frage noch nicht zu Ende übersetzt, als Leena sich duckte. Kopf und Schultern verschwanden unter der Bettdecke, den Blicken der Anwesenden entzogen.

Meriam sagte etwas zu ihr. Als Antwort kamen zwei Hände unter der Decke hervor und umklammerten den Saum, aber nur, um sich noch tiefer darunter zu verstecken.

»Vielleicht gehen Sie besser ins Wohnzimmer zurück«, sagte Meriam, »und ich spreche allein mit ihr.«

Montalbano und Fazio folgten der Aufforderung.

Im Wohnzimmer fiel dem Commissario auf, dass Fazio leichenblass war.

»Bist du müde?«

»Nein.«

»Ist dir übel?«

»Nein.«

»Was ist dann mit dir? Los, sag schon! Das ist ein Befehl!«

»Dottore, ich würde diesen fünf Typen am liebsten ordentlich in die Eier treten, egal, ob sie schuldig sind oder nicht.«

Montalbano war baff, einen so heftigen Ton kannte er aus Fazios Mund nicht. Aber nachdem Fazio sich Luft gemacht hatte, schien er seine Beherrschung augenblicklich zurückzuerlangen.

»Verzeihung«, sagte er leise.

Montalbano verspürte das Bedürfnis zu rauchen. Er trat ans Fenster, öffnete es, zündete sich eine Zigarette an, inhalierte und blies den Rauch ins Freie.

Als er fertig war, drückte er die Zigarette auf dem Fensterbrett aus, steckte die Kippe in die Tasche und sagte zu Fazio:

»Ruf mal im Kommissariat an und frag, wie es läuft.«

Fazio berichtete, Catarella habe ihm gesagt, die fünf Verhafteten in der Arrestzelle verhielten sich ruhig, und die beiden Polizisten seien im Wartezimmer.

Meriams kleines Wohnzimmer war sauber und aufgeräumt. Auf zwei Schränkchen standen Fotos von Kindern. Ein großer Silberrahmen rahmte ein englischsprachiges Diplom mit dem Foto eines jungen Mannes mit dunklen Augen ein, vermutlich Meriams Sohn oder ein Verwandter. Auf dem Tischchen zwischen den beiden Sesseln lag eine gebundene Koranausgabe, daneben italienische Modezeitschriften.

Kurzum, eine Wohnung wie viele andere.

Während Montalbano sich gedankenverloren umschaute, kam Meriam herein.

»Commissario, ich glaube, Leena schafft es nicht, mit Ihnen zu sprechen. Aber ich weiß ja, was Sie wissen wollen, und habe mir daher erlaubt, ihr selbst ein paar Fragen zu stellen.«

»Das haben Sie gut gemacht«, sagte Montalbano. »Und was hat sie gesagt?«

»Sie konnte die Gesichter der beiden nicht erkennen. Aber ich habe sie gefragt, ob es irgendetwas gibt, das uns bei der Identifizierung der Männer helfen könnte.«

»Und?«

»Leena meinte, dass sie den ersten fest in den Finger gebissen hat. Beim zweiten hat sie das nicht geschafft, aber als er sie an sich presste, hat sie bemerkt, dass er eine weiche Daunenjacke trug. Mehr kann sie nicht sagen.«

Fünf

Sie vereinbarten, dass Meriam das Mädchen am nächsten Vormittag ins Krankenhaus bringen sollte.

Als sie im Kommissariat eintrafen, war es kurz nach vier.

Catarella schlief tief und fest mit dem Kopf auf dem Tisch. Montalbano ließ ihn ruhen und ging in sein Büro. Er bat Fazio, im Erstaufnahmezentrum anzurufen und Leenas Eltern mitzuteilen, dass ihre Tochter zu einer Untersuchung ins Krankenhaus müsse, die aber nicht lange dauern werde.

Während Fazio telefonierte, kamen Montalbano Bedenken. Wenn keiner der fünf auch nur ein Wort Italienisch sprach, wie sollte er sie dann vernehmen? Dottor Osman zu rufen kam nicht infrage. Es gab nur eine Lösung: Er musste erneut die arme Meriam bitten, die sich vielleicht gerade hingelegt hatte. Er suchte nach dem Zettel mit ihrer Telefonnummer, fand ihn und rief an. Meriam hob schon nach dem ersten Läuten ab.

»Ich bitte um Entschuldigung, Meriam, hier ist noch einmal Montalbano. Es tut mir unendlich leid, aber ich benötige erneut Ihre Hilfe. Könnten Sie ins Kommissariat kommen und für mich dolmetschen?«

»Ja klar, die Mädchen schlafen tief und fest im Doppelbett. Ich koche schnell einen Kaffee und bereite eine Schüssel Macco für meinen Mann zu, dann bin ich bei Ihnen.«

Schon bei der Vorstellung bekam Montalbano Magenkrämpfe: Saubohnenpüree und Kaffee? Um sieben Uhr morgens?

Fazio kehrte zurück.

»Alles erledigt«, sagte er und setzte sich. »Und wie geht es jetzt weiter?«

»Wir warten auf Meriam.«

Fazio blickte ihn erstaunt an.

»Wie? Haben Sie sie herbestellt?«

»Ja, natürlich! Ich spreche kein Arabisch. Hast du es vielleicht in der Schule gehabt?«

»Nein, Dottore! Ich habe Englisch gelernt, dabei wäre mir Arabisch wahrscheinlich von größerem Nutzen.«

»Ich habe nachgedacht«, sagte Montalbano. »Du hast ja gesehen, in welchem Zustand diese bedauernswerten Menschen hier ankommen. Selbst die jungen Männer sind ausgelaugt und kraftlos. Sie warten tagelang an der Küste, bevor sie an der Reihe sind, ein Schiff zu besteigen. Ohne Essen, ohne Schlaf. Und da habe ich mich gefragt: Wie kann jemand in so einem Zustand auf die Idee kommen, ein Mädchen zu vergewaltigen? Und selbst wenn jemandem dieser Gedanke durch den Kopf geht, wie bringt er körperlich die Kraft dazu auf, wenn er kaum Luft zum Atmen hat? Also sind diese beiden niederträchtigen Kerle vielleicht die Schleuser. Erinnerst du dich, dass Sileci gesagt hat, das Patrouillenboot hätte die Flüchtlinge von einem sinkenden Schlauchboot gerettet? Vermutlich konnten sich die Schleuser nicht mehr rechtzeitig in Sicherheit bringen, deshalb sitzen sie jetzt zusammen mit den Flüchtlingen in der Arrestzelle.«

»Das ist es!«, sagte Fazio.

»Also, du schaust jetzt durch den Spion und sagst mir, was da drin vor sich geht und ob einer von denen eine Daunenjacke trägt.«

Fazio war bald zurück.

»Dottore, drei liegen schlafend auf dem Boden, zwei sitzen auf der Matratze und diskutieren lebhaft miteinander. Und einer der beiden trägt eine rote Daunenjacke.«

Sie sahen einander an, und nach einer Weile schlug Fazio vor:

»Wollen wir uns einen Kaffee machen?«

»Gute Idee«, sagte der Commissario.

Auf dem Weg zur Kochnische kamen sie am Wartezimmer vorbei, wo die beiden Polizisten Pasanisi und Pagliarello selig in ihren Sesseln schlummerten.

Der Espresso weckte ihre Lebensgeister.

In dem Moment, da sie das Büro betraten, läutete das Telefon.

Catarellas Stimme klang verschlafen.

»Pronto! Pronto!«, rief er. »Pronto!«

»Catarè, was hast du denn?«

»Dottori, ich wollte sicher sein, dass Sie auch wirklich Sie sind und dass Sie sich vor Ort befinden! Ich habe Sie gar nicht vorbeikommen sehen und dachte ...«

»Schon gut, schon gut. Wer ist da?«

»Da wäre die Signora Marianna Ucria, die sagt, Sie hätten sie herbestellt.«

Wie schön, dachte der Commissario. Catarella ist unter die Dichter gegangen!

»Bring sie zu mir.«

»Nochmals einen schönen guten Morgen. Ich bin so schnell hergekommen, wie ich konnte«, sagte Meriam beim Eintreten.

»Ich danke Ihnen und bitte erneut um Entschuldigung, aber Ihre Anwesenheit hier ist absolut unentbehrlich.«

»Ich verstehe«, erwiderte sie.

Fazio bot ihr den Stuhl vor dem Schreibtisch an, den Stuhl daneben ließ er frei.

»Ich habe den Eindruck«, begann Montalbano, »dass der Sechzehnjährige, den ich in meinem Wagen hierher ins Kommissariat gebracht habe, von den Geschehnissen regelrecht eingeschüchtert ist. Ich glaube, er hat auf dem Boot etwas gesehen, was er nicht hätte sehen sollen, spricht aber nicht darüber, weil Leenas Vergewaltiger die beiden Schleuser sind.«

»Wie: die beiden Schleuser?«, fragte Meriam überrascht.

»Normalerweise werfen sie die Flüchtlinge ins Meer, sobald sie das Patrouillenboot der Küstenwache sichten, und bringen sich selbst in Sicherheit.«

»Richtig, aber diesmal blieb ihnen keine Zeit dafür, weil das Schlauchboot sank.«

Montalbano wandte sich an Fazio.

»Weck Pagliarello und sag ihm, er soll den Sechzehnjährigen herbringen, der in meinem Auto war. Und dann kommst du wieder.«

Fazio war bald zurück.

»Bist du bewaffnet?«, fragte der Commissario.

»Ja«, erwiderte Fazio überrascht.

»Gib mir deine Waffe.«

Fazio reichte ihm die Pistole, und der Commissario legte sie griffbereit auf seinen Schreibtisch.

In dem Moment kam Pagliarello herein. Er stieß den vor Angst zitternden Sechzehnjährigen vor sich her.

»Warte«, sagte Montalbano.

Die beiden blieben vor der Tür stehen.

Der Commissario, die Pistole in der Hand, erhob sich langsam, ging auf den Sechzehnjährigen zu und gab ihm mit der Waffe ein Zeichen, sich auf den Stuhl neben Meriam zu setzen.

Als er Platz genommen hatte, sagte der Commissario zu Pagliarello:

»Leg ihm Handschellen an.«

Der Junge ließ den Kopf sinken und fing lautlos an zu weinen.

Montalbano setzte sich hinter seinen Schreibtisch.

»Sagen Sie ihm bitte«, wandte er sich an Meriam, »dass er von einem Mädchen, das während der Überfahrt vergewaltigt wurde, als einer der Täter wiedererkannt wurde. Und nicht nur das. Das Mädchen hat uns auch gesagt, dass er einer der Schleuser ist. Deshalb befindet er sich jetzt in Haft, und deshalb wird er schon morgen zurückgeschickt und eingesperrt.«

»Commissario, mir scheint, Sie übertreiben!«, sagte Meriam, erschrocken über das, was sie sah und hörte.

Der Commissario sah sie an und versuchte mit den Augen zu sprechen. An ihrer Miene las er, dass sie verstanden hatte, dass er nur Theater spielte. Sie übersetzte

Montalbanos Worte mit freundlicher, aber entschiedener Stimme.

Als sie fertig war, glitt der Junge von seinem Stuhl, ging auf die Knie und fasste sich mit den gefesselten Händen an den Kopf. Er schlug sich mit aller Kraft an die Stirn und fing an zu schreien. Tränen strömten ihm übers Gesicht.

»Was hat er gesagt?«, fragte der Commissario.

»Er sagt, er hat nichts damit zu tun. Er ist verzweifelt, Commissario«, sagte Meriam.

»Dann soll er uns verraten, ob er die Vergewaltigung beobachtet hat und wer die Täter sind.«

Die Antwort des Jungen war eine Flut von Worten, und als er fertig war, sank er auf dem Boden in sich zusammen.

Montalbano warf Meriam einen fragenden Blick zu.

»Er sagt, wenn er redet, töten sie ihn. Sobald er mit seinen Zellengenossen im Erstaufnahmezentrum ist, wird er umgebracht, so viel ist sicher. Er schwört hoch und heilig, dass er unschuldig ist, dass er aber nicht noch einmal sein Leben aufs Spiel setzen kann.«

»Fazio, bring ihm ein Glas Wasser und hilf ihm auf seinen Stuhl«, sagte Montalbano. Und dann, an Meriam gewandt: »Fragen Sie ihn, ob er mit einer Kopfbewegung antworten kann. Sagen Sie ihm auch, dass ich allen fünf Festgenommenen dieselben Fragen stellen werde und deshalb niemand erfahren wird, ob einer geredet und wer was gesagt hat.«

Meriam übersetzte. Dann sagte der Commissario:

»Die erste Frage lautet: Hat er gesehen, wer die Vergewaltiger waren?«

Der Junge nickte.

»Die zweite Frage: Trug einer der beiden eine rote Daunenjacke?«

Der Junge nickte wieder.

»Und jetzt die dritte und letzte Frage: Waren die Vergewaltiger die Schleuser selbst?«

Nach dem letzten Kopfnicken fing der Junge untröstlich an zu weinen.

Nun wies der Commissario Pagliarello an, dem Jungen die Handschellen abzunehmen, ihn in Augellos Büro zu bringen und dort zu bewachen. Dann bat er Fazio, Pasanisi zu wecken und den Mann bringen zu lassen, der mit dem in der roten Daunenjacke so eifrig ins Gespräch vertieft gewesen war.

Während sie warteten, erklärte der Commissario Meriam, dass er nun seine Taktik komplett ändern würde und sie das, was er sagte, Wort für Wort übersetzen sollte.

Als der Mann hereinkam, flankiert von Fazio und Pasanisi, setzte Montalbano ein überaus freundliches Lächeln auf. Er erhob sich, ging auf den Mann zu, reichte ihm die Hand und drückte sie kräftig. Der Mann verzog das Gesicht vor Schmerz.

»Verzeihung, habe ich Ihnen wehgetan?«

Meriam übersetzte. Der Mann antwortete.

»Er sagt, nein. Es sei nur eine Verletzung, die er sich auf der Überfahrt zugezogen hat.«

»Oh, entschuldigen Sie! Kann ich mal sehen?«, fragte Montalbano und griff erneut nach der Hand.

Zwischen Daumen und Zeigefinger waren deutlich Bissspuren zu sehen.

»Nehmen Sie Platz«, sagte Montalbano, »und geben Sie Ihre Personalien an.«

Fazio notierte sie.

Montalbano fragte den Mann:

»Haben Sie während der Überfahrt an Bord irgendetwas Ungewöhnliches bemerkt?«

Der Mann schüttelte den Kopf.

»Haben Sie die Absicht, einen Asylantrag zu stellen?«

Der Mann schüttelte erneut den Kopf und sagte etwas.

Meriam übersetzte:

»Ich nicht. Ich bin hier, um Arbeit zu finden.«

Für Montalbano bedeutete diese Antwort, dass der Mann nichts sehnlicher wünschte, als in sein Land zurückgeschickt zu werden, um sein schmutziges Geschäft weiter betreiben zu können.

»Das genügt mir«, sagte Montalbano. »Ich hoffe, dass Sie bald ins Erstaufnahmezentrum fahren dürfen. Pasanisi, du begleitest ihn in die Arrestzelle und bringst die anderen zu mir.«

Als die drei Männer eintraten, ließ Montalbano sie sich vor seinem Schreibtisch aufstellen. Die beiden, die geschlafen hatten, als Fazio sie durch den Spion beobachtet hatte, konnten sich nur aufrecht halten, weil sie einander stützten. Der Mann mit der roten Daunenjacke dagegen sah den Commissario mit wachen Augen an und war so nervös, dass sein linker Fuß unablässig auf den Boden tippte.

»Eure Personalien, bitte«, sagte Montalbano.

Meriam übersetzte, und Fazio notierte sich Namen und Daten.

»Ich stelle euch dieselbe Frage, die ich euren Gefährten gestellt habe«, fuhr der Commissario fort. »Habt ihr während der Überfahrt irgendetwas Auffälliges bemerkt?«

Die Antwort war ein einträchtiges Nein.

Dann wandte sich Montalbano an den Mann in der Daunenjacke.

»Wie haben sich eure Schleuser verhalten?«

Die Nervosität des Mannes nahm sichtlich zu, sein linker Fuß tippte noch schneller auf den Boden, und er hob die Schultern, bevor er antwortete.

Meriam übersetzte: Die Schleuser hätten sich verhalten wie immer in solchen Fällen.

»Eine letzte Frage«, sagte der Commissario. »Habt ihr die Absicht, politisches Asyl zu beantragen?«

Die Antwort der beiden, die sich gegenseitig stützten, kam sofort, und zwar auf Italienisch:

»Sì!«

Offensichtlich wussten sie, was »asilo politico« bedeutete.

»Und Sie?«, fragte der Commissario den Mann in der Daunenjacke.

Meriam übersetzte die Antwort:

»Ich nicht. Ich bin hier, um Arbeit zu finden.«

Offenkundig hatten die beiden Schleuser ihre Antworten abgesprochen.

Montalbano gab Pasanisi die Anweisung, alle drei in die Arrestzelle zurückzubringen. Er warf einen Blick auf die Uhr, es war inzwischen fast sieben.

»Wenn Sie mich nicht mehr brauchen, würde ich gern nach Hause fahren und Leena ins Krankenhaus bringen.«

»Danke, Meriam, Sie waren mir eine große Hilfe, und ich bin sicher, dass Sie dem Mädchen eine noch größere Stütze sein werden. Noch etwas: Sie haben die ganze Nacht kein Auge zugetan, wenn Sie möchten, sage ich in der Schneiderei Bescheid, dass Sie heute nicht kommen.«

»Danke, aber ich glaube, ich schaffe es, zur Arbeit zu gehen. Die Signora Elena ist äußerst verständnisvoll. Ich bin mir sicher, wenn sie diese Geschichte hört, möchte sie Leena sofort ein neues Kleid schenken.«

»Nochmals vielen Dank«, sagte Montalbano, stand auf und reichte ihr die Hand.

Meriam ging.

»Und jetzt«, sagte der Commissario zu Fazio, »beginnen wir mit den Telefonaten. Du rufst Sileci an und schilderst ihm die Situation. Das Mädchen kommt ins Krankenhaus. Er soll einen Wagen schicken, um die drei Flüchtlinge ins Erstaufnahmezentrum zu bringen. Die anderen beiden bleiben hier bei uns in Gewahrsam. Und ich wecke den Staatsanwalt und erzähle ihm die ganze Geschichte.«

Zwei Stunden später wurden die beiden Schleuser abgeholt und ins Gefängnis nach Montelusa gebracht. Für das Kommissariat war der Fall damit erledigt.

»Kann ich Pagliarello und Pasanisi nach Hause schicken?«, fragte Fazio.

»Ja, und du solltest dich auch ein paar Stunden hinlegen.«

»Und was ist mit Ihnen?«

»Ich glaube nicht, dass ich schlafen kann«, sagte Montalbano.

»Wie Sie meinen«, sagte Fazio und verabschiedete sich.

Aber der Gedanke, noch länger im Kommissariat zu bleiben, war dem Commissario unerträglich.

Er musste einen Weg finden, die Bilder und Ereignisse der letzten Tage aus seinem Kopf zu verbannen: den ertrunkenen Jungen, den gekreuzigten Flötisten, das vergewaltigte Mädchen, die Blicke der Flüchtlinge auf dem Patrouillenboot, die alle auf ihn gerichtet gewesen waren.

Seine Disziplin als Polizist ermöglichte es ihm zwar, zu tun, was er tun musste, aber als Mensch konnte er diese ganze Tragödie nicht so einfach beiseiteschieben.

Weiter Aktenvorgänge zu unterschreiben würde ihm nicht viel helfen, ebenso wenig ein Spaziergang am Hafen, wo er inzwischen Gespenster sah.

Und deshalb tat er etwas, was ihm noch nie zuvor in den Sinn gekommen war.

Er verließ das Kommissariat und begab sich zur nächstgelegenen Kirche. Er trat ein.

Sie war menschenleer.

Er setzte sich auf eine Bank und betrachtete die Heiligenstatuen, die alle aus Holz geschnitzt waren: Gesichter von Bauern, Gesichter von Fischern. Und die größte Statue war die des schwarzen Heiligen San Calò. Ob auch Calogero mit einem Boot auf die Insel gekommen war?

Plötzlich durchschnitt ein Geräusch die Stille. Orgelklänge.

Der Commissario erkannte die Toccata und Fuge in d-Moll von Johann Sebastian Bach.

Er schloss die Augen, legte den Kopf in den Nacken und stieß einen tiefen Seufzer aus, der ihm Brust und Herz weitete. Er ließ sich von der Musik davontragen.

Als das Stück zu Ende war, verließ er die Kirche so, wie er gekommen war, und machte sich auf den Weg zum Cafè Castiglione.

»'na bumma con la crema e un cafè doppio.«

Nachdem er den cremegefüllten Krapfen gegessen und den doppelten Espresso getrunken hatte, konnte er ins Kommissariat zurückkehren und Akten unterschreiben.

Im Büro traf er auf Augello, frisch wie eine Rose im Morgentau. Montalbano beneidete ihn und wünschte ihm insgeheim, seine Schicht am Hafen möge kompliziert und strapaziös werden.

Der Commissario erzählte ihm detailliert, was passiert war, und Augello fragte, ob er ihn notfalls in der Nacht anrufen könne.

»Selbstverständlich!«, sagte Montalbano und nahm sich vor, nicht nur den Festnetzstecker zu ziehen, sondern auch sein Mobiltelefon stumm zu stellen.

Zuversichtlich kehrte Mimì in sein Zimmer zurück. Der Commissario setzte nicht weniger als zweihundert Mal seine Unterschrift unter Dokumente, dann war Mittagszeit, und er ging zu Enzo in die Trattoria. Trotz des morgendlichen Krapfens hatte er Hunger.

»Dottori, soll ich Ihnen die Zuppa del migrante bringen?«

»Bitte nicht, Enzo. Ich möchte nichts von Migranten hören. Was hast du Gutes, wirklich Gutes?«

»Wenn Sie auf Fisch als ersten Gang verzichten, hätte ich eine köstliche Cannicciola!«

»Und was ist eine Cannicciola?«

»Maccheroncini aus Trapani mit Kohl und Kartoffeln. Eine Kreation meiner Frau.«

»Zu deiner Frau hatte ich schon immer vollstes Vertrauen.«

Die Cannicciola schmeckte ausgezeichnet.

Und die schnöde Zurückweisung von Fisch als erstem Gang machte er dadurch wett, dass er sich als Hauptgericht einen Teller Triglie al sale, Meerbarben in Salzkruste, bringen ließ. Auch sie waren vorzüglich.

Er verließ die Trattoria mit schwerem Magen, weshalb der Spaziergang zur Mole unverzichtbar war, trotz der Gespenster, die ihm dort begegnen konnten.

Bedächtig setzte er einen Fuß vor den anderen, bis er den Leuchtturm erreicht hatte.

Auf dem flachen Felsen zündete er sich eine Zigarette an, und als er sich umschaute, fiel ihm auf, wie sehr sich der Hafen verändert hatte.

Der Kai, aber auch der Bereich der Mole, auf dem er sich jetzt befand, war in zahlreiche Abschnitte unterteilt. Von weitem sah es aus wie ein Labyrinth, aber diese mobilen Absperrungen erschienen ihm besser als Stacheldraht und Mauern, wie viele europäische Länder sie errichten wollten.

»Was denkst du über Europa?«, fragte er den Krebs, der ihn vom benachbarten Felsen betrachtete.

Der Krebs blieb ihm die Antwort schuldig.

»Du möchtest dich lieber nicht kompromittieren? Dann kompromittiere ich mich. Ich glaube, dass wir nach dem großen Traum eines geeinten Europas alles Erdenkliche getan haben, um dessen Fundamente zu zerstören. Wir pfeifen auf eine gemeinsame Geschichte, eine gemeinsame Politik, eine gemeinsame Wirtschaft. Das Einzige, was vielleicht gerettet wurde, ist die Idee des Friedens. Wahrscheinlich, weil wir einfach nicht mehr konnten nach Jahrhunderten, in denen wir uns gegenseitig abgeschlachtet haben. Aber das haben wir auch schon wieder vergessen, und jetzt bieten uns diese Migranten eine gute Ausrede, alte Grenzen mit Stacheldraht wiederzuerrichten und neue aufzubauen. Es heißt, dass sich unter den Migranten Terroristen verstecken, aber in Wirklichkeit fliehen diese armen Menschen doch vor den Terroristen.«

Der Krebs behielt seine Ansichten für sich, glitt ins Wasser und tauchte ab.

Im Kommissariat teilte Catarella ihm mit, Dottore Cosma habe angerufen. Der Commissario setzte sich hinter seinen Schreibtisch und griff zum Telefon.

»Ich wollte Ihnen nur sagen, dass es mir wieder gutgeht und ich heute Abend zur Verfügung stehe, falls Sie mich brauchen.«

Wenig später kehrten Fazio und Augello aus der Mittagspause zurück.

Montalbano informierte Augello über das, was Osman ihm gesagt hatte.

»So ein Mist!«, rief Augello.

»Warum?«

»Weil Fazio mir von dieser hübschen und tüchtigen Meriam vorgeschwärmt hat.«

»Na und? Hast du dir etwa Hoffnungen gemacht, Mimì?«

Und dann kam auch schon wie üblich Silecis Anruf:

»Gegen Mitternacht treffen mehr als dreihundert Personen ein. Ich habe bereits alle benachrichtigt. Je mehr von euren Leuten dabei sind, desto besser. Wir sehen uns heute Nacht am Hafen.«

»Wie viel Mann haben wir maximal?«, wandte sich Montalbano an Fazio.

»Dottore, was soll ich sagen? Mit Müh und Not ein Dutzend, von denen allein in der vergangenen Woche die Hälfte jede zweite Nacht kein Auge zugetan hat.«

»Bleib ruhig, Fazio. Wir beißen die Zähne zusammen und machen weiter.«

»Also, wie gesagt, wenn ich dich brauche, rufe ich dich an.«

»Ich habe dir schon gesagt, dass das kein Problem ist, Mimì. Vergiss nur nicht, Osman Bescheid zu sagen.«

Damit war die Besprechung zu Ende.

In Marinella war sein erster Gedanke, Livia anzurufen.

Sie wollte die Geschichte des vergewaltigten Mädchens in aller Ausführlichkeit hören.

Montalbano hätte gern darauf verzichtet, aber er wusste, dass seine Verlobte ihm keine Ruhe lassen würde.

Als er das Telefonat mit Livia beendet hatte, zog er den Festnetzstecker und schaltete sein Handy stumm. Dann ging er in die Küche, um nachzusehen, was Adelina ihm vorbereitet hatte.

Er öffnete den Kühlschrank: leer.

Erwartungsvoll lief er zum Backofen und öffnete ihn. Seine Enttäuschung war maßlos: gleichfalls leer.

Hatte Adelina den Verstand verloren?

Hatte sie vergessen, ihm etwas zu essen zu machen?

Und jetzt?

Er hatte keine Lust, das Haus zu verlassen und noch einmal zu Enzo zu gehen. Die einzige Möglichkeit war, sich ein Ei zu braten und dazu jede Menge Brot und Tumazzo, reifen Pecorino, zu essen.

Erst als er fluchend und mit finsterer Miene das Pfännchen mit Öl auf den Herd stellte, bemerkte er einen Topf, dem ein vielversprechender Duft entströmte.

Er streckte die Hand aus, griff nach dem Deckel und hob ihn ein wenig an. Der Duft wurde intensiver.

Es war das köstliche Aroma von gedünstetem Stockfisch.

Er nahm das Pfännchen vom Herd und schaute in den Topf: Baccalà mit Passaluna-Oliven.

Das Leben zeigte sich wieder von seiner freundlichen Seite.

Er wärmte den Stockfisch bei niedriger Hitze auf. Dann öffnete er die Verandatür. Es war ein schöner Abend, sodass er draußen den Tisch deckte.

Und statt den Baccalà auf einen Teller zu geben, trug er den Topf nach draußen.

Er ließ sich Zeit beim Essen und genoss jeden Bissen.

Dann räumte er ab und ging ins Bad, legte sich schlafen, schloss die Augen, öffnete sie.

Ein Gedanke war ihm durch den Kopf geschossen. Er verdrängte ihn und schloss erneut die Augen.

Aber wie von einer mechanischen Feder gezogen, gingen seine Lider sofort wieder auf. Der Gedanke kehrte zurück.

Montalbano drehte sich auf die andere Seite und machte die Augen zu.

Eine Sekunde später riss er sie erneut auf, starrte ins Dunkel und wusste, dass er niemals Schlaf finden würde, wenn er nicht tat, was er tun musste.

Er stand auf, ging ins Wohnzimmer und schob den Festnetzstecker wieder in die Buchse.

Zehn Minuten später schlief er tief und fest.

Sechs

Beim Eintreten fragte er Catarella als Erstes:

»Gibt es irgendwelche Nachrichten zur Ausschiffung gestern Nacht?«

»Nein, Dottore. Aber Sie kennen ja das Sprichwort: Keine Nachricht, gute Nachricht.«

»Wer ist vor Ort?«

»Nur Fazio.«

»Schick ihn zu mir.«

Es schien, als hätte das Telefon gewartet, bis er die Tür zu seinem Büro öffnete, bevor es zu läuten anfing.

»Ah, Dottore, da wäre die Signora Marianna Ucria in der Leitung, die mit Ihnen persönlich selber ...«

Montalbano schnitt ihm das Wort ab.

»Stell sie durch.«

»Buongiorno, Meriam, was gibt's?«

»Buongiorno, Dottore, ich rufe im Auftrag der Signora Elena an. Sie hätte gern eine Bestätigung für den heutigen Termin.«

»Es bleibt dabei. Wie geht es Leena?«

»Ich war heute Morgen kurz bei ihr. Sie wird gegen Mittag entlassen. Dottor Sileci holt sie mit dem Auto ab und bringt sie ins Erstaufnahmezentrum.«

»Was hatten Sie für einen Eindruck von ihr?«

»Körperlich geht es ihr gut, aber sie hatte eine unruhige Nacht. Sie wurde von Albträumen geplagt und konnte nicht schlafen. Heute Nachmittag kann ich Ihnen mehr sagen, denn ich habe ihr versprochen, am späten Vormittag noch einmal vorbeizuschauen.«

»Danke.«

Er legte auf, und in dem Moment trat Fazio ein und setzte sich auf den Stuhl vor dem Schreibtisch. Montalbano fiel auf, dass er abgespannt wirkte.

»Du siehst aus, als hättest du kein Auge zugetan. Leidest du unter Schlaflosigkeit?«

Fazios Reaktion war heftig.

»Von wegen Schlaflosigkeit! Kaum war ich eingeschlafen, rief Dottor Augello an, weil er Hilfe brauchte.«

»Was war denn los?«

»Dottore, dieses Schiff war der reinste Kindergarten, es waren fünfzehn Kinder an Bord. Und dann ist während der Ausschiffung auch noch der Strom ausgefallen. Ein paar Kinder sind im Dunkeln ausgestiegen, andere sind an Bord geblieben. Als zehn Minuten später das Licht wieder anging und nachgezählt wurde, fehlte ein Vierjähriger. Seine Mutter hat geweint wie die heilige Maria Magdalena. Während man das Kind auf der Anlegestelle gesucht hat, leider erfolglos, rief Dottor Augello an und bat mich, auf dem schnellsten Weg zum Hafen zu kommen und dort einen Suchtrupp zu leiten. Zusammen mit Dottor Osman haben wir eine volle Stunde gesucht, ohne dahinterzukommen, wo sich der Kleine versteckt hatte, bis ein Matrose des Patrouillenboots uns zurief, wir könnten die Suche einstellen. Sie hatten das Kind gefunden, es war – stellen Sie sich vor! – im Maschinenraum. Als ich dann zu Hause war, konnte ich nicht wieder einschlafen.«

»Zum Glück ist ja alles gut ausgegangen«, sagte Montalbano.

»Dottore, wir stehen trotzdem vor einem gewaltigen Problem!«, fuhr Fazio fort.

»Und das wäre?«

»Unter unseren Männern, die zum Nachtdienst am Hafen eingeteilt werden, grummelt es gehörig. Sie sind unzufrieden, und damit haben sie nicht einmal unrecht, denn wir können sie nicht dazu verpflichten, tagsüber im Kommissariat Dienst zu tun und sich dann auch noch die Nacht um die Ohren zu schlagen, um Sileci zu unterstützen.«

»Aber Silecis Leute sind in genau derselben Situation«, widersprach der Commissario.

»Da irren Sie!«, sagte Fazio. »Sileci hat zwanzig Polizisten. Zehn von ihnen machen Nachtdienst, die anderen zehn schlafen, und in der nächsten Nacht arbeiten die, die in der Nacht zuvor geschlafen haben. Seine Leute wechseln sich ab. Unsere sind rund um die Uhr im Einsatz.«

Montalbano sagte nichts darauf, sondern griff zum Telefon und bat Catarella, ihn mit dem Signore e Questore zu verbinden.

»Ich zum Beispiel«, fuhr Fazio fort, »wäre in meinem jetzigen Zustand nicht in der Lage, einen Toten von einem Lebenden zu unterscheiden.«

Das Telefon läutete.

»Montalbano! Hier spricht der Polizeipräsident, was gibt's?«

»Einen Moment bitte, entschuldigen Sie kurz«, sagte der Commissario.

Er legte den Hörer beiseite, stand auf und donnerte mit gereizter Stimme los:

»Schluss mit dieser Diskussion, Herrgott nochmal! Ich will kein Wort mehr hören! Alle raus hier, und macht die Tür zu!«

Fazio starrte ihn fassungslos an, aber Montalbano legte noch eins drauf und fuhr mit einem kräftigen Schlag auf die Schreibtischplatte fort:

»Macht diese verdammte Tür zu!«

Dann setzte er sich, griff zum Telefon und sagte:

»Entschuldigen Sie bitte, Signor Questore, aber...«

»Was ist denn bei Ihnen los?«, fragte Bonetti-Alderighi, der alles mitgehört hatte.

»Meine zehn Leute, die Sileci unterstützen, sind am Ende ihrer Kräfte. Sie haben nächtelang nicht mehr geschlafen. Jetzt waren sie bei mir, um dagegen zu protestieren.«

Das Wort »protestieren« versetzte den Polizeipräsidenten in höchste Alarmbereitschaft.

»Hören Sie, Montalbano, wenn Sie wollen, komme ich nach Vigàta und spreche mit...«

Der Commissario schnitt ihm das Wort ab.

Das hätte gerade noch gefehlt, dass Bonetti-Alderighi hier auftauchte!

»Aber nein, Signor Questore, machen Sie sich bitte keine Umstände, ich habe die Situation im Griff. Aber glauben Sie mir, so kann es nicht weitergehen.«

»Das ist mir bewusst«, sagte der Polizeipräsident. »Sie können sich gar nicht vorstellen, was ich alles unternehme, um Verstärkung zu erhalten, aber im Ministerium stellt man sich taub. Einen Hoffnungsschimmer gibt es vielleicht.«

»Nämlich?«

»Es sieht so aus, als hätten die Schleuser vor ein paar Tagen ihre Routen geändert. Offenkundig steuern sie jetzt die griechischen Inseln an. Sollte sich das bestätigen, würde uns das enorm viel Druck nehmen.«

Die armen Griechen, dachte Montalbano, jetzt wird dem Ertrinkenden auch noch ein Mühlstein um den Hals gebunden. Aber diesen Gedanken behielt er für sich. Stattdessen fragte er:

»Und was ist, wenn es sich nicht bestätigt?«

»Wenn nicht, treffen wir uns in zwei, drei Tagen und besprechen, wie es weitergeht. Buon lavoro.« Damit legte er auf.

Fazio, der das Gespräch über Lautsprecher mitgehört hatte, breitete hilflos die Arme aus.

»Hoffen wir, dass unsere Jungs noch zwei Tage durchhalten. Aber mir kommt es vor, als wäre es die alte Geschichte: Einmal Arschkarte, immer Arschkarte.«

Er war im Begriff, aufzustehen und essen zu gehen, als das vermaledeite Telefon klingelte.

»Ah, Dottori, da wäre, dass Ihre Verlobte am Apparat ist, die Signorina Livia, und...«

»Stell sie durch.«

Er war beunruhigt, denn Livia rief ihn nie im Büro an.

»Livia, was ist passiert?«

»Gar nichts, keine Sorge. Ich wollte dich nur daran erinnern, dass heute um drei...«

Montalbano spürte Ärger in sich aufwallen.

»Ich wurde bereits erinnert. Danke.«

Livia machte den Fehler, noch einmal nachzuhaken.

»Dann kann ich also beruhigt sein?«

Der Commissario beschloss, es ihr heimzuzahlen.

»Im Übrigen wäre es nicht nötig gewesen, mich zu erinnern, denn eine Frau wie Elena kann man gar nicht vergessen.«

»Du bist und bleibst ein Idiot«, sagte Livia. Sie hatte die Anspielung verstanden.

In Enzos Trattoria war er fast der einzige Gast.

»Dottori, meine Frau hat eine Pasta gemacht, die ist einfach...«

»Keinen ersten Gang!«, sagte der Commissario entschieden.

Aber dann wunderte er sich. Warum hatte er das bloß gesagt? Und plötzlich wurde ihm klar, dass er es aus reiner Eitelkeit gesagt hatte. In einem Anflug jugendlichen Überschwangs. Aber es war idiotisch, sich vorzumachen, ein Teller Nudeln weniger würde reichen, um bei Elena ohne den Bauch eines Sechzigjährigen anzukommen, den er nun mal hatte.

»Was soll ich Ihnen dann bringen?«, fragte Enzo.

Montalbano gab sich geschlagen. »Die Pasta, die deine Frau zubereitet hat«, sagte er.

Enzo grinste und fragte:

»Und nach der Pasta?«

»Etwas gedünstetes Gemüse«, antwortete der Commissario, der sich nicht ganz geschlagen geben wollte.

Da es spät geworden war, verzichtete er auf den üblichen Spaziergang zur Mole und trank stattdessen in der Bar einen doppelten Espresso, bevor er sich gemächlich auf den Weg zur Schneiderei machte.

Wie beim ersten Mal öffnete ihm Meriam.

»Leena war überglücklich, ihre Eltern wiederzusehen«, sagte sie, während sie ihn den Korridor entlangführte.

»Ach ja, und wissen Sie was? Dottor Sileci sagte, dass die beiden Vergewaltiger, die, wie Sie vermutet hatten, die Schleuser waren, wegen Vergewaltigung und Beihilfe zur illegalen Einreise vor Gericht gestellt werden. Ausschlaggebend war die Aussage des Jungen.«

Das Erste, was Montalbano auffiel, als er den Salon betrat, waren zwei große Pakete, an denen sich der alte und der junge Mitarbeiter zu schaffen machten.

Elena kam lächelnd auf ihn zu. Sie trug ein ultramaringrünes Kleid.

»Buongiorno, Commissario, wie schön, dich hier wiederzusehen. Ich habe dir einen Tee machen lassen.«

»Danke«, sagte er und setzte ein falsches Lächeln auf. »Darauf hatte ich gehofft.« Er nahm in dem Sessel Platz, den Elena ihm zugewiesen hatte.

Sie setzte sich neben ihn und reichte ihm die Tasse.

Montalbano beschloss, nach derselben Methode zu verfahren wie beim letzten Mal, ja, sie noch zu verfeinern, indem er die Tasse in einem einzigen Zug leertrank.

Elena ließ sich täuschen.

»Möchtest du noch eine Tasse?«

»Nein, danke. Das reicht.«

Und dann, nur um etwas zu sagen, zeigte er auf die beiden Pakete, die inzwischen fast vollständig geöffnet waren, und fragte:

»Neue Ware?«

»Ja«, sagte Elena, »und ich bin neugierig, ob man mir alles geschickt hat.«

»Sieh ruhig nach«, sagte Montalbano.

»Danke, erwiderte sie, stand auf und ging zum Tisch.

Sie entnahm den Paketen mehrere Stoffballen, die sie nebeneinander auf den Tisch legte. Einer ihrer Assistenten trug die leeren Kartons hinaus.

Montalbano verfolgte Elenas Bewegungen wie gebannt. Ihre Hände strichen sanft über den Stoff, sie schien ihn nicht zu berühren, sondern mit allen fünf Sinnen in sich aufzunehmen. Mit halb geschlossenen Augen ließ sie ihn über ihre Wangen gleiten, roch daran, legte ihn auf den Tisch, griff erneut danach und rieb ihn immer wieder zwischen Daumen und Zeigefinger.

Plötzlich hielt sie inne.

Dann sagte sie:

»Sieh dir das an! Was für ein wunderbarer Grauton. Ein klein wenig früher, und es wäre der perfekte Stoff für deinen Anzug gewesen.« Sie nahm den Stoffballen vom Tisch, ging damit zu Montalbano und ließ ihn das Gewebe befühlen und betrachten. »Findest du nicht auch?«, fragte sie.

Aber noch bevor der Commissario antworten konnte, fügte sie hinzu:

»Nein, nein, die rostrote Merinowolle ist besser, du wirst sehen.«

Dann fuhr sie fort, Stoffballen auf- und wieder zusammenzuwickeln.

Und plötzlich leuchteten ihre Augen noch mehr.

»Endlich! Diese Baumwolle suche ich schon seit Jahren!«

Dann hob sie die Stimme und rief: »Meriam, komm her, das ist der Musselin, von dem ich dir erzählt habe.«

Meriam trat neugierig näher.

»Fühl mal«, sagte Elena mit dem Stoff in der Hand, »er ist wie Baumwolle oder vielmehr wie die Baumwollpflanze, wenn sie sich in der Sonne wiegt.«

Und plötzlich war es, als würde ein Film angehalten und sie hätte ein bestimmtes Bild vor Augen, während sich ringsherum alle anderen weiter bewegten. Elena stand reglos da, verloren in einem fernen Gedanken.

Und dann, als hätte jemand den Film wieder in Bewegung gesetzt, gab sie sich einen Ruck und fuhr fort, die Stoffe einen nach dem anderen auszubreiten, bis der ganze Tisch bedeckt war.

Es waren die Farben der Wüste: das Beige des Sands, das leuchtende Grün der Oasen, das unendliche Azur des Himmels und das Nachtblau von Turbanen der Tuareg.

Meriam berührte die Stoffe so vorsichtig, als befürchtete sie, sie zu zerreißen.

»Elena, die sind wunderbar! Sie erinnern mich an die Tücher, in die meine Großmutter die Babys eingewickelt hat. Wir müssen vorsichtig sein, der Stoff ist trügerisch, er ist hauchdünn und kann leicht reißen.« Sie begann, die Ballen mit großer Behutsamkeit aufzuwickeln.

»Komm, Salvo«, sagte Elena.

Montalbano stand auf und trat neben sie.

»Fühl mal, fühl doch, wie weich. Mir ist unbegreiflich, wie dieser Musselin, anders als alle anderen ähnlichen Baumwollstoffe, so leicht sein und gleichzeitig einen so dichten und komplizierten Fadenlauf haben kann.«

Montalbano, der sich vorkam wie ein Analphabet, berührte den Stoff. Tatsächlich hatte er das Gefühl, Luft zwischen den Fingern zu haben, allerdings eine frische, wohltuende Brise.

»Du glaubst nicht, wie lange ich danach gesucht habe. Als ich meine Schneiderei noch oben im Norden hatte, besaß ich zwei Ballen davon, aber das ist eine Ewigkeit her. Es ist eine libanesische Baumwolle, und sie trägt – du wirst es nicht glauben – den Namen Principessa Sicilia«.

»Und wie kommt das?«, fragte der Commissario lächelnd.

»Ich erinnere mich nicht mehr genau an die Legende, aber anscheinend musste diese libanesische Prinzessin namens Sicilia allein eine lange Reise über das Meer antreten, bis sie an diese damals noch verlassene Küste kam.«

»Davon habe ich noch nie gehört«, sagte Montalbano.

»Fühl mal«, forderte Elena ihn auf. Dann hielt sie inne, schaute den Commissario an und sagte, als dränge die Zeit: »Ich halte dich auf.«

»Aber nein, wieso denn?«

»Nicola, komm, wir machen die Anprobe.« Elena eilte in den Flur hinaus zum Anprobezimmer, gefolgt von dem älteren Schneider mit einem Bügel in der Hand, an dem ein Kleidungsstück hing.

Inzwischen mit den Gepflogenheiten vertraut zog Montalbano seinen Sakko aus. Der Schneider ließ ihn in den linken Ärmel einer halben Jacke schlüpfen, richtete sie an der Schulter aus, bis sie gut saß, und überließ dann Elena das Feld.

Elena begutachtete, wie der Stoff fiel. Sie ging auf Montalbano zu, ergriff die Jacke am unteren Saum und zog daran, dann trat sie prüfend einen Schritt zurück. Erneut kam sie näher und schlug den Ärmelsaum ein Stück um. Sie bat Montalbano, den Arm zu heben und wieder zu senken, ließ sich vom Schneider die Kreide geben und zeichnete um den Ärmel herum eine Art Kreis. Dann betrachtete sie prüfend den Ärmelansatz, verzog das Gesicht, hob ihn zwei- oder dreimal an und markierte auch die Schulterpartie mit Kreide. Schließlich riss sie mit einem Ratsch den Ärmel herunter und betrachtete das Innere der nun ärmellosen Jackenhälfte, die Montalbano noch anhatte.

Auch hier machte sie ein paar geheimnisvolle Markierungen und sagte dann zu Nicola:

»Hilf dem Commissario beim Ausziehen. Die Anprobe ist beendet.«

Der Schneider half ihm anschließend auch in seinen Sakko.

»Nicola, wann können wir deiner Ansicht nach den Dottore zum letzten Termin bestellen?«, fragte Elena.

»In drei Tagen«, erwiderte der Schneider.

»Dann erwarten wir dich hier um dieselbe Uhrzeit und machen die Anprobe für den kompletten Anzug, auch für die Hose.«

Sie verließen den Raum und kehrten alle drei in den Schneidersalon zurück.

Montalbano ging auf den Tisch zu, wo Meriam immer noch die Stoffballen aufwickelte.

»Meriam, ich möchte Ihnen noch einmal für Ihre Hilfe danken. Und ich danke auch dir, Elena, für dein Verständnis.«

Während er redete, stützte er die linke Hand auf den Tisch, und plötzlich spürte er ein Kratzen auf seinem Handrücken und sah eine weiße Wolke über den Tisch ziehen.

»Aua«, rief er, mehr vor Überraschung als vor Schmerz.

»Hat er dich gekratzt?«, fragte Elena.

»Nicht der Rede wert«, erwiderte Montalbano, »es ist nur ein winziger, oberflächlicher Kratzer.«

»Ungezogener Kater!«, schalt Elena die weiße Wolke, die sich unterdessen in eine Katze verwandelt hatte.

»Entschuldige, aber Rinaldo ist heute schon den ganzen Tag seltsam und unleidlich. Er weicht mir nicht von der Seite. Vielleicht spürt er ein bevorstehendes Erdbeben.«

»Vielleicht bin ich ihm auch einfach nur unsympathisch«, sagte Montalbano, verabschiedete sich von allen und verließ den Salon.

Elena folgte ihm mit dem Kater auf dem Arm, und auf Höhe des Anproberaums öffnete sie eine kleine Tür, hinter der eine Treppe nach oben führte.

Sie setzte den Kater auf dem Boden ab und gab ihm einen Klaps.

»Rinaldo, rauf mit dir«, sagte sie und schob ihn auf die ersten Stufen. »Wie du siehst«, sagte sie und schloss die

Tür, »habe ich hier nicht nur meinen Laden, sondern auch mein Zuhause. Ich wohne hier oben.«

Sie hatten im Korridor drei Schritte gemacht, als der Commissario über etwas stolperte.

Er blickte nach unten und sah, dass es Rinaldo war.

»Aber das ist doch dein Kater!«, rief er. »Wie hat er es geschafft, die Tür zu öffnen?«

Elena lächelte.

»Er ist ziemlich schlau. Er springt hoch, hängt sich an den Türgriff, und die Tür geht auf.«

Sie bückte sich und nahm ihn erneut auf den Arm.

»Sei schön brav, Rinaldo. Was ist denn heute los mit dir? Mamma geht nicht raus, sie bleibt hier bei dir, sie geht nicht weg.«

Dann wandte sie sich an Montalbano:

»Ich weiß wirklich nicht, was er hat. Er ist so unruhig und macht mich damit noch nervöser.«

»Ist etwas nicht in Ordnung?«, fragte der Commissario.

»Nein, nein, vergessen wir's.«

Für einen Moment veränderte sich ihre Miene, und ein dunkler Schatten huschte über ihr Gesicht.

Sie brachte ihn zur Tür und küsste ihn zum Abschied auf die Wangen, doch Montalbano schien es, als wäre sie in Gedanken woanders.

Kaum stand er draußen, trat ein Mann auf ihn zu.

»Buongiorno, Commissario, was für ein Glück! Ich muss dringend mit Ihnen reden.«

Montalbano, der ihn sofort erkannt hatte, blickte ihn verständnislos an. Dieser Mensch war ihm zutiefst unsympathisch.

»Verzeihung, wer sind Sie?«, stieß er barsch hervor.

»Ich bin Filippo Zirafa«, sagte der Mann. »Vom *Gazzettino Siciliano*. Wir haben schon öfter miteinander gesprochen ...«

Zirafa war bekannt für seine scharfen Angriffe gegen Migranten und ging dem Commissario daher mit seinen Artikeln gewaltig auf die Nerven.

»Ich erinnere mich nicht. Was wollen Sie?«

»Ich möchte Ihnen zwei Fragen ...«

»Ich gebe keine Interviews«, schnitt Montalbano ihm das Wort ab.

Aber der Mann ließ sich nicht abwimmeln.

»Dann lediglich einen Kommentar. Mir ist zu Ohren gekommen, dass eine sehr junge Migrantin, die während der Überfahrt Opfer einer Vergewaltigung wurde, ins Krankenhaus von Montelusa eingeliefert worden ist.«

»Ach, tatsächlich?!!«, sagte Montalbano, als fiele er aus allen Wolken.

»Ja. Und jetzt möchte ich von Ihnen wissen, was Sie von diesen sogenannten Migranten halten, die sich als arme Schlucker ausgeben, die gerettet werden müssen, in Wirklichkeit aber ein Mädchen vergewaltigen. Meiner Meinung nach liegt es auf der Hand, dass das alles Gauner sind, die uns erst unsere Arbeit wegnehmen und dann auch noch unsere Frauen vergewaltigen. Stimmen Sie mir zu?«

»Voll und ganz«, sagte Montalbano. »Und ich sage Ihnen noch etwas. Sie müssen mir allerdings versprechen, dass Sie die Quelle nicht verraten.«

»Aber natürlich. Das verspreche ich Ihnen.«

»Offenbar feiern diese Migranten während der Überfahrt regelrechte Orgien. Einmal wurde mir berichtet, sie hätten eine Geburtstagsfeier veranstaltet mit Musik, Liedern, Festbeleuchtung und Tänzen.«

Der Journalist starrte ihn mit offenem Mund an, fasste sich dann aber schnell wieder.

»Wollen Sie mich auf den Arm nehmen?«

»Ich werde mich hüten«, sagte der Commissario, »vor der Presse habe ich den allergrößten Respekt.«

Er streckte den Arm aus, schob Zirafa zur Seite und ging weiter. Der Journalist blickte ihm fassungslos nach.

Bei der üblichen Vier-Uhr-Sitzung mit Augello und Fazio erzählte Mimì haarklein die Geschichte von dem Vierjährigen, der in der Nacht zuvor spurlos verschwunden und dann im Maschinenraum entdeckt worden war.

»Wir müssen unter allen Umständen vermeiden, dass es während der Ausschiffung zu derartigen Zwischenfällen kommt«, sagte Montalbano.

»Und wie?«, fragte Fazio.

»Ich hätte da so halb eine Idee.«

In dem Moment kam Sileci herein. Fazio überließ ihm seinen Stuhl.

»Wie wollen wir heute Nacht vorgehen?«, fragte ihn der Commissario.

»Die Lage ist ernst.«

»Soll heißen?«

»Soll heißen, dass gegen ein Uhr zwei Schiffe mit insgesamt vierhundertzwanzig Flüchtlingen, mindestens vier Toten und zehn Schwerverletzten ankommen.«

»Heilige Maria im Himmel!«, rief Fazio aus. »Ich benachrichtige sofort Dottor Osman.«

»Wie viele Leute hast du zur Verfügung?«, wandte sich Montalbano an Sileci.

»Die üblichen zehn Mann.«

»O nein!«, gab Montalbano zurück. »Diesmal bringst du mindestens fünfzehn mit. Meine Leute sind am Ende, ich kann dir nicht mehr als fünf zur Verfügung stellen.«

Sileci war klar, dass er den Bogen überspannt hatte, und breitete resigniert die Arme aus.

»Und noch etwas«, sagte Montalbano. »Die Busse warten zu weit vom Schiff entfernt. Die Migranten steigen in Gruppen zu jeweils vierzig aus. Wir müssen dafür sorgen, dass der Bus ab sofort direkt an der Gangway wartet, sodass den Leuten, wenn sie von Bord gehen, möglichst keine Gelegenheit zur Flucht bleibt. Außerdem möchte ich dich bitten, dass alle Busfahrer an Bord bleiben und ihre Busse im Halbkreis aufstellen, damit die Scheinwerfer eingeschaltet werden können, falls uns Licht fehlt. Klar?«

»Alles klar«, sagte Sileci.

Die Sitzung war beendet. Montalbano blieb noch ein Weilchen im Büro. Bevor er nach Hause fuhr, rief er Livia an, sagte ihr, dass er zur Anprobe in der Schneiderei gewesen war und nachts mit der Ausschiffung der Flüchtlinge beschäftigt sein würde. Dann verließ er das Kommissariat und brach nach Marinella auf.

Im Kühlschrank wartete ein großer Teller sarde marinate con olio e aranci. Montalbano aß die in Öl marinierten Sardinen mit Orangen kalt vor dem Fernseher.

An diesem Abend lief »Chi l'ha visto?«, eine Fahndungssendung zur Aufklärung ungelöster Kriminalfälle, die ihn interessierte, weil ihm beim Zuschauen gelegentlich etwas Merkwürdiges passierte: In manchen Fällen ermordeter oder vermisster Personen wusste er sofort, welche Spur die richtige war, seine Kollegen aber waren jedes Mal einer anderen Spur gefolgt.

Außerdem: Wie kam es, dass heute, bei all den ausgefeilten polizeilichen Techniken, die seinerzeit nur James Bond zur Verfügung gestanden hatten, alles nur noch komplizierter statt einfacher geworden war?

Es war wie in der Medizin: Die Ärzte hatten den klinischen Blick verloren und verließen sich auf die Analysen, und genauso büßte die Polizei zunehmend ihre Intuition ein und verließ sich blind auf die Ergebnisse der kriminaltechnischen Untersuchungen.

Und das in einem Land, in dem sich alle zu Polizisten, Gerichtsmedizinern, Richtern und Staatsanwälten aufschwangen und sich mit der Besessenheit von Fußballfans in zwei Lager spalteten: die Verfechter der Schuld und die Verfechter der Unschuld eines Angeklagten.

Als es an der Zeit war, schaltete er den Fernseher aus und traf Vorbereitungen für seinen nächtlichen Diensteinsatz.

Sieben

Als Erstes nahm er eine alte Jeans aus dem Schrank, um nicht eine weitere seiner guten Hosen opfern zu müssen. Und weil er Schwierigkeiten hatte, sie anzuziehen, legte er sich aufs Bett, zog den Bauch ein, hielt die Luft an und zählte bis drei, dann zog er den Bund hoch und machte den Reißverschluss zu.

Als Nächstes trank er eine große Tasse Espresso mit einem kräftigen Schuss Whisky.

Er schlüpfte in die übliche Jacke, ging hinaus, schloss die Haustür ab und fuhr los.

Sileci war seinem Ratschlag gefolgt, wie er gleich nach seiner Ankunft am Hafen bemerkte. Die Busse waren im Halbkreis aufgestellt, alle Fahrer saßen am Steuer.

Diesmal waren außer den Krankenwagen auch Kleintransporter mit Leichensäcken zur Stelle.

Dottor Osman und Sileci kamen auf ihn zu.

»Wir sind uns natürlich einig, dass zuerst die Verletzten, dann die Flüchtlinge und ganz zuletzt die Toten von Bord gebracht werden«, sagte der Dottore.

»Geht in Ordnung«, sagte Montalbano.

»Wie weit von der Gangway entfernt soll der erste Bus warten?«, fragte Sileci.

»Wir postieren drei Männer auf jeder Seite der Gangway, und zwar so, dass sie einen Korridor bilden, der die Flüchtlinge direkt zum Buseinstieg leitet. Wenn diese Methode funktioniert, können wir in Zukunft die Anzahl der Männer, die wir für die Ausschiffung brauchen, erheblich verringern. Was haltet ihr davon?«

»Einen Versuch ist es wert«, meinte Sileci, dem die Übermüdung deutlich anzusehen war.

Dann klingelte sein Handy. Sileci lauschte, beendete das Gespräch und sagte:

»Das erste Schiff befindet sich an der Einfahrt zum Hafen.«

»Wo ist das Lotsenboot?«, fragte Montalbano.

»Wartet an der gewohnten Stelle.«

Der Commissario wandte sich an Osman.

»Gehen wir.«

Er hatte kaum drei Schritte gemacht, als ein Auto mit hoher Geschwindigkeit und quietschenden Reifen heranbrauste und mit knirschenden Bremsen zum Stehen kam.

Die Busfahrer schalteten alle gleichzeitig ihre Scheinwerfer ein.

Aus dem Wagen stieg Catarella. Er wurde von den Scheinwerfern so geblendet, dass er sich die Hände vor die Augen hielt und schrie:

»Dottori Montalbano! Dottori Montalbano! Bleiben Sie um Himmels willen hier, gehen Sie nicht an Bord!«

Montalbano war baff. Was ging hier vor?

»Macht diese Scheinwerfer aus«, rief er und eilte auf Catarella zu. »Ich bin hier, Catarè. Was ist?«

»Ah, Dottori, Dottori. Ein ganz schlimmer Mordsfall ist passiert!«

Der Commissario gab sich verloren.

Er versuchte, sein Handy aus der Tasche seiner Jeans zu ziehen, die ihm viel zu eng war. Er stieß einen Fluch aus, das Handy kam hervor.

»Weck Fazio und sag ihm, er soll zum Tatort fahren«, wies er Catarella an und wählte Augellos Nummer.

»Mimì, komm sofort zum Hafen.«

»Ich bin in Unterhose.«

»Dann komm in Unterhose. Ich muss los, und du musst dich um die Ausschiffung kümmern. Es sind schon vier Tote an Bord, und wenn du nicht in drei Minuten hier bist, werden es fünf.«

»Entschuldige bitte«, sagte Mimì. »Aber warum musst du los?«

»Ich habe plötzlich einen Bärenhunger bekommen«, antwortete Montalbano. Er schaltete sein Handy aus und unterbrach damit die Litanei von Flüchen, die Augello angestimmt hatte.

»Was ist eigentlich passiert?«, fragte er Catarella.

»Dottori, passiert ist, dass der Nachtwächterdienst auf dem Teflon angerufen und gesagt hat, dass er auf seinem nächtlichen Rundgang ein entsetzliches Verbrechen entdeckt hat und vor Ort wartet, bis wir da sind.«

»Hast du die Adresse?«

»Sissì, Dottori. Via Calibardo 62.«

»Ich mache mich sofort auf den Weg«, sagte Montalbano.

»Und du fährst zurück zum Kommissariat.«

Dottor Osman versperrte ihm den Weg.

»Könnte ich erfahren, was ...«

»Sì, Dottore. Es hat einen Mord gegeben. Augello ist schon unterwegs, um hier zu übernehmen. Entschuldigen Sie bitte, aber ich muss jetzt wirklich los.«

Er drückte dem Dottore die Hand und fuhr in die Via Garibaldi.

Der Nachtwächter stand neben einer angelehnten Tür. Montalbano stieg aus.

»Ich bin Montalbano. Was ist passiert?«

»Dottore, auf meinem routinemäßigen Kontrollgang habe ich gesehen, dass diese Tür offen stand. Normalerweise ist sie geschlossen. Ich bin reingegangen und konnte von der Treppe aus erkennen, dass die Wohnungstür sperrangelweit offen stand. Alle Lichter waren an. Ich war beunruhigt und bin in die Wohnung rein. Ich habe gerufen, aber es kam keine Antwort. Dann habe ich in alle Zimmer geschaut, im Bad lagen Handtücher auf dem Boden. Am Flurende ist eine kleine Treppe. Ich bin runtergelaufen und – entschuldigen Sie, Dottore ... Ich kann nicht weitersprechen. Es war der reinste Horror.«

Aber Montalbano hörte ihm gar nicht mehr zu. Seine Knie waren plötzlich weich wie Ricotta. Ihm war so schwindlig, dass er sich mit einer Hand an der Wand abstützen musste. Dann fragte er:

»Aber ... ist das ... die Schneiderei ... die Schneiderin ... Elena?«

»Ja, Commissario. Sie wurde in ihrem Salon ermordet. Dottore, Sie können sich nicht vorstellen ... was für ein Gemetzel!«

In dem Moment traf Fazio ein. Er stieg aus dem Wagen und sah sofort, in welchem Zustand sich Montalbano befand.

»Dottore, was ist los? Ist Ihnen nicht gut?«

Montalbano rang nach Luft und machte ihm ein Zeichen, einen Moment zu warten.

Dann endlich öffnete er den Mund.

»Elena wurde ermordet. Die Schneiderin.«

Allmählich gewann er seine Fassung zurück. Er wandte sich an den Nachtwächter:

»Bitte, geben Sie Ispettore Fazio Ihren Namen und Ihre Telefonnummer«, sagte er, und an der Wand Halt suchend trat er ins Haus und stieg, sich am Geländer festhaltend, die Treppe hoch.

Seine Knie waren immer noch weich, aber seine Füße waren schwer wie Blei.

Fazio holte ihn am oberen Treppenabsatz ein.

»Dottore, soll ich den Wanderzirkus benachrichtigen?«

»Nein, erst werfen wir beide einen Blick drauf.«

Er betrat die Wohnung, ging aber weiter, ohne sich die Zimmer anzuschauen.

Am Ende des Korridors stieg er die kleine Treppe hinab, die in den unteren Stock führte. Vorbei am Anprobezimmer ging er auf den Salon zu, blieb aber auf der Türschwelle stehen.

Er musste sich kurz wappnen, bevor er dem Horror, wie der Nachtwächter gesagt hatte, gegenübertreten konnte. Für ihn war es sogar doppelter Horror.

Er empfand eine absurde Vertrautheit mit diesem Ort. Obwohl er Elena in seinem Leben nur zwei Mal gesehen hatte, war es, als wäre sie eine Freundin, ja fast eine Familienangehörige.

Dann machte er zwei entschlossene Schritte in den Raum hinein und blieb stehen. Elenas Körper lag neben dem großen Tisch auf dem Boden. Sie trug ein anderes Kleid als am Nachmittag, ein helles Kleid, das aber so blutgetränkt war, dass die Farbe kaum noch zu bestimmen war.

Der Kokosteppich war voller Blut, sogar auf den Stoffballen im Regal waren Spritzer.

Elena lag auf dem Rücken, die linke Hand auf dem Bauch, den rechten Arm unter dem Tisch ausgestreckt. Der Commissario ging drei Schritte weiter, gefolgt von Fazio, der immer noch kein Wort sagte.

Dann beugte er sich zu der Toten hinunter.

Sie war mit zahlreichen Stichen getötet worden. Und im nächsten Moment begriff der Commissario, dass das Tatwerkzeug möglicherweise eine schwere, lange Schneiderschere war, die auf dem Tisch lag, aber keinerlei Blutspuren aufwies.

Auf einmal versagten ihm die Beine, und er musste sich in den Sessel setzen.

Er verharrte schweigend, bis Fazio seine Frage wiederholte:

»Dottore, soll ich den Wanderzirkus benach…«

»Ja.«

Fazio zog sein Handy aus der Tasche und verschwand im Korridor.

Sobald Montalbano allein war, blickte er sich um, ohne aufzustehen. Die erste Frage, die ihm in den Sinn kam, lautete:

Wie konnte es sein, dass es bei all dem Blut keine Fußspuren des Mörders gab?

Er stand auf, ging in den Flur, wo Fazio immer noch telefonierte, und vergewisserte sich: Die Glastür war von innen mit dem Schlüssel abgesperrt. Er öffnete sie. Das Rollgitter war heruntergelassen und mit einem Vorhängeschloss gesichert. Er schloss die Tür und kehrte in den Salon zurück.

Um das Haus zu verlassen, musste der Mörder also abermals hinauf in die Wohnung gegangen sein. Aber wie? War er geflogen?

Montalbano setzte sich wieder in den Sessel.

»Ich habe alle benachrichtigt«, sagte Fazio.

Er näherte sich der Toten, sorgfältig darauf achtend, wohin er seine Füße setzte. Dann ging er in die Hocke und betrachtete sie aus der Nähe.

Nachdem er sich aufgerichtet hatte, setzte er sich in den Sessel neben Montalbano, der den Kopf in die Hände gestützt hatte.

»Dottore«, fragte er leise. »Was ist, kannten Sie sie etwa?«

»Ja. Sie war eine Freundin. Ich habe sie erst heute wieder gesehen.«

Als Fazio merkte, wie erschüttert der Commissario war, wagte er nachzuhaken:

»War sie eine enge Freundin oder eher eine Bekannte?«

»Sie war eine Freundin. Und sie war auch meine Schneiderin. Erst heute Nachmittag war ich bei ihr zur Anprobe eines Anzugs.«

Da begriff Fazio, dass ein Wort zu wenig und zwei zu viel gewesen wären.

Er wechselte das Thema.

»Ist es Ihnen auch aufgefallen?«

»Was?«, fragte Montalbano in Gedanken.

»Der ganze Körper ist mit Stichverletzungen übersät, Hals, Bauch, Gesicht und Arme, aber die Brust ist unversehrt.«

»Das wird Zufall sein«, sagte der Commissario.

»O nein, Dottore. Wenn die Tatwaffe diese Schere dort auf dem Tisch ist, war es kein vorsätzlicher Mord, sondern ein Verbrechen im Affekt. Und wie ist dann zu erklären, dass einer, der blindwütig zusticht, kein einziges Mal, nicht einmal aus Zufall, den prominentesten Teil des Körpers trifft?«

»Fazio, tu mir einen Gefallen«, sagte der Commissario. »Lass uns später darüber reden. Im Augenblick schaffe ich es nicht.«

Plötzlich fiel ihm die Katze ein.

»Rinaldo!«

Fazio riss die Augen auf.

»Wer ist Rinaldo?«

»Die Katze«, sagte Montalbano. »Geh bitte nochmal rauf in die Wohnung und sieh nach, ob da eine Katze ist. Eine Katze mit langem weißem Fell.«

Fazio verschwand.

Montalbano hatte das unwiderstehliche Bedürfnis, eine Zigarette zu rauchen.

Langsam hob er den Blick und ließ ihn auf Elenas totem Körper ruhen.

Für einen Moment, nur für einen ganz kurzen Moment, sah er sie lächelnd vor sich stehen, wie sie einen bestimmten Stoff an ihr Gesicht schmiegte ... Wie hatte sie diesen Stoff genannt ... Principessa ... Principessa Sicilia!

... und im selben Augenblick entdeckte er neben der Schere ein blutverschmiertes Stück Stoff. Er schnellte hoch, trat ganz nah heran, ohne den Stoff zu berühren, und erkannte darin ein großes Reststück von jenem Gewebe, das Elena ihn hatte befühlen lassen. Nur dass es zu einer Art Schal zusammengerafft und so fest daran gezogen worden war, dass es zerriss.

Der Zigarettenrauch störte ihn, er löschte die Glut mit zwei Fingern und steckte den Stummel in seine Tasche. Dann setzte er sich wieder.

»Dottore«, sagte Fazio, als er eintrat. »Ich habe überall gesucht, aber keine Katze gefunden. Wer weiß, wo sie sich versteckt hat. Vielleicht unter einem Schrank, vielleicht ist sie aber auch entwischt.«

Kaum hatte Fazio den Satz beendet, bemerkte Montalbano eine winzige Bewegung im Regal mit den Stoffballen hinter dem Tisch. Dann nichts mehr. Aber der Commissario fixierte die Stelle mit dem Blick. Und seine Geduld wurde belohnt, denn wenig später wiederholte sich die Bewegung.

Das musste Rinaldo sein. Auf die Gefahr hin, ein weiteres Mal gekratzt zu werden, stand er auf, ging auf das Regal zu und rief leise:

»Rinaldo.«

Und dann geschah das Wunder. Hinter dem Regal lugte eine Katze hervor, die ihn anstarrte.

»Rinaldo, komm her.«

Der Kater wagte sich ein Stück weiter aus der Deckung.

Wortlos streckte Montalbano einen Arm aus und legte seine Hand auf das Regalbrett. Langsam näherte sich Rinaldo, beschnüffelte seine Hand und leckte ihm dann sanft einen Finger.

Montalbano packte das Tier mit beiden Händen. Es leistete keinen Widerstand, ganz im Gegenteil. Und jetzt fiel Montalbano auf, dass sein Fell nicht mehr weiß, sondern rosarot war vom Blut seiner Herrin. Auch seine Pfoten waren rot, vielleicht weil Rinaldo sich auf den Mörder gestürzt hatte. Der Commissario setzte ihn vorsichtig ins Regal zurück, kraulte ihm den Nacken und sagte:

»Bleib schön hier sitzen, Rinà!«

Von draußen war das Geheul der Polizeisirenen zu hören.

»Das muss die Spurensicherung sein«, sagte Fazio.

»Geh ihnen entgegen. Ich schaue mir schon mal die Wohnung an.«

Um sich von der Anordnung der Zimmer einen Eindruck zu verschaffen, öffnete er die erste Tür rechts.

Dahinter lag eine geräumige Küche, die mit den farbigen Fliesen über dem Herd an eine alte sizilianische Küche erinnerte. Von dort führte eine Tür in ein großes Esszimmer.

Über den Korridor betrat er das letzte Zimmer rechts, ein großes elegantes Wohnzimmer voller Bücher.

Er öffnete die gegenüberliegende Tür zu einem Gästezimmer mit Bett. Daran grenzte ein großes farbenfrohes Bad, und daneben lag Elenas Schlafzimmer mit Durchgang zu einem separaten Bad. Wie der Nachtwächter gesagt hatte, lagen hier Handtücher auf dem Boden.

Als er die Spurensicherung die Treppe hochkommen

hörte, zog er sich schnell in die Küche zurück und schob die Tür mit der Fußspitze zu.

Er wollte niemanden sehen.

Dann schaute er sich um.

Die Küche war perfekt aufgeräumt. Ein Blick in den Mülleimer verriet ihm, dass Elena mit jemandem zu Abend gegessen hatte.

In dem Moment hörte er die Stimme von Dottor Pasquano. Fluchend, weil man ihn mitten in der Nacht geweckt hatte, kam er den Korridor entlang. Montalbano hielt sich immer noch hinter der Tür versteckt.

Als Pasquano weitergegangen war, betrat der Commissario erneut das Wohnzimmer.

Es war ein riesiger, gepflegter Raum mit kostbaren Teppichen, einer Tagesliege mit orientalischer Decke, einem antiken Möbelstück, einer Liege für Opiumraucher, die zu einem kleinen Sofa umfunktioniert und mit zahllosen Sitzkissen ausgestattet war. Die Wände links und rechts bedeckten Konsolen voller Bücher und Statuetten: Bücher und Keramikvasen aus Caltagirone, kleine goldene Objekte, griechische Miniaturhäuschen, Terrakottagefäße aus dem Maghreb, tunesische Keramik: eine Art mittelmeerischer Basar.

In einer Vitrine wie aus einer Arztpraxis stapelten sich Modezeitschriften für Männer.

Vom Korridor aus betrat er das Gästezimmer, das mit einem kleinen Schrank und einem Einzelbett für einen Gast hergerichtet war.

Auf der Bettdecke lagen zusammengefaltete Handtücher.

Schließlich ging er in das Zimmer, in dem Elena geschlafen hatte. Es war sehr geräumig und ganz in Weiß gehalten, auch das extrabreite Doppelbett war mit weißem Bettzeug bezogen.

Statt Nachttischlämpchen gab es zwei Stehlampen mit großen weißen Schirmen, die neben den beiden Nachtkästchen standen. Ein Schrank, mondweiß, nahm die gesamte Wand ein. Der einzige Farbfleck in diesem Zimmer war ein nachtblauer Schreibtisch mit drei Schubladen rechts und drei links. Neben dem Schreibtisch befand sich der Durchgang zum Bad mit einer modernen Dusche ganz aus Glas und einer alten Badewanne mit restaurierten Löwenfüßen.

Montalbano bückte sich und befühlte die beiden Handtücher, die zwischen Wanne und Dusche auf dem Boden lagen. Sie waren noch feucht.

Er schob die Tür zur Dusche auf. An den Glaswänden hingen noch Wassertropfen, sie war also erst vor kurzem benutzt worden.

Offenbar hatte Elena vor oder nach dem Essen geduscht und sich umgezogen, um den Gast zu empfangen, der sie ermorden würde.

Es war wohl nicht der zum Abendessen geladene Gast gewesen, der diese Dusche benutzt hatte, denn der hätte sicher das Gästebad benutzt.

Nur mit Mühe schaffte er es, das Handy aus der Hosentasche seiner Jeans zu ziehen. Er wählte Fazios Nummer und fragte leise:

»Wie weit ist Dottor Pasquano?«

»Fast fertig, Dottore.«

»Wenn er fertig ist, bringst du ihn zu mir hoch, das erste Zimmer rechts gleich neben der Treppe. Aber sag nicht, dass ich ihn sprechen will.«

»Alles klar, Dottore.«

Er ging noch einmal in die Küche zurück und wollte sich gerade hinsetzen, da klingelte sein Handy.

Zum Glück hatte er die Tür angelehnt.

»Salvo.« Es war Augello mit kläglicher Stimme. »Hier geht es drunter und drüber. Kannst du nicht mal eben für fünf Minuten herkommen...«

»Nein«, gab Montalbano zurück.

Da hörte er auch schon Pasquano die Treppe hochstapfen.

»Wieso ist eigentlich der berühmte Commissario nicht hier, um uns auf den Eiern herumzutrampeln? Kommt er auf seine alten Tage nicht mehr aus dem Bett?«

»Ich bin hier«, sagte Montalbano, öffnete die Tür und stellte sich ihm in den Weg.

Pasquano war so überrascht, dass er aus dem Gleichgewicht geriet. Er wich einen Schritt zurück und rempelte Fazio an, der hinter ihm stand.

»Wo kommen Sie denn plötzlich her? Haben Sie es doch noch geschafft, hier aufzutauchen?«

»Ich muss Ihnen ein paar Fragen stellen«, sagte Montalbano und betrat die Küche.

Pasquano und Fazio folgten ihm.

»Seit wann ist sie Ihrer Ansicht nach tot?«

»Lassen Sie uns eine Vorvereinbarung treffen: drei Fragen, mehr nicht, ich bin hundemüde.«

»Einverstanden.«

»Meiner Ansicht nach seit höchstens drei Stunden. Sagen wir: seit kurz nach elf Uhr abends.«

»Die zweite Frage ist nur zu meiner Bestätigung: Wurde sie mit der Schere ermordet?«

»Ich glaube, ja. Die Verletzungen sind groß und tief. Das passt zu einer Schneiderschere. Ich habe zweiundzwanzig gezählt, mindestens vier davon waren tödlich. Und nun die letzte Frage!«

»Wie viel haben Sie beim Pokern verloren?«

»Buonanotte«, stieß Pasquano verächtlich hervor, wandte sich um und ging.

»Begleite ihn hinaus, Fazio«, sagte der Commissario.

»Ich brauche keine Begleitung. Im Gegensatz zu Ihnen schaffe ich das noch alleine«, sagte Pasquano und torkelte den Korridor entlang.

Fazio und Montalbano sahen sich an.

»Ist Staatsanwalt Tommaseo schon da?«

»Nein, Dottore, er wird mal wieder gegen einen Baum gefahren sein. Die Spurensicherung sagt, es könnte länger dauern, bis sie fertig sind. Wissen Sie was? Die haben die Katze gepackt und in einen Sack gesteckt.«

»Warum das?«

»Sie sagen, unter den Krallen ist jede Menge Blut, und wahrscheinlich nicht nur das des Opfers. Möglicherweise hat die Katze den Mörder gekratzt.«

»Also, für mich gibt es hier nichts mehr zu tun«, sagte Montalbano, »ich fahre ins Kommissariat. Du kommst nach, sobald du fertig bist. Wir müssen die Angehörigen benachrichtigen. Kümmerst du dich darum?«

»Natürlich«, sagte Fazio.

Montalbano setzte sich ins Auto, aber statt ins Kommissariat fuhr er zum Hafen. Doch es war niemand mehr da.

Von weitem sah er Mimì Augello auf sein Auto zugehen.

Er blendete auf und hupte.

Mimì blieb stehen und drehte sich um.

Als er Montalbanos Wagen erkannte, klopfte er mit der rechten Hand auf seine Armbanduhr, als wollte er sagen: Jetzt kommst du?

Montalbano hielt an und stieg aus.

»Mimì, geh mir bloß nicht auf den Sack. Weißt du, wer ermordet worden ist? Elena. Die Schneiderin.«

Augello erstarrte zur Salzsäule.

»Die schöne Elena ...«, murmelte er.

»Und was ist bei der Ausschiffung passiert?«, fragte Montalbano.

»Geh bloß du mir nicht auf den Sack! Wie wurde Elena ermordet? Was ist passiert? Wurde sie erschossen? War es ein Unfall? Wie zum Teufel ist das möglich?«

»Ich weiß es nicht, Mimì. Man hat sie in der Schneiderei gefunden, mit mindestens zweiundzwanzig Stichen. Erstochen mit einer Schere.«

»Einer Schere?«

»Ja. Einer langen schweren Schneiderschere.«

»Das war bestimmt ein verschmähter Liebhaber. Von einer Frau wie ihr verschmäht zu werden ist nicht leicht zu ertragen.«

»Ich weiß es nicht, Mimì. Ich weiß nur, dass der Mörder von unbändigem Hass und wilder Brutalität erfüllt gewesen sein muss. Aber willst du mir jetzt endlich sagen, was passiert ist, ja oder nein?«

Mimì schien jedes Interesse an den Vorkommnissen am Hafen verloren zu haben.

»Salvo, was soll ich sagen? Dein Plan hat funktioniert. Das Theater fing in dem Augenblick an, als die Verwandten der vier Toten nicht in den Bus steigen, sondern bei ihren toten Angehörigen bleiben wollten. Sileci war dagegen, und es kam zu einem Gerangel. Drei oder vier Migranten haben die Gelegenheit genutzt und versucht abzuhauen. Das war der Moment, in dem ich dich angerufen habe.«

»Und dann?«, fragte Montalbano.

»Dann ist es Dottor Osman gelungen, die Gemüter zu beruhigen. Und jetzt verabschiede ich mich und gehe schlafen.«

»Addio!«, sagte Montalbano, nickte ihm zu und kehrte zu seinem Auto zurück.

Acht

Er hatte die Hand schon an der Autotür, überlegte es sich dann aber doch anders. Sein Kopf war schwer, seine Gedanken ein einziger Wirrwarr. Etwas frische Meeresluft würde ihm guttun.

Zu Fuß machte er sich auf den Weg zur Anlegestelle.

Dort blieb er stehen und atmete tief ein. Und bei jedem Atemzug, mit dem der Geruch der Nacht in seine Lungen strömte, spürte er, wie sich seine Gedanken entwirrten. Sein Kopf wurde leicht und wach.

Er stieg ins Auto und startete den Motor, fuhr aber nicht los.

Fluchend und unter tausend Verrenkungen schaffte er es schließlich, das Handy aus der Hosentasche der viel zu engen Jeans zu ziehen.

Er rief Fazio an.

»Wie weit seid ihr?«

»Dottore, ein bis eineinhalb Stunden wird es noch dauern.«

»Ist gut. Hast du zufällig Meriams Nummer zur Hand?«

»Ja, Dottore. Ich habe die Mobilfunk- und die Festnetznummer.«

»Gib mir beide.«

Er legte sein Mobiltelefon auf den Beifahrersitz, und weil er keinen Zettel fand, notierte er sich die Nummern auf die Rückseite des Fahrzeugscheins. Dann fuhr er in die Via Alloro.

Vor dem Haus mit der Nummer 14 hielt er an und wählte Meriams Festnetznummer. Es läutete lange, bevor Meriams schläfrige Stimme erklang.

»Pronto! Wer ist da?«

»Commissario Montalbano am Apparat.«

Er hörte, dass ihr der Atem stockte. Dann fragte sie alarmiert:

»Ist Leena etwas zugestoßen?«

»Nein.«

»Soll ich zum Hafen kommen? In einer halben Stunde bin ich …«

Montalbano unterbrach sie:

»Ich muss mit Ihnen sprechen und stehe unten vor dem Haus. Öffnen Sie mir, sobald Sie fertig sind.«

Er stieg aus, sperrte den Wagen ab, zündete sich eine Zigarette an und ging auf die Haustür zu.

Kurze Zeit später hörte er ihre Stimme:

»Commissario, sind Sie da?«

»Ja.«

Der Summer ertönte, Montalbano drückte die Tür auf und trat ein. Während er langsam die Treppe hochstieg, überlegte er, mit welchen Worten er Meriam die traurige Nachricht überbringen sollte.

Sie erwartete ihn an der offenen Tür.

Ihre Blicke trafen sich, und ihm schien, als würde sie seine Gedanken lesen, denn ihre Miene veränderte sich schlagartig. Aber sie sagte kein Wort, sondern bewegte sich gerade so weit zur Seite, dass der Commissario eintreten konnte. Sie schloss die Tür, ging voraus ins Wohnzimmer und bot ihm an, Platz zu nehmen.

Sie selbst blieb stehen, immer noch stumm, ohne den Blick von ihm zu wenden.

Dann sagte sie:

»Soll ich Ihnen einen Espresso machen?«

»Gern«, erwiderte der Commissario, der immer noch nicht wusste, wie er anfangen sollte.

Meriam ging hinaus, als wäre sie erleichtert, nicht länger mit ihm im selben Raum sein zu müssen. Jedenfalls kam es ihm so vor.

Allzu oft hatte er sich als Unglücksbote gefühlt, allzu oft war er gezwungen gewesen, mit schlechten Nachrichten in das Leben von Menschen einzudringen, Nachrichten, die ihnen buchstäblich den Boden unter den Füßen wegzogen.

Und obwohl er schon so oft in dieser Situation gewesen war, hatte er immer noch nicht den richtigen Weg gefunden, solche Nachrichten zu überbringen oder die Situation zumindest für sich selbst erträglicher zu machen.

Es dauerte lange, bis Meriam samt dem Tablett mit dem Espresso wiederkam. Montalbano fiel auf, dass ihre Augen gerötet waren und sie sich offenbar das Gesicht gewaschen hatte.

Sie setzte sich wortlos.

Montalbano trank den Kaffee und wollte gerade den Mund öffnen, als Meriam ihm zuvorkam.

»Es geht um Elena, nicht wahr?«

Fast hätte er sich verschluckt. Wie hatte sie das erraten? Er war verblüfft, aber auch erleichtert, denn damit ersparte sie ihm den schlimmsten Teil seiner Mission.

»Ja«, sagte er.

Sie nahm den Kopf in die Hände und fing lautlos an zu weinen. Ihr Körper wurde von Schluchzern geschüttelt, die sie zu unterdrücken versuchte, dann sagte sie: »Verzeihung«, stand auf und verließ erneut das Zimmer.

Nach ein paar Minuten kam sie zurück und setzte sich. Diesmal ergriff Montalbano das Wort.

»Sie wurde ermordet«, sagte er.

»Wann?«, flüsterte sie mit kaum hörbarer Stimme. Montalbano erriet die Frage an der Bewegung ihrer Lippen.

»Gestern Abend gegen elf.«

»Und wie?«

»Mit einer großen Schneiderschere.«

»Wer könnte das gewesen sein?« Meriams Frage schien mehr an sich selbst als an den Commissario gerichtet.

»Das kann ich Ihnen nicht beantworten. Und jetzt sagen Sie mir, wie Sie auf Elena gekommen sind.«

»Commissario, ich weiß nicht ... Gestern Nachmittag, als wir gegangen sind, hatte ich ... ich hatte so ein merkwürdiges Gefühl. Kurz nachdem Sie mit der Anprobe fertig waren, hat Elena uns regelrecht hinausgeworfen. Sie sagte, sie müsse allein sein. Aber sie war sichtlich nervös, so nervös, dass sie beim Sprechen die Stoffe zerrissen hat, die gerade gekommen waren. So habe ich sie noch nie

erlebt. Sie war unhöflich, fast grob. Sogar Nicola gegenüber.«

»Warum sagen Sie ›sogar‹?«

»Wissen Sie, Commissario, Nicola betrachtet sich ein wenig als Elenas Vater. Seine Frau ist tot, seine Kinder leben
oben im Norden. Er verbringt die meiste Zeit des Tages im
Geschäft und bleibt oft noch, nachdem Elena den Laden
geschlossen hat, um weiterzuarbeiten, aufzuräumen und
sauberzumachen. Kurzum, die Schneiderei ist sein zwei-
tes Zuhause. Und gestern Abend ist sie ihm gegenüber
fast ausfällig geworden, damit er geht.«

»Haben Sie eine Erklärung für Elenas Nervosität? Einen
Verdacht?«

»Elena ist sehr zurückhaltend. Sie spricht nicht oft über
ihre persönlichen Angelegenheiten.«

»Wissen Sie, ob sie Verwandte hat?«

»Ihre Eltern leben nicht mehr, und sie ist ein Einzelkind.
Ich weiß nicht, ob sie nahe Verwandte hat, aber ich kenne
ihre Schwägerin, die hier im Ort lebt.«

»Elena ist verheiratet?«

»Ja, mit einem Vigateser, aber er ist schon vor Jahren gestorben. Als junge Witwe hat sie beschlossen, hierherzu-
ziehen und hier zu leben, weil sie sich mit ihrer Schwägerin Teresa so gut versteht.«

»Können Sie mir die Adresse geben?«

»Ja, natürlich: Via della Regione 18. Aber ich würde gern
mitkommen, wenn Sie hingehen. Ich fürchte, Teresa wird
es nicht verkraften . . .«

»Va bene. Ich werde im Verlauf des Vormittags zu ihr fahren, ich gebe Ihnen vorher Bescheid.«

»Danke.«

Sie schwiegen. Dann fragte Meriam fast verschämt:

»Wo ist sie jetzt?«

»Ich glaube, sie ist noch im Salon der Schneiderei. Dort haben wir sie gefunden.«

Meriam blickte ihn erstaunt an.

»Ich dachte«, sagte sie, »sie sei ... sie sei in ihrer Wohnung.«

»Und warum?«

»Ich weiß nicht. Wissen Sie ... die Schneiderei ist nur für die Kunden ... Als sie uns weggeschickt hat, dachte ich, sie erwartet jemanden, dem wir nicht begegnen sollten.«

»Vielleicht haben Sie recht: Es scheint, als habe Elena nicht allein zu Abend gegessen. Vielleicht ist sie nach dem Essen mit dem Mörder hinuntergegangen, warum auch immer. Es muss zu einer Auseinandersetzung gekommen sein ...«

Jetzt konnte Meriam sich nicht länger beherrschen.

Auf ihrem Stuhl sitzend wiegte sie den Oberkörper vor und zurück und sang dabei eine Art Klagelied. Die Worte waren arabisch, aber die Melodie klang wie bei der Karfreitagsprozession.

»Meriam ...«, sagte der Commissario leise.

Aber sie hörte ihn nicht.

Da stand er auf, trat zu ihr, strich ihr sanft über den Kopf und verließ das Zimmer. Er ging die Treppe hinunter, öffnete die Tür, stieg ins Auto und fuhr zum Kommissariat.

Aber er fuhr daran vorbei und dann nach Marinella, weil er sich endlich dieser verdammten Jeans entledigen wollte, in der er sich fühlte wie in einem Korsett.

Er schloss die Haustür auf, spurtete ins Schlafzimmer und legte sich flach aufs Bett.

Diesmal zählte er bis fünf, zog den Bauch ein und streifte die Jeans herunter bis zu den Schuhen, wo sie hängen blieb. Unter wilden Flüchen zog er die Schuhe aus, und sich verrenkend wie ein Fakir streifte er das eine Hosenbein ab, das sich dabei umstülpte. Er packte es und zog mit aller Kraft, fast wie beim Tauziehen, um das andere Hosenbein herunterzubekommen.

Dann war er endlich frei. Zum Ausgleich suchte er sich eine besonders bequeme Hose aus und verließ im Laufschritt das Haus.

Anstelle von Catarella saß ein anderer Polizist, den er nicht kannte, am Empfang und schlief. Er ging an ihm vorbei zu Fazios Büro und öffnete die Tür.

Fazio war da, und auch er schlief den Schlaf der Gerechten, den Kopf auf die Arme gebettet, die er auf dem Schreibtisch verschränkt hatte. Montalbano legte ihm eine Hand auf die Schulter und rüttelte ihn.

»Ehh!«, machte Fazio und schlug die Augen auf.

»Komm mit rüber.«

Von einer auf die andere Sekunde schüttelte Fazio seine Müdigkeit ab und folgte dem Commissario in sein Büro.

»Dottore, zuallererst muss ich Ihnen etwas Merkwürdiges erzählen.«

»Sprich.«

»Als der Wanderzirkus abgezogen und die Tür versiegelt war, kam ein älterer Mann mit einem Päckchen in der

Hand angerannt, und als er mich fragte, was los sei, habe ich es ihm erzählt. Matre santa, Dottori! Eine solche Reaktion hatte ich nicht erwartet! Er fing bitterlich zu weinen an. Ich hatte Angst, dass er zusammenbricht, und hab ihn festgehalten, aber seine Beine trugen ihn kaum, und da hab ich ihn zu meinem Wagen geführt, damit er sich setzen konnte. Als er sich ein wenig beruhigt hatte, erzählte er mir, dass er in der Schneiderei arbeitet. Er hatte am Abend eine Ciambella gebacken und wollte der Signora Elena den Kuchen bringen. In der Hoffnung, dass er uns irgendetwas sagen kann, habe ich ihn hierhergebracht. Er sitzt im Wartezimmer.«

»Das muss Nicola sein. Hol ihn her.«

Von Fazio gestützt trat der Mann ein, und als Montalbano auf ihn zuging, warf er sich ihm in die Arme.

»Kopf hoch, Nicola!«, sagte der Commissario und führte ihn zu einem Stuhl.

Nicola stellte das Päckchen auf den Tisch.

»Haben Sie das jeden Morgen gemacht?«

»Was?«

»Ihr das Frühstück gebracht.«

»Nein. Nicht jeden Morgen. Nur ab und zu.«

»Ist Elena immer so früh aufgestanden?«

»Nein, Dottore, gegen sieben. Aber ich ...«

Er unterbrach sich.

»Fahren Sie fort.«

»Ich hatte schlecht geschlafen.«

»Warum?«

»Weil mir nicht aus dem Kopf ging, was gestern Nachmittag passiert ist.«

»Was ist denn passiert? Können Sie es mir erzählen?«

»Ja. Nachdem wir mit der Anprobe Ihres Anzugs fertig waren, wollte Elena, dass wir alle nach Hause gehen. Und als ich bleiben wollte, weil noch so viel zu tun war, hat sie mich beschimpft. Das hat sie vorher noch nie getan. Sie erinnerte mich daran, dass ich bloß ein einfacher Angestellter sei und dass sie die Anweisungen erteilt, denen ich zu gehorchen habe. Aber ich weiß, Dottore, dass sie das nicht wirklich dachte, sondern es nur gesagt hat, damit ich mich ärgere und gehe. Und obwohl ich das wusste, habe ich alle Stoffe in die Regale gelegt und zusammen mit den beiden anderen Mitarbeitern den großen Tisch leergeräumt. Danach sind wir gegangen. Ich war sehr besorgt.«

»Was könnte der Grund für Elenas Nervosität gewesen sein?«

»Ich weiß es nicht, Dottore, ich weiß es nicht. Erinnern Sie sich, wie sie während der Anprobe war? Fröhlich wie immer und heiter, aber wenig später war sie plötzlich wie ausgewechselt. Wir sollten alle gehen, weil sie allein sein wollte. Aber . . .«

»Fahren Sie fort.«

»Ich hatte Angst, Dottore. Elena hatte das Rollgitter des Ladens heruntergelassen, und ich bin in die Via Garibaldi gegangen und hab mich in der Nähe der Tür postiert. Ich war mir sicher, dass sie jemanden erwartet und dass es dieser Besuch war, der sie so nervös machte. Ich blieb eine gute Stunde, aber während dieser Zeit kam weder jemand heraus, noch ging jemand hinein, und dann habe ich mich auf den Heimweg gemacht.«

»Hören Sie mir gut zu«, sagte Montalbano. »Ist Elena,

nachdem ich weg war, in ihre Wohnung hinaufgegangen?«

»Nein, Dottore. Sie kam sofort zurück in den Salon.«

»Noch etwas: Kurz bevor sie Sie aufforderte zu gehen, hat sie da einen Anruf auf dem Festnetz- oder Mobiltelefon erhalten?«

»Nein, Dottore. Es kam kein Anruf. Sie müssen mir glauben, Dottore: Gestern ist nichts vorgefallen. Wenn etwas geschehen ist, dann nur in ihrem Kopf. Und das lässt mir einfach keine Ruhe.«

»Meriam hat mir gesagt, dass Elena eine Schwägerin hat. Mehr nicht. Kennen Sie sie?«

»Selbstverständlich. Teresa Messina! Die beiden sind mehr als nur Schwägerinnen, sie sind wie Schwestern! Teresa hat zwei Kinder, die Elena sehr mögen. Maria! Matre Santa! Wer wird es ihr sagen! Teresa hat ihren Bruder verloren, ihren Vater und ihre Mutter und jetzt auch noch Elena! Nein, Dottore, es gibt keine Gerechtigkeit! Wer kann einer Frau, die so gut ist, so freigebig und ein so großes Herz hat, etwas antun wollen! Es stimmt: Die Besten gehen zuerst von uns!« Wieder begann er zu weinen.

Montalbano wartete, bis er sich ein wenig beruhigt hatte, dann sagte er:

»Nicola, ich werde Sie sicher noch brauchen…«

Fazio unterbrach ihn.

»Seine Telefonnummer und seine Adresse hab ich schon.«

Nicola stand auf. Montalbano reichte ihm die Hand, dann drückte er ihn an sich und umarmte ihn.

»Seien Sie tapfer«, sagte er.

Nicola sah ihn an und fragte:

»Warum?«

»Weil leider Gottes das Leben weitergeht«, sagte Montalbano. Und dann, an Fazio gewandt: »Sorg dafür, dass jemand ihn nach Hause bringt.«

Fazio war schnell zurück.

»Sag, was hat die Spurensicherung herausgefunden?«, forderte der Commissario ihn auf.

»Der Mörder war blutüberströmt, deshalb muss er sich die Schuhe ausgezogen und peinlich darauf geachtet haben, keine Spuren zu hinterlassen. Er ist hinauf in Elenas Bad gegangen und hat geduscht. Die Spurensicherung hat in der Dusche Blut gefunden, mit hoher Wahrscheinlichkeit das Blut des Opfers. Sie haben Proben zur Untersuchung mitgenommen. Noch etwas: Es gibt keine Fingerabdrücke, weder auf der Schiebetür der Duschkabine noch an den Wasserhähnen. Der Mörder muss sie mit den Handtüchern abgewischt haben. Keine Spuren, nicht einmal auf der Schere. Sie wurde wahrscheinlich mit dem Stück Stoff abgewischt, das daneben lag.«

»Was hältst du davon?«, fragte der Commissario.

»Dottore, meiner Ansicht nach war es ein Verbrechen aus Leidenschaft. Der Mörder hat im Affekt getötet, vielleicht im Verlauf einer Auseinandersetzung. Bleibt die Tatsache, dass er die Brust des Opfers verschont hat.«

»Und was sagt die Spurensicherung dazu?«

»Sie sagen, dass es kein Zufall sein kann. Der Täter hat bewusst vermieden, die Brust des Opfers zu verletzen.«

»Und was könnte das bedeuten?«

»Hm ...«

»Weißt du, womit du noch heute Vormittag anfangen musst?«

»Sissì, Dottore.«

»Soll heißen?«

»So eine Frau hatte bestimmt einen Mann an ihrer Seite.«

»Ich bin ganz deiner Meinung. Dann also buongiorno«, sagte der Commissario.

»Buongiorno«, antwortete Fazio, stand auf und verließ das Zimmer.

Montalbano warf einen Blick auf die Uhr. Es war sieben geworden.

Um diese Zeit war Livia mit Sicherheit schon auf und trank gerade ihren ersten Kaffee. Er wählte ihre Nummer in Boccadasse.

»Livia?«

»Was ist los, Salvo?«, fragte sie überrascht und besorgt.

»Ich habe eine schlechte Nachricht. Elena, die Schneiderin, wurde heute Nacht ermordet.«

»Du bist echt ein Arschloch!«, sagte Livia und legte auf.

Montalbano ärgerte sich.

Hielt sie ihn für so zynisch, dass er über den Tod Späße machte?

Er war so empört, dass er sich zwei Mal verwählte.

Dann hörte er ihre Stimme:

»Salvo, wirklich, ich hätte nicht gedacht, dass du ein solcher Idiot bist, dass du ...«

»Hör mir zu, Livia, es ist mein voller Ernst.«

An seiner Stimme merkte sie, dass er keinen Unsinn redete.

»Oddio! Ist das wahr?«

»Leider ja. Sie wurde in ihrer Schneiderei tot aufgefunden.«

Er hörte, dass Livia weinte.

»Tut mir leid, Livia. Lass uns heute Abend darüber reden«, sagte er.

Nun kam der schwierigste Teil: Der Unglücksbote musste seiner Pflicht noch einmal nachkommen, doch dieses Mal hatte er wenigstens jemanden an seiner Seite, mit dem er die Last teilen konnte. Er rief Meriam an.

»Wie geht's?«

»Mittelmäßig. Soll ich mit zu Teresa kommen?«

»Ja. Aber ich habe gehört, dass sie Kinder hat. Gehen sie noch zur Schule?«

»Ja. Sie bringt sie jeden Morgen hin.«

»Und danach geht sie zur Arbeit?«

»Ja. Aber sie arbeitet von zu Hause aus.«

»Was halten Sie davon, wenn wir sie gegen neun besuchen?«

»Finde ich gut«, sagte Meriam, »wenn Sie wollen, komme ich ins Kommissariat, hier halte ich es nicht mehr aus.«

»In Ordnung.«

Alles war zu erwarten, nur nicht, dass Mimì Augello im Kommissariat auftauchen würde.

»Warst du nicht hundemüde? Was ist los? Kannst du nicht schlafen?«

»Nein.«

»Und warum nicht?«

»Aus zwei Gründen. Erstens ist mir Folgendes durch den

Kopf gegangen: Wenn du dich in die Ermittlungen zu diesem Mordfall stürzt, wirst du Fazio an deine Seite holen
und so einspannen, dass ich ganz allein dastehe. Ich bin
dann der Dumme, der jeden Abend an den Hafen muss,
um die Flüchtlinge von Bord zu holen. Findest du das gerecht?«

»Nein, Mimì, das finde ich nicht gerecht. Aber findest
du es gerecht, dass eine Frau erstochen wurde, mit einer
Schere?«

»Nein. Und das ist der zweite Grund, aber dazu später.«

»Dann sag, was du vorschlägst, um das Problem zu lösen.«

»Ruf den Questore an und sag ihm, dass es unmöglich so
weitergehen kann wie bisher.«

Montalbano fand den Vorschlag gut.

Er griff zum Telefon und wies Catarella an:

»Wähl die Nummer des Signore e Questore und gib ihn
mir.«

Wenige Sekunden später hatte er ihn am Apparat.

Der Polizeipräsident war morgens immer schon früh im
Büro, und dies war genau der richtige Zeitpunkt, da war er
noch im Einklang mit der Welt. Der Commissario stellte
das Gespräch laut.

Als Erstes fragte der Questore:

»Montalbano, wie geht es Ihnen?«

»Gut, und Ihnen?«

»Ich kann nicht klagen. Ich wurde soeben über das Verbrechen von heute Nacht informiert.«

»Genau darüber wollte ich mit Ihnen sprechen, Signor
Questore. Ich glaube nicht, dass die Ermittlungen einfach

werden. Man wird Ihnen gewiss berichtet haben, dass einer ersten Beweissicherung zufolge der Mörder keinerlei Spuren hinterlassen hat. Daher wird die Untersuchung Ispettore Fazio und mich voll und ganz in Anspruch nehmen.«

»Und das heißt?«, fragte der Polizeipräsident.

»Das heißt, dass Vizekommissar Augello ganz allein mit der Ausschiffung der Flüchtlinge dasteht. Sie wissen, dass die Situation bisher schon unhaltbar war, aber jetzt ... Theoretisch müsste Augello wegen der Ausschiffungen jede Nacht zum Hafen und tagsüber im Kommissariat Dienst tun.«

»Und das heißt?«

»Ich rufe Sie an, um Sie zu bitten, uns von dieser Aufgabe zu dispensieren.«

»Das ist unmöglich«, erwiderte der Polizeipräsident entschieden.

»Aber Signor Questore, Augello ist ein Mensch und kein Roboter ...«

»Montalbano, machen Sie es wie Sileci.«

»Und wie macht es Sileci?«

»Er wurde von der Tagesschicht befreit. Reichen Sie ein Gesuch für Augello ein, und ich unterschreibe es Ihnen.«

»In Ordnung. Buongiorno.«

»Ihnen auch einen schönen Tag, Commissario. Halten Sie mich auf dem Laufenden«, sagte der Polizeipräsident und legte auf.

Mimì war fuchsteufelswild.

»Wer bin ich denn? Ein Nachtwächter? Außerdem bin ich

von meinem Naturell her gar nicht in der Lage, tagsüber zu schlafen.«

»Mimì, was soll ich dir sagen? Dann schläfst du eben weder bei Tag noch bei Nacht.«

»Du bist ein Aas. Und weißt du, was ich dir jetzt sage: Wenn du mir ab heute Abend etwas mitteilen willst, findest du mich nach Mitternacht an der Anlegestelle.« Damit stand er auf, um zu gehen.

Montalbano hielt ihn zurück.

»Warte. Bevor du gehst, verrat mir noch den zweiten Grund dafür, dass du nicht schlafen konntest.«

»Ich habe über Elenas Ermordung nachgedacht. Alle mochten sie, sie hat vielen in dieser Stadt Arbeit gegeben. Sie hat keine Familien zerstört, keine Ehefrauen eifersüchtig gemacht und niemanden in Schwierigkeiten gebracht. Klar ist aber auch, dass es ein Verbrechen aus Leidenschaft war. Und wenn du gestattest: In diesen Dingen kenne ich mich aus. Von solchen Frauengeschichten verstehe ich mehr als jeder andere. Aber das ist ja jetzt ohne Belang. Ich mache den Nachtwächter und verabschiede mich.«

Diesmal hielt Montalbano ihn nicht zurück. Mimì öffnete die Tür und verschwand.

Nach kaum zwei Minuten ging die Tür erneut auf, und wieder erschien Mimì. Er hatte sich bei jemandem untergehakt, den Montalbano nicht kannte.

»Ich habe die Ehre, dir den berühmten Salvo Montalbano vorzustellen. Commissario, das ist mein lieber Freund Diego Trupia.«

Aber Diego Trupia lächelte nicht, sondern verharrte reglos auf der Türschwelle.

Augello entzog ihm seinen Arm und schaute ihn an:

»Apropos, Diego, was machst du eigentlich hier?«

Trupia, knapp vierzig Jahre alt, groß, volles Haar, gepflegter Bart, von sichtlich sportlichem Körperbau und gekleidet wie ein junger Mann, antwortete mit leiser, versagen-
der Stimme:

»Ich muss mit dem Commissario sprechen.«

»Aber wieso denn, Decù? Was ist passiert? Hast du jemanden umgebracht?«

»Ich nicht. Aber jemand hat meine Elena umgebracht.«

Neun

Bei diesen Worten scheute Augello wie ein Pferd. Er stieß eine Art Wiehern aus und starrte seinen Freund mit weit aufgerissenen Augen an.

»Was bedeutet ›meine‹ Elena?«

»Es bedeutet genau das, was ich gesagt habe.«

Montalbano war sofort klar, dass Trupia nicht in Augellos Beisein reden wollte. Deshalb sagte er:

»Bitte lass mich mit dem Herrn allein.«

Mimì warf Trupia einen verächtlichen Blick zu, verließ das Zimmer und schloss die Tür.

»Nehmen Sie Platz«, sagte der Commissario und wies auf den Stuhl vor seinem Schreibtisch.

Trupia setzte sich. Er wirkte weder nervös noch eingeschüchtert. Vielleicht empfand er tiefes Unbehagen, und tatsächlich sah er Montalbano an und sagte:

»Ich weiß nicht, wo ich anfangen soll.«

»Dann fange ich an«, sagte der Commissario. »Wie haben Sie von dem Verbrechen erfahren?«

»Dottore, ich lebe allein und frühstücke gewöhnlich in einer Bar gleich bei mir um die Ecke. Und dort habe ich heute Morgen gehört, wie zwei Männer über Elenas Ermordung gesprochen haben. Es hat mich fast umgehauen.

Aber dann habe ich mich zusammengerissen und bin in die Via Garibaldi gefahren und habe die Siegel an der Tür gesehen. Dann bin ich wieder nach Hause. Ich musste allein sein und überlegen, wie ich am besten ...«

Er stockte und wusste nicht, wie er fortfahren sollte.

»Wie Sie uns Ihre Situation am besten darlegen?«

»Ja.«

»Sie waren mit Elena zusammen?«

»Ja.«

»Seit wann?«

»Seit knapp zwei Jahren. Wir haben unsere Beziehung zwar nicht an die große Glocke gehängt, aber ich dachte, ich melde mich lieber selber, denn früher oder später wären Sie ja doch auf mich gekommen.«

»Das haben Sie richtig gemacht.«

»Ich möchte gleich sagen, dass ich Elena nicht ermordet habe.«

»Haben Sie in der Bar auch erfahren, wie sie getötet wurde?«

»Nein.«

»Durch Stiche mit einer Schere.«

Trupia zuckte zusammen. Seine Miene war traurig und kummervoll. Er nahm die Hand vor den Mund, sagte aber nichts.

»Wann haben Sie sie zum letzten Mal gesehen?«, fragte Montalbano.

»Vor drei Tagen, Commissario. Seitdem habe ich nichts mehr von ihr gehört oder gesehen.« Trupia rang um Fassung.

»Und warum nicht?«

»Wir hatten gestritten.«

»Weshalb?«

»Ich hatte sie gefragt, ob sie mich heiraten will.«

»Und Elena hat Nein gesagt?«

»Nicht nur das. Sie war gekränkt und sehr wütend. Sie sagte, wenn ich darauf beharren würde, wäre unsere Beziehung auf der Stelle beendet.«

»Hat sie Ihnen erklärt, warum sie es nicht wollte?«

»Nein. Sie sagte nur, sie sei einmal verheiratet gewesen und das reiche ihr.«

»Als Sie sagten, Sie hätten Ihre Beziehung nicht an die große Glocke gehängt, meinten Sie damit, dass Elena sie geheim halten wollte?«

»Nein. Ehrlich gesagt war es auch mir ganz recht so. Als ich sie kennenlernte, war ich mit keiner anderen Frau liiert, und auch sie hatte keine anderen Geschichten laufen, das hoffe ich wenigstens. Wir waren gern zusammen und haben immer Wert darauf gelegt, dass unsere Begegnungen etwas Besonderes waren. Wir hatten beide Angst vor Gewöhnung und Routine.«

»Warum haben Sie ihr dann einen Heiratsantrag gemacht?«, fragte Montalbano, der diese Angst selbst nur allzu gut kannte.

»Nun ja, das mag lächerlich klingen, eigentlich wollte ich gar nicht heiraten. Aber ich hatte in letzter Zeit öfter das Gefühl, dass unsere flüchtigen nächtlichen Zusammenkünfte ihr nicht mehr reichten. Dass sie, wie soll ich sagen, jemanden brauchte, der an ihrer Seite ist und ihr Schutz und Zuversicht gibt. Sie war ein ungeheuer großzügiger Mensch, der nie etwas von anderen verlangte.

Immer bereit zu geben, ohne dafür eine Gegenleistung einzufordern. Aber sie war müde. Ich habe gespürt, dass sie die Last ihres Lebens nicht mehr allein tragen kann, und da erschien es mir richtig, sie zu fragen, ob sie diese Last nicht mit mir teilen will. Glauben Sie mir, mein Vorschlag, sie zu heiraten, ergab sich aus einem Bedürfnis, das ich bei ihr gesehen habe, nicht aus meinem Wunsch, einen Hausstand zu gründen.«

»Vielleicht haben Sie sich getäuscht – wenn Elena das so entschieden abgelehnt hat.«

»Commissario, ich möchte nicht anmaßend erscheinen, aber ich glaube, der Grund für ihre Ablehnung ist, dass sie nicht fähig war, sich wirklich ganz zu öffnen. Deshalb hat sie mich so rabiat ihrer Wohnung verwiesen, und deshalb hatte ich mir fest vorgenommen, sie nicht anzurufen. Aber ich glaube nicht, dass ich das noch lange durchgehalten hätte. Heute Morgen habe ich nach dem Aufwachen ganz stark an sie gedacht. Aber ich hätte nie geglaubt, dass das irgendetwas mit ihrem Tod zu tun haben könnte.«

Montalbano gefiel es, wie dieser Mann dachte und redete. Auf den ersten Blick wirkte er wie ein verwöhnter reicher Schnösel, aber er hatte Herz und Verstand, die er gut zu gebrauchen wusste.

»Was machen Sie beruflich?«

»Ich habe einen kleinen Verlag. Mein Großvater hat mir viel Geld vermacht, da war ich gerade mit meinem Literaturstudium fertig. Ich hätte reisen und mir die Welt anschauen und von dieser Erbschaft leben können, ohne zu arbeiten. Aber ich bin dem Rat meines Großvaters gefolgt, alles mit allen zu teilen. Und da er immer viel gelesen hat und ich ein großer Liebhaber zeitgenössischer Literatur bin, habe ich beschlossen, Bücher zu verlegen. Wenige ausgewählte, schön gedruckte Bücher. Sie bringen nicht viel ein, aber ich habe den Anspruch, Bücher zu machen, die der Leser gern in die Hand nimmt.«

Montalbanos Achtung für Trupia stieg in Schwindel erregende Höhen. Eines war ihm aber immer noch unklar.

»Entschuldigen Sie bitte, wie kommt es, dass Sie mit Augello befreundet sind?«

»Ich kenne Mimì schon eine Ewigkeit. Stellen Sie sich vor, er hat mir sogar geholfen, meine ersten Bücher in die – zugegebenermaßen nicht besonders zahlreichen – sizilianischen Buchhandlungen zu bringen.«

»Lassen Sie uns zum Thema zurückkehren«, sagte Montalbano. »Und leider muss ich auch Ihnen die Standardfrage stellen.«

Trupia unterbrach ihn.

»Sie wollen wissen, wo ich gestern Abend war?«

»Sagen Sie es mir.«

»Das ist ein Problem. Ich habe gestern gegen neun in meinem Stammrestaurant zu Abend gegessen. Um halb elf habe ich das Lokal verlassen, bin nach Hause gegangen und habe ferngesehen. Haben Sie schon herausgefunden, um welche Uhrzeit Elena ermordet wurde?«

Bisher war Trupia vollkommen ruhig gewesen, aber als er erneut den Namen Elena aussprach, füllten sich seine Augen mit Tränen.

Montalbano stand auf, holte Wasser, füllte ein Glas und reichte es ihm. »Noch vor Mitternacht«, sagte er.

Trupia leerte das Glas. Er stellte es auf den Schreibtisch und breitete die Arme aus.

»Dann habe ich kein Alibi.«

In dem Moment klingelte das Telefon.

»Dottori, Dottori, da wäre die Signora Marianna Ucria, die ...«

»Gut. Bring sie her.«

»Dottori, ich kann sie nicht herbringen, insofern als sie nicht hier vor Ort steht, sondern auf der Leitung.«

»Dann gib sie mir.«

Montalbano entschuldigte sich bei Trupia für die Störung.

Dann lauschte er Meriams Stimme:

»Commissario, gerade hat Stefano bei mir angerufen, Teresas Mann, und mich gebeten, sofort zu ihm nach Hause zu kommen, weil er Hilfe braucht.«

»Was ist denn passiert?«, fragte Montalbano alarmiert.

»Teresa hat die Kinder zur Schule gebracht und war anschließend auf dem Markt, wo sie von der Sache erfahren hat ...«

Es tat ihm leid, dass Teresa auf diese Weise vom Tod ihrer Schwägerin erfahren hatte, aber im Grunde seines Herzens dankte er dem Zufall, der es ihm diesmal erspart hatte, der Überbringer der schlechten Nachricht zu sein.

»Wann, glauben Sie, könnte ich mit ihr sprechen?«

»Ich rufe Sie an, sobald ich bei ihr bin.«

»In Ordnung, ich warte auf Ihren Anruf.«

Montalbano legte auf und sagte:

»Zurück zum Thema. War Elena in letzter Zeit besonders nervös?«

»Nein. Wie ich Ihnen bereits sagte, habe ich sie drei Tage lang nicht gesehen, aber bis dahin war sie normal gewesen. So wie immer.«

»Wissen Sie, ob sie mit jemandem Krach hatte, eine Meinungsverschiedenheit, einen Streit?«

»Nicht dass ich wüsste. Elena war extrem reserviert, Commissario. Haben Sie sie gekannt?«

»Ja. Ich war wohl, ihr letzter Kunde«, sagte Montalbano.

»Vielleicht ist Ihnen aufgefallen, dass sie sehr gesellig war und schnell Freundschaft schloss. Aber trotz dieser scheinbaren Offenheit war sie ausgesprochen zurückhaltend und ging kaum engere Beziehungen ein. Selbst mir hat sie sich nie ganz anvertraut.«

»Merkwürdig, auf mich hat sie den gegenteiligen Eindruck gemacht.«

»Das war wohl nach außen so. Ihre scheinbare Geselligkeit war eine Maske, hinter der sie ihr in Wahrheit einsames und scheues Wesen verbarg.«

»Man hat mir von Elenas enger Beziehung zu ihrer Schwägerin Teresa erzählt. Kennen Sie sie?«

»Ja, wir haben uns ein paar Mal zum Abendessen mit Freunden getroffen. Aber ich glaube nicht, dass Teresa von meiner Beziehung zu Elena Kenntnis hat.«

»Würden Sie mir die Namen dieser Freunde und Freundinnen Elenas nennen?«

»Gewiss, Commissario. Ich glaube zwar nicht, dass sie mehr wissen als ich, aber ein paar Namen kann ich Ihnen nennen.«

»Hat sie mit Ihnen jemals über ihre Ehe gesprochen? Über ihre Familie? Über den Tod ihres Mannes?«

»Werden Sie mir glauben, wenn ich Ihnen sage, dass ich erst vor ein paar Monaten erfahren habe, dass sie verheiratet war?«

»Was hat sie Ihnen darüber erzählt?«

»Wenig. Nur, dass sie beide junge Modemacher waren. Im Veneto, glaube ich. Dass sie sich an der Modeschule kennengelernt und gleich darauf geheiratet haben und dass ihr Mann wenig später gestorben ist. Vielleicht an einer Krankheit? Ich hatte nicht den Mut, sie danach zu fragen, Commissario. Elena wirkte nach ihrem kurzen Bericht sehr mitgenommen.«

»Danke«, sagte Montalbano, »das genügt mir vorerst.«

Er stand auf, ging zur Tür, rief etwas in den Gang hinaus und setzte sich wieder hinter seinen Schreibtisch.

Gleich darauf kam Fazio herein.

»Signor Trupia, bitte, folgen Sie dem Ispettore, er wird zu Protokoll nehmen, was Sie mir gerade gesagt haben. Nennen Sie ihm auch die Namen und Adressen von Signora Elenas Freunden, und sagen Sie ihm, seit wann und woher Sie Elena kennen. Ich muss Sie bitten, Vigàta vorerst nicht zu verlassen und jederzeit erreichbar zu sein.«

Er gab Trupia die Hand. Trupia drückte sie, verabschiedete sich und folgte Fazio.

Als sich die Tür geschlossen hatte, überkam Montalbano auf einmal eine große Müdigkeit.

Eine dicke schwarze Wolke senkte sich auf ihn hinab, und er stützte sich auf seine Arme, die er verschränkt auf dem Schreibtisch abgelegt hatte.

Er schloss die Augen und glitt langsam in eine Röhre, die mit einer tintenschwarzen Watte gefüllt war, bis er keine

Bewegung mehr wahrnahm. Er war ins Große Nichts gesunken.

Und dann, in der Stille dieses Nichts, erreichte ihn ein fernes Echo, das immer näher kam. Menschliche Stimmen, von denen Wortfetzen hörbar wurden.

»ori ... ori! ... chi? ... Maria! ... aiut ... ori ... ori ... chi fa?«

Er spürte, wie er unsanft an den Schultern gerüttelt und mit jedem Ruck ein Stück weiter an die Oberfläche geholt wurde.

Bei einem Ruck, der heftiger war als die anderen, schlug seine Stirn auf die Schreibtischplatte.

Er fluchte, öffnete die Augen, richtete sich auf und sah Catarella neben sich stehen, kreidebleich, zu Tode erschrocken.

»Ist gut, Catarè!«, brachte er hervor.

»Dann leben Sie ja noch! Maria! Was haben Sie mir für einen Schreck eingejagt, Dottori! Meine Beine sind noch ganz zitterig. Ich hab gedacht, Sie sind tot, Dottori!«

»Wieso denn?«, fragte Montalbano. »Ich bin nur kurz eingenickt, Catarè. Was ist passiert? Was willst du?«

»In der Teflonleitung war die Signora Marianna Ucria, und weil ich Sie angerufen und Sie nicht abgehoben haben, hab ich zu der Ucria gesagt, dass sie später nochmal anrufen soll. Dann bin ich hierhergekommen und hab Sie hier vor Ort angerufen, aber Sie haben nicht gereagiert, und da hab ich angefangen, Sie mit beiden Händen zu schütteln und zu rütteln, aber Sie haben immer noch keinen Pieps gesagt. Maria, was bin ich erschrocken!«

»Ist ja gut«, sagte Montalbano. »Wie spät ist es denn?«

»Zehn vorbei, Dottori.«

Er hatte eineinhalb Stunden geschlafen!

»Ich muss mir das Gesicht waschen. Geh du zurück in deine Telefonzentrale«, sagte er zu Catarella.

Er ging ins Bad, zog Jacke und Hemd aus, sodass er mit nacktem Oberkörper vor dem Waschbecken stand. Er wusch sich ausgiebig, trocknete sich ab, zog sich wieder an und bat Catarella, ihm einen dreifachen Espresso zu machen. Er fühlte sich jetzt besser und beschloss, Meriam selbst von seinem Handy aus anzurufen.

»Entschuldigen Sie wegen vorhin, ich war nicht in meinem Büro. Wo sind Sie im Moment?«

»Ich bin bei Teresa zu Hause.«

»Kann ich vorbeikommen?«

»Ja, Dottore, aber ich weiß nicht, ob Teresa imstande ist...«

»Ich werde sehen, was möglich ist.«

Er trank den dreifachen Espresso, stieg in sein Auto und war im Nu in der Via della Regione.

Ein gutaussehender fünfzigjähriger Mann öffnete ihm.

»Sehr erfreut. Ich bin Stefano Messina.«

Er führte ihn ins Wohnzimmer und bot ihm einen Platz an.

Montalbano nahm all seinen Mut zusammen und fragte ihn, ob er, falls notwendig, Elenas Leiche identifizieren würde.

»Selbstverständlich«, antwortete Messina.

»Wie geht es der Signora?«

»Was soll ich sagen, Commissario. Für Teresa ist es, als wäre Franco noch einmal gestorben.«

Franco, so hieß offenbar Elenas Mann.

»Kann ich zu ihr?«

»Entschuldigen Sie mich einen Augenblick«, sagte der Mann, stand auf und ging hinaus.

Nach einer Weile kam er wieder.

»Bitte folgen Sie mir.«

Im Schlafzimmer lag Teresa auf dem Bett wie ein leerer Sack, den man auf die Decke gelegt hatte.

Sie war vollständig bekleidet, trug Mantel und sogar ihre Schuhe, und mit der Rechten hielt sie noch ihre Handtasche umklammert, die sie zum Einkaufen dabeigehabt hatte. Ihre Augen waren geschlossen.

Meriam saß neben ihr auf einem Stuhl.

»Schläft sie?«, fragte der Commissario leise.

»Sie hat ein Beruhigungsmittel genommen«, antwortete Stefano.

Dem Commissario wurde klar, dass er völlig umsonst hergekommen war. *Nuttata persa e figlia fimmina.*

Ohne ein weiteres Wort drehte er sich um und kehrte ins Wohnzimmer zurück.

Gleich darauf erschien Stefano.

Er sah den Commissario an und sagte:

»Ich danke Ihnen für Ihr Verständnis.«

Jetzt kam auch Meriam zu ihnen.

»Selbst wenn wir sie geweckt hätten«, sagte Montalbano, »hätte sie meine Fragen wohl nicht beantworten können. So etwas gibt es nur im Film.«

»Ich mache Ihnen einen Vorschlag«, sagte Meriam und versuchte zu lächeln. »Wenn Teresa heute Nachmittag wieder zu sich kommt, rufe ich Sie an. Einverstanden?«

»Danke, Meriam, Sie sind wirklich ein Engel.«

Montalbano gab den beiden zum Abschied die Hand und fuhr ins Kommissariat zurück.

Kaum war er in seinem Büro, stürmte Mimì Augello wie ein wütender Stier herein.

»Ich habe Fazios Protokoll mit Trupias Aussagen gelesen«, sagte er und ließ sich auf den Stuhl fallen.

»Und?«

»Was für ein elender Wichser!«

»Wieso denn das?«

»Du musst wissen, dass ich es war, der ihm Elena vorgestellt hat! Und dass ich ihm auch gesagt habe, dass ich ein Auge auf sie geworfen habe. Er hat mich reingelegt. Er hat sie mir ausgespannt und mir kein Wort gesagt. Womöglich hat *er* sie ja umgebracht!«

»Red keinen Unsinn, Mimì!«

»Wieso bist du so sicher, dass er unschuldig ist?«

»Im Moment weiß ich nicht, ob er schuldig oder unschuldig ist. Aber nicht jeder, der dir mal eine Frau vor der Nase weggeschnappt hat, ist deshalb gleich ein Mörder. Und außerdem: War dieser Trupia nicht dein lieber Freund?«

»Ganz recht: Das *war* er mal. Jemand, der einen auf diese Weise hintergeht, ist zu allem fähig.«

»Ist dir klar, was du da redest?«

»Salvo, überleg doch mal. Er war ihr letzter Liebhaber. Er kommt aus freien Stücken hierher, um uns zu sagen, dass er seit drei Tagen mit ihr zerstritten ist. Das war ein Mord im Affekt. Ich bin felsenfest davon überzeugt, dass Trupia erst zum Essen im Restaurant war und danach zu Elena gegangen ist. Die beiden haben gestritten, und dann ist passiert, was passiert ist.«

»Das ist ja eine tolle Freundschaft, Mimì! Natürlich, das wäre durchaus denkbar, auch wenn meiner Ansicht nach der Mörder mit Elena zu Abend gegessen hat. Hast du diesen Trupia denn als gewalttätigen Menschen erlebt?«

»Nein, aber du hast mich gelehrt, dass Gelegenheit Diebe macht. Ich an deiner Stelle würde eines tun.«

»Was denn?«

»Ich würde überprüfen, ob Elena am Tag ihrer Ermordung auf ihrem Mobiltelefon Anrufe von Trupia erhalten hat. Oder ob sie ihn angerufen hat.«

Das war gar keine schlechte Idee. Montalbano wählte Catarellas Nummer.

»Schick Fazio zu mir«, sagte er.

Fazio war sofort zur Stelle.

»Elenas Mobiltelefon ist bei der Spurensicherung, oder?«

»Nein, Dottore, die haben es nicht. Es wurde nämlich nicht gefunden. Wir haben überall gesucht, sogar im Gefrierfach. Meiner Ansicht nach, und so sieht es auch die Spurensicherung, hat der Mörder es mitgenommen.«

»Was hab ich dir gesagt!«, rief Mimì triumphierend. »Trupia hat sie angerufen, und deshalb musste er das Handy verschwinden lassen.«

»Fazio, besorg so schnell wie möglich die Verbindungsdaten von Trupias Mobiltelefon. Aber ich sage euch klipp und klar, dass ich nicht an diese Spur glaube.«

Mimì Augello stand wutentbrannt auf.

»Und du wirfst mir vor, ich sei voreingenommen. Bis dann.«

Er schlug die Tür mit einem lauten Knall zu.

Der Nachhall des Geräuschs verwandelte sich in das Schrillen des Telefons.

»Dottori, da wäre der Dottori Pasquano in der Leitung.«

Montalbano staunte. Konnte es sein, dass Pasquano schon mit der Autopsie fertig war? Und dass er sich freundlicherweise die Mühe machte, ihn anzurufen, um ihm das Ergebnis mitzuteilen? Er schaltete den Lautsprecher ein, damit Fazio mithören konnte.

»Dottore, buongiorno. Ich stehe ganz zu Ihrer Verfügung. Brauchen Sie einen Mitspieler beim Pokern?«

»Nicht ich brauche etwas von Ihnen, Sie brauchen etwas von mir.«

»Und was verschafft mir das Vergnügen, Ihre Stimme zu vernehmen?«

»Ich dachte, Sie sind vielleicht an der Ermordung der schönen Schneiderin interessiert.«

»Klar bin ich das.«

»Möchten Sie nicht wissen, was die Autopsie ergeben hat?«

Das war nun wirklich eine verkehrte Welt.

»Ja, da… danke«, stotterte Montalbano, der sich von der Überraschung erst noch erholen musste.

»Zunächst Folgendes: Die Signora hatte kurz zuvor zu Abend gegessen. Als sie getötet wurde, hatte noch nicht einmal die Verdauung eingesetzt.«

»Das bestätigt meine Vermutung.«

»Nun, wenn Sie so weitsichtig und scharf denken können, schweige ich. Ich sage kein Wort mehr, und Sie lauschen in Ruhe Ihren Gedanken.«

»Dottore, verzeihen Sie, aber was für eine Laus ist Ihnen heute Morgen über die Leber gelaufen? Ich werde Sie nicht noch einmal unterbrechen. Ich bin ganz Ohr.«

»Die Tatwaffe«, fuhr Pasquano fort, »ist diese Schneiderschere, die man auf dem Tisch gefunden hat, dazu passen die Wunden. Ich sollte vielleicht noch hinzufügen, dass es viel Kraft kostet, eine solche Schere so tief ins Fleisch zu bohren, wie der Mörder es getan hat.«

Montalbano schaffte es nicht, sich zurückzuhalten.

»Dann denken Sie also, dass es ein eher kräftiger Mann war?«

»Nein. Nein, Sie halten sich nicht an die Regeln. Sie sind es, der denkt, nicht ich. Ich schwöre, wenn Sie mich noch einmal unterbrechen...«

»Pardon, Pardon, Pardon...«

»Von dem ersten Stich wurde sie offenbar völlig überrascht. Es gibt keine Verletzungen an ihren Händen, die darauf hindeuten, dass sie sich zur Wehr gesetzt hat. Der Mörder – er stand hinter ihr – hat auf ihren Hals gezielt und genau die Halsschlagader getroffen. Die Wunde war tödlich. Theoretisch hätte die Frau bäuchlings zu Boden sinken müssen, aber sie muss eine Bewegung gemacht haben, in deren Folge sie auf den Rücken fiel. Und jetzt entschuldigen Sie bitte meine Frage: Kann ich in Anbetracht Ihres fortgeschrittenen Alters überhaupt fortfahren? Haben Sie alles verstanden, was ich bis jetzt gesagt habe?«

Das war ganz klar eine Provokation, aber Montalbano beschloss, sie zu ignorieren.

»Ich hoffe doch. Fahren Sie fort.«

»Dann hat sich der Mörder hinuntergebeugt und angefangen, auf den Körper einzustechen. Auf diese Weise konnte er den Brustbereich aussparen.«

»Es war also kein Zufall«, sagte Montalbano, »dass der gesamte Brustbereich verschont wurde?«

»Nein! Das war kein Zufall. Es war Absicht.«

»Und warum hat der Mörder Ihrer Ansicht nach so gehandelt?«

»Jetzt dürfen Sie wieder Ihr Hirn anstrengen. Sie werden sehen, wenn Sie nur lange genug grübeln, kommen selbst Sie drauf.«

»Warum? Haben Sie denn schon eine Idee?«

»Ich nicht, aber die Dichter. Sie haben jetzt die Qual der Wahl. Beginnen wir mit Ariost: »Die runden Brüste schienen Milch zu sein.« Oder denken Sie an D'Annunzios *amore doloroso*, seine schmerzliche Liebe: »In diesem Schatten wie im Grabesgrund an diesem Busen ruhend Unendlichkeit zu finden.« Nicht zu vergessen Cardarelli: »Armselige Frau mit den schwellenden Brüsten, du hast nur einen Reichtum, deine Milch ...«

Montalbano saß mit offenem Mund da. Nie hätte er in Pasquano einen solchen Kenner der Dichtkunst vermutet.

»Könnten Sie das in einfachen Worten erklären?«, traute er sich zu fragen.

»Nein«, erwiderte Pasquano und legte auf.

»Sieh mal einer an!«, rief Fazio. »Ich würde ja zu gern wissen, ob sich die literarischen Kenntnisse des Dottore im Busen und anderen Details der weiblichen Anatomie erschöpfen.«

»Fazio, weißt du was? Diese literarischen Kostproben

haben mich dermaßen hungrig gemacht, dass ich es kaum mehr aushalte.«

Und ob aufgrund seiner Müdigkeit, seines Alters oder der Angst, beim Essen einzuschlafen, lud er Fazio ein, ihn zu Enzo zu begleiten.

»Aber unter einer Bedingung«, fügte er hinzu, »dass wir beim Essen nicht über die Ermittlungen reden. Oder besser gesagt: dass wir überhaupt nicht reden.«

Zehn

Als Montalbano den Corso überquerte, sagte Fazio:
»Halten Sie kurz an, ich muss aussteigen.«
»Gut, ich warte auf dich. Hast du etwas vergessen?«
»Nein, ich möchte etwas überprüfen. Fahren Sie ruhig
weiter, ich komme nach.«
Montalbano parkte vor dem Restaurant, ging hinein und
sagte zu Enzo:
»Einen Tisch für zwei.«
»Wer kommt noch? Eine Frau oder ein Mann?«, fragte
Enzo.
»Fazio.«
Enzo entfernte sich enttäuscht, doch nach drei Schritten
drehte er sich um und kam zurück.
»Dottore, verzeihen Sie die Frage, aber was können Sie
mir über den Mord an der armen Signora Elena sagen?«
»Kanntest du sie?«
»Sissì, Dottori. Wenn es doch mehr Frauen wie sie
gäbe!«
»In welchem Sinn?«
»Erstens war sie ein fröhlicher Mensch, aufgeschlos-
sen, immer zum Lachen aufgelegt. Es war leicht, mit ihr
Freundschaft zu schließen. Und einen Appetit hatte sie!

Wissen Sie, Dottori, die Frauen heutzutage essen ja kaum noch was. Einen kleinen Salat, Zichorie mit Öl und Zitrone. Die Signora Elena war anders. Sie setzte sich hin und ließ sich alles auftischen, Antipasti, Primo, Secondo, Dolce, Caffè und Ammazzacafè, Likör. Und sie schätzte einen guten Wein zum Essen. Manchmal kam sie allein, dann bat sie mich, mich zu ihr zu setzen, weil sie gern in Gesellschaft aß, und wir haben uns unterhalten. Und wissen Sie was? Oft, wenn es spät wurde und keine Gäste mehr da waren, haben wir eine Partie Tresette gespielt, bevor ich ihr die Rechnung brachte. Wenn sie gewann, musste sie nichts bezahlen.«

»Ich kann dir nicht viel sagen«, unterbrach ihn Montalbano. »Wir stehen noch ganz am Anfang der Ermittlungen. Ich halte dich aber auf dem Laufenden.«

In dem Augenblick kam Fazio herein. Er setzte sich.

»Hast du einen besonderen Wunsch?«, fragte der Commissario.

»Wissen Sie was? Ich hätte große Lust auf eine pasta con bottarga.«

Montalbano lief das Wasser im Mund zusammen. Er verspürte plötzlich einen regelrechten Heißhunger auf Nudeln mit getrockneten Fischrogen.

Enzo konnte ihnen den Wunsch erfüllen und versprach sogar, einen Hauch Schale von einer Zitrone aus dem eigenen Garten darüber zu reiben.

Beim Essen – nach der Pasta mit Bottarga verzehrte jeder noch drei gebratene Meerbarben mit Zwiebeln – hielt Fazio Wort und öffnete den Mund nur, um in den kulinarischen Genüssen zu schwelgen und seiner Begeisterung über die schmackhafte Zubereitung Ausdruck zu verleihen. Erst nach dem Espresso zog er eine Zeitschrift aus der Tasche.

Er legte sie auf den Tisch, verdeckte sie aber mit der Hand, damit der Commissario den Titel nicht sah.

Dabei grinste er listig und zufrieden, was Montalbano zutiefst unsympathisch fand.

Er beschloss, ihm die Genugtuung nicht zu gönnen, stand wortlos auf und ging zur Toilette.

Im Gehen bemerkte er, wie das Grinsen auf Fazios Gesicht erlosch. Als er zurückkam, sagte er kurz angebunden und ohne sich zu setzen:

»Gehen wir.«

Fazio erwiderte:

»Verzeihung, Dottore, würden Sie mir einen Augenblick zuhören? Ich muss Ihnen etwas zeigen.«

»Zeig schon!«, sagte der Commissario herablassend und setzte sich unwillig.

»Vorhin im Vorbeifahren habe ich an einem Kiosk die Schlagzeile auf dieser Zeitschrift gelesen. Deshalb bin ich ausgestiegen.«

Wortlos streckte Montalbano den Arm aus, zog Fazio die Zeitschrift unter der Hand weg und betrachtete sie.

Auf der Titelseite stand unter dem Bild eines ausgesprochen hübschen Busens:

Die weibliche Brust in der italienischen Lyrik

»Daher hat Dottor Pasquano sein Wissen!«

»Dieser Hund!«, rief der Commissario.

Aber die Entdeckung beruhigte ihn, und er fügte hinzu:
»Ich danke dir, denn der Gedanke an Pasquanos Zitate hätte mir heute Nacht garantiert den Schlaf geraubt. Ich fahre dich zum Kommissariat zurück.«

»Ist nicht nötig«, meinte Fazio. »Wenn Sie Ihren gewohnten Spaziergang am Hafen machen wollen, geh ich gerne zu Fuß.«

Kaum hatte er die ersten Schritte auf der Mole gemacht, klingelte sein Handy. Er überlegte gerade, wie er Pasquano seinen Streich heimzahlen konnte, als sich das alte Sprichwort bestätigte: Wenn man den Esel nennt, kommt er gerennt.

Tatsächlich war der Gerichtsmediziner am Apparat.

»Montalbano, verzeihen Sie, wenn ich Sie aus Ihrem Verdauungsschlaf gerissen habe.«

»Wer sagt Ihnen, dass ich schlafe? Sie sind es, der Schlaf nötig hat, nicht ich. Ich fühle mich blendend und genieße die Meeresluft. Und was für ein Lüftchen weht bei Ihnen im Leichenschauhaus?«

»Genau darum geht es. Im Leichenschauhaus und in meinem Zimmer riecht es übel und verrottet, aber draußen im Korridor ist die Luft noch viel schlechter.«

»Warum?«

»Weil dort seit zwei Stunden einer auf dem Boden sitzt, ohne Schuhe, der jammert und klagt, weint, singt und darum bettelt, die Ermordete sehen zu dürfen.«

»Und was habe ich damit zu tun?«

»Dieser Signore sagt, er sei ein Freund von Ihnen. Und wenn Sie ihn nicht abholen kommen, bringe ich ihn eigenhändig um und lege ihn neben die Signora Elena auf die Bahre, dann kriegt er sie endlich zu sehen.«

»Und wie heißt er?«

»Er hat einen türkischen Namen: Ossiman, Osman oder so ähnlich ... Pronto, pronto ...!«

Aber Montalbano hatte bereits aufgelegt und eilte zu seinem Auto.

Während er mit hoher Geschwindigkeit nach Montelusa fuhr, brachte er keinen einzigen vernünftigen Gedanken auf die Reihe.

Als wäre in seinem Kopf plötzlich ein Wald aus lauter Fragezeichen emporgeschossen, in dem er blind umherirrte wie in einem Labyrinth, ohne den Ausgang zu finden.

Er konnte nur Bruchstücke von Fragen formulieren.

Osman? Was hatte der Zahnarzt damit zu schaffen? Was machte er im Leichenschauhaus? Warum weinte er? Warum trug er keine Schuhe? Hatte er richtig gehört? Konnte es nicht ein Türke mit dem Namen Ossiman sein? Aber er hatte gesagt, er sei sein Freund ... Demnach ...

Und außerdem: Warum ließ sich dieser Mensch, den er als schweigsam, zurückhaltend und beherrscht kannte, derart gehen?

Er stellte sein Auto auf dem Parkplatz ab und eilte ins Gerichtsmedizinische Institut.

Der Korridor war leer, aber ein Stück weiter hinten entdeckte er ein großes Stoffbündel, das zwar nicht als Mensch zu erkennen war, aus dem aber ein leises, klagendes Wimmern kam.

Der Commissario trat näher.

Er erkannte den Arzt kaum wieder, der am Boden kauerte, mit dem Rücken zur Wand, den Kopf zwischen den Beinen, die Arme um die Knie geschlungen. Doch aus den schwachen, erstickten Lauten dieses menschlichen Knäuels hörte er klar und deutlich das Wort »Elena« heraus.

Er ging vor ihm in die Hocke, beugte sich hinunter, bis sein Gesicht fast Osmans Kopf berührte, und sagte leise:

»Osman, Osman. Ich bin es, Montalbano. Osman, keine Angst. Ich bin hier bei Ihnen.«

Keine Reaktion.

Montalbano wiederholte weiter Osmans Namen und verfiel dabei fast in dessen Singsang.

Das zeigte Wirkung. Das Lamento hörte auf.

Ganz langsam hob Osman den Kopf.

Bei seinem Anblick lief Montalbano ein kalter Schauder über den Rücken. Dieses Gesicht, dieser Ausdruck in den Augen schien einem sehr viel älteren Mann zu gehören. Der Schmerz hatte Osmans Züge völlig verändert.

Er murmelte etwas, das Montalbano nicht verstand.

»Wie bitte?«, fragte er.

»Ich möchte Elena sehen.«

»Ich werde mein Möglichstes tun, das verspreche ich Ihnen. Aber erst einmal helfe ich Ihnen auf die Beine.«

Vom Commissario gestützt schaffte Osman es zunächst nur auf die Knie, bevor er sich mit großer Anstrengung, den Rücken gegen die Wand gedrückt, in eine aufrechte Position hochschob.

»Können Sie sich auf den Beinen halten?«

»Ja«, sagte Osman.

Montalbano holte die Schuhe, die nicht weit entfernt lagen, ging erneut in die Hocke und zog sie ihm an, fürsorglich wie eine Mutter.

Dann geleitete er ihn ein paar Schritte weiter zu einem Stuhl.

»Warten Sie hier. Bewegen Sie sich auf keinen Fall von der Stelle.«

Er stürzte zu Pasquanos Tür, riss sie auf und stürmte in den Raum.

Der Dottore fuhr hoch.

»Was ist das für eine gottverdammte Art, einfach hier hereinzuplatzen?«

»Ich habe keine Zeit«, sagte Montalbano. »Sagen Sie: Ist es Nichtangehörigen strikt verboten, den Leichnam zu sehen?«

»Strikt verboten. Dafür brauchen Sie eine richterliche Genehmigung. Was glauben Sie denn? Hätte ich Ihren Freund sonst nicht längst hineingelassen? Er nervt mich seit zwei Stunden mit dieser Litanei, die meiner Ansicht nach auch noch Unglück bringt.«

»Und wenn ich Ihnen sage, dass mein Freund der Bruder der Ermordeten ist?«

»Dann würde ich Ihnen antworten, dass das kompletter Schwachsinn ist. Aber in Anbetracht dessen, dass Sie ein Meister des Schwachsinns sind, kann ich so tun, als würde ich Ihnen glauben. Übernehmen Sie die Verantwortung?«

»Ja, ich stehe für ihn ein.«

»Gut, dann bringe ich ihn hin.«

Auf ihrem Weg sagte Pasquano leise:

»Warten Sie hier. Es ist besser, wenn ich zuerst hineingehe. Ich decke die Tote zu, sodass er nur das Gesicht sieht. Es ist ja zum Glück unverletzt.«

Er ging auf eine Tür zu, trat ein und ließ sie offen.

Montalbano kehrte zu Osman zurück.

»In ein paar Minuten können Sie sie sehen.«

»Danke«, presste Osman hervor.

Nach einer Weile erschien Pasquano in der Tür.

»Kommen Sie.«

Osman erhob sich von seinem Stuhl. Montalbano führte ihn am Arm in den Raum. Eine der Kühlkammern stand offen. Pasquano hatte die Bahre mit der Leiche herausgezogen und einen Zipfel des Tuches gehoben.

Mit einer brüsken Bewegung befreite sich Osman aus Montalbanos Griff und sagte:

»Ich gehe allein.«

Montalbano befürchtete, Osman würde taumeln, aber er machte die fünf Schritte sicher und entschlossen.

Bei Pasquano angelangt blieb er stehen und betrachtete das Gesicht der Toten.

Seine Miene war völlig ausdruckslos, seine Lippen bewegten sich lautlos. Dann beugte er sich ganz langsam hinunter, bis sein Mund Elenas Stirn berührte. So verharrte er ein paar Sekunden, dann richtete er sich auf und verließ den Raum wie in Trance.

»Danke«, sagte Montalbano zu Pasquano.

Osman steuerte zielstrebig auf den Ausgang zu.

Als sie draußen waren, sagte er:

»Ich danke Ihnen für alles.«

»Sie wollen doch nicht etwa mit Ihrem Wagen nach Vigàta zurückfahren?«

»Doch«, sagte Osman.

»Das schlagen Sie sich besser aus dem Kopf. Den Wagen können Sie irgendwann holen. Ich bringe Sie nach Hause. Oder möchten Sie vielleicht mit zu mir nach Marinella kommen?«

»Ja«, antwortete Osman.

In dem Moment, als sie ins Auto stiegen, klingelte Montalbanos Handy.

»Pronto!«

»Commissario, entschuldigen Sie bitte. Hier ist Meriam. Ich rufe Sie an, weil ich mir Sorgen mache. Es ist nämlich so: Sie können es nicht wissen … aber Elena … Verzeihen Sie bitte, aber … also … Es ist so, dass ich Dottor Osman nicht erreiche, schon seit heute Morgen nicht …«

Montalbano stieg aus, bevor er antwortete, damit Osman nicht hörte, was er sagte.

»Er ist hier bei mir.«

»Und wie geht es ihm?«, fragte Meriam.

»Schlecht.«

»Sind Sie mit ihm im Kommissariat?«

»Nein. Ich wollte ihn gerade nach Marinella bringen, um ihm ein wenig Zeit zu geben, sich zu fassen.«

»Wäre es nicht besser, Sie fahren ihn nach Hause?«

»Ich möchte ihn nur ungern allein lassen.«

»Keine Sorge, ich stehe vor seiner Tür. Ich warte hier auf Sie.«

»Ist gut«, erwiderte der Commissario und stieg ein.

Dem Arzt sagte er, er werde ihn nach Hause fahren. Osman war immer noch so verwirrt, dass er nicht einmal nach einer Erklärung für diese Kursänderung fragte.

Als Osman Meriam erblickte, stieg er aus, lief auf sie zu und umarmte sie fest.

Montalbano ließ den Motor an und fuhr weiter.

Er wollte nach Marinella, aber ohne zu wissen, wie, stand er plötzlich vor dem Kommissariat.

Er war inzwischen so müde, dass er nicht einmal mehr die Kraft hatte zu denken, sondern dem Auto die Entscheidung überließ. Er parkte und betrat das Gebäude.

»Ah, Dottori, Dottori! Gerade im selbigen Moment hat die Spurensicherung angerufen, weil die von Ihnen persönlich selber wissen wollen, wem sie den Whiskyfraß in Rechnung stellen sollen.«

»Was um Himmels willen ist ein Whiskyfraß?«

»Kennen Sie den nicht, Dottori?! Das sagen und zeigen die doch immer im Fernsehen.«

»Und was sieht man da, Catarè?«

»Da sieht man Katzen, die dank dem Whiskyfraß fröhlich herumtollen und lachen.«

»Dann ist dieser Whiskyfraß also etwas, das Katzen glücklich macht und das wir bezahlen sollen, um die Spurensicherung glücklich zu machen?«

»Sissì, Dottori. Sie haben es erraten. Der Whiskyfraß ist etwas, das die Katzen glücklich macht, wenn sie es gefressen haben.«

»Ich hab's kapiert, Catarè. Aber jetzt erklär mir, warum wir diesen Whiskyfraß bezahlen sollen und vor allem für wen?«

»Dottori, es geht um den Kater von der Signora Schneiderin. Also um den Katzenzeugen.«

»Rinaldo!«, rief Montalbano. »Geht in Ordnung. Sag der Spurensicherung, dass ich die Rechnung bezahle, aber nur unter der Bedingung, dass sie mir den Kater herbringen, sobald seine Vernehmung abgeschlossen ist. Ich habe Angst, dass sie ihn verhungern lassen und diesen Whiskyfraß selber essen.«

»Recht haben Sie, Dottori! Wie gescheit Sie sind! Ich rufe jetzt gleich sofort vor Ort dort an!«

Montalbano ging in sein Büro, wo Fazio auf ihn wartete, kerzengerade auf dem Stuhl und völlig regungslos, mit weit aufgerissenen Augen. Er schlief mit offenen Augen.

»Fazio!«, rief der Commissario.

Fazio zuckte zusammen und antwortete:

»Zu Befehl!«

Er rang nach Luft, und als er sich endlich gefasst hatte, fragte er:

»Dottore, wo waren Sie denn so lange?«

»Das erzähl ich dir gleich. Hast du Neuigkeiten?«

»Sissì, Dottore«, erwiderte Fazio und war mit einem Mal ganz aufgeregt. »Ich habe etwas erfahren, das von größter Wichtigkeit sein könnte.«

»Sag schon.«

Fazio machte eine verschwörerische Miene.

»Es sieht so aus – aber Vorsicht, es sieht nur so aus –, als hätte es zwischen Dottor Osman und Elena in der Vergangenheit eine … Verstehen Sie?«

»Nein«, sagte Montalbano. Die Sache fing an, ihn zu amüsieren.

»Nun, es sieht so aus, als hätte es zwischen den beiden mehr gegeben als nur Freundschaft.«

Montalbano war beinahe gerührt. Wie war es möglich, dass einer wie Fazio, der in seinem Leben schon so viel Hässliches gesehen hatte, sich genierte, von Liebe zu sprechen?

Seine Rührung hinderte ihn allerdings nicht daran, weiter Salz in die Wunde zu streuen.

»Und?«

»Und daher glaube ich, dass es wichtig wäre zu wissen, ob diese Geschichte stimmt oder nicht.«

»Sie stimmt. Ist schon geklärt«, sagte Montalbano im selben Ton, den Fazio so oft und gern anschlug, wenn er sagte »Schon geschehen«.

Fazio riss die Augen auf.

»Wie haben Sie das gemacht?«

»Ich habe Dottor Osman vor fünf Minuten vor seiner Haustür abgesetzt.«

Und dann erzählte er Fazio, was alles geschehen war, nachdem sie die Trattoria verlassen hatten.

»Aber vernehmen konnten Sie ihn noch nicht, oder?«, fragte Fazio.

»Nein. Ruf ihn in einer Stunde zu Hause an und sag ihm, dass ich ihn morgen früh um halb zehn im Kommissariat erwarte. Du bist natürlich auch dabei. Aber jetzt fahre ich nach Marinella, ich bin todmüde und brauche Schlaf. Ich wünsche dir einen schönen Abend, wir sehen uns morgen früh.«

Im Vorbeigehen sagte er zu Catarella:

»Catarè, ich fahre nach Hause und möchte nicht gestört

werden, selbst dann nicht, wenn der Signore e Ministro anruft.«

»Zu Befehl, Dottori! Ich wollte Sie noch etwas fragen, weil die Spurensicherung mich gefragt hat, ob Sie auch den Katzenfloh bezahlen.«

»Den Katzenfloh? Welchen Katzenfloh?«

»Dottori, ich schwöre, dass ich mich bemüht habe, aber ich habe es nicht richtig verstanden. Es war irgendetwas zwischen Klon und Floh.«

»Das Katzenklo?«

»Sissì, Dottore! Genau so ein ähnliches Wort war es.«

»Die sollen aufhören zu nerven. Ich bezahle das Klo. Und sag ihnen, dass ich auch den Sand bezahle.«

»Machen Sie sich keine Umstände, Dottori. Wenn Sand gebraucht wird, geh ich mit der Schaufel Sand sammeln am Strand. Dort gibt es ja jede Menge Sand, und man muss nichts dafür bezahlen.«

Als er in Marinella ankam, war es fast sechs Uhr abends. Er erlebte einen herrlichen Sonnenuntergang und spürte, wie seine Anspannung nachließ, sobald er die Veranda betrat.

Reglos stand er da und atmete. Er hatte nicht einmal die Kraft, die Hand in die Hosentasche zu stecken und die Zigarettenschachtel herauszuholen. So reglos stand er da, dass sich eine Taube auf das Verandageländer setzte. Sie spazierte eine Weile hin und her, dann blieb sie stehen und sah ihn an.

Montalbano merkte, wie seine Augenlider schwer wurden.

»Ich habe keine Lust, mich zu unterhalten«, sagte er.

Die Taube flog weg.

Montalbano schloss die Augen.

Als er sie aufschlug, war ringsum dunkle Nacht. Er knipste sein Feuerzeug an und warf einen Blick auf die Uhr. Es war neun.

Er ging ins Haus und schaltete das Licht ein.

Sei es aus Müdigkeit, sei es, weil er im Freien eingeschlafen war, fröstelte ihn plötzlich.

Er ging ins Bad, entkleidete sich und stellte sich unter die Dusche.

Sofort fühlte er sich besser und bekam einen Riesenhunger.

Noch in Unterhose lief er in die Küche. Der Hunger führte ihn zielsicher zum Backofen. Er öffnete ihn. Was für ein Wunder!

Timballo di riso, ein Reisauflauf, den er seit undenklichen Zeiten nicht mehr gegessen hatte!

Er machte sich nicht einmal die Mühe, den Tisch zu decken, sondern breitete eine große Serviette auf der Wachstuchdecke aus, stellte ein Glas und eine Flasche Wein darauf, holte eine Gabel aus der Schrankschublade und fing an, direkt aus der Terrine zu essen.

Er selbst vollbrachte gleichfalls ein Wunder, denn es gelang ihm, während des Essens jeden Gedanken in seinem Kopf vorüberziehen zu lassen, ohne ihn festzuhalten. Sein Gehirn war eine Tabula rasa, eine leere Wachstafel, auf der lediglich Lobesworte für das Aroma erschienen, das sich von seiner Zunge in seinem ganzen Körper ausbreitete und ihn bis in die Fußspitzen erfrischte, um dann wieder aufzusteigen.

Je mehr sich die Terrine leerte, desto langsamer aß er. Die letzten zwei, drei Gabeln widmete er dem Zusammenkratzen der Reiskörner.

Dann rutschte er mit dem Gesäß nach vorn, lehnte sich auf seinem Stuhl zurück und betrachtete mit größter Aufmerksamkeit das Muster der Küchenfliesen.

Als die Verzückung vorbei war, wusste er, dass es Zeit war, Livia anzurufen.

Er stand auf, ging ins Esszimmer, setzte sich und wählte ihre Nummer.

Aber er legte sofort wieder auf, weil er das Gefühl hatte, sich überfressen zu haben. Er musste unbedingt einen Verdauungsspaziergang machen.

Er zog Jeans, Hemd und Jacke an und ging barfuß hinunter an den Strand.

Er tauchte die Füße ins Wasser. Es war eiskalt.

Die Kälte tat ihm gut, und deshalb krempelte er die Hosenbeine bis zu den Waden hoch und watete knöcheltief im Meer.

Irgendetwas streichelte seine Füße, und er beugte sich hinunter. Ein phosphoreszierendes Licht funkelte, und dann entdeckte er einen Schwarm winzig kleiner, silbrig glänzender Fische, die im Slalom um seine Füße schwammen.

Es war wie ein Signal, denn sofort fiel ihm die Geschichte mit Osman ein. Fazio hatte ihm die Bestätigung dafür geliefert, dass der Dottore und die Schneiderin durch eine Liebesgeschichte miteinander verbunden gewesen waren.

Es muss eine ernsthafte Beziehung gewesen sein, dachte Montalbano, wenn ein so selbstbeherrschter Mann wie Osman in so tiefe, untröstliche Verzweiflung stürzte. Er hatte an ihm einen ganz anderen Schmerz wahrgenommen als bei Trupia. Gewiss waren Osman und Elena ein schönes Paar gewesen, die beiden hatten in ihrer ganzen Art perfekt zueinander gepasst und einander ergänzt. So reserviert er war, so fröhlich war sie gewesen; so verschlossen er, so offen sie.

Auch von ihrer Erscheinung her hatten sie bestimmt ein schönes Bild abgegeben.

Und wenn es so gewesen war, was hatte sich ihrer Beziehung dann in den Weg gestellt?

Keiner der beiden hatte einen Ehepartner, der sie gehindert hätte, zusammen zu sein.

Aus welchem Grund also hatten sie sich getrennt oder sich trennen müssen?

Warum hatten sie nicht geheiratet?

Bei dem Wort »geheiratet« stellte er eine Überlegung an, die ihn selbst und Livia betraf.

Dieser Frage ging er lieber nicht auf den Grund. Er kehrte ins Haus zurück, um in Boccadasse anzurufen.

Elf

»Salvo! Endlich! Ich habe so auf deinen Anruf gewartet!«

»Entschuldige, Livia, aber du weißt doch, dass ich...«

»Hast du ihn?«

Montalbano verstand nicht, was sie meinte.

»Wen soll ich haben?«

»Den Mörder! Hast du ihn?«

»Livia, red keinen Unsinn! Ich weiß noch nicht einmal, wo ich mit der Suche anfangen soll. Aber hör zu. Vielleicht kannst du mir behilflich sein.«

»Wie denn?«

»Erzähl mir von Elena. Wann hast du sie kennengelernt? Bei welcher Gelegenheit?«

»Darauf bin ich bestens vorbereitet, denn ich habe heute den ganzen Tag nur an sie gedacht. Das erste Mal bin ich ihr vor vielleicht zwei Jahren begegnet. Ich kam an ihrem Laden vorbei und sah im Schaufenster wunderschöne Schals. Und da bin ich reingegangen und gut zwei Stunden geblieben. Habe ich dir nie davon erzählt?«

»Nein. Sprich weiter.«

»Ich weiß noch, dass wir uns unterhalten haben, als würden wir uns schon ewig kennen. Normalerweise erzähle ich wenig über mich, aber plötzlich habe ich angefangen, über alles Mögliche mit ihr zu reden. Ich habe ihr von dir erzählt, wie wir uns kennengelernt haben, seit wann wir zusammen sind.«

»Und was hat sie dir von sich erzählt?«

»Eigentlich kaum etwas. Elena hat im Verlauf des Gesprächs die Themen gesetzt. Ich habe bestimmt versucht, etwas über sie zu erfahren, aber wenn ich jetzt darüber nachdenke, habe ich den Eindruck, dass Elena zwar aufgeschlossen und herzlich war, aber nur bis zu einem gewissen Punkt.«

»Wie meinst du das?«

»Wie soll ich sagen... Wenn Frauen unter sich sind, landet das Gespräch über kurz oder lang beim Thema Männer, aber ihr ist es gelungen, nichts aus ihrem Privatleben zu erzählen. Sie sagte, sie sei mit einem Vigateser verheiratet gewesen und deshalb hier runter zu euch gekommen. Ich habe sie gefragt, ob sie noch verheiratet sei, und erinnere mich noch gut an ihre Antwort: Nein, er ist tot. Sie sagte das mit einem solchen Nachdruck, dass ich mich nicht getraut habe nachzufragen. Wenn ich es genau bedenke, würde ich sagen, dass Elena eine bestimmte Schwelle nicht überschreiten wollte. Die Unterhaltung war für sie in Ordnung, solange wir über mich und nur sehr oberflächlich über sie gesprochen haben.«

»Hast du sie danach wiedergesehen?«

»Ja, mehrmals. Immer mit dem Versprechen, dass wir mal einen Aperitif zusammen trinken. Wir haben sogar Telefonnummern ausgetauscht, aber es war klar, dass wir uns nie außerhalb ihres Ladens treffen würden.«

»Dann weißt du also nichts von Osman?«

»Von Osman? Dem Arzt, der sich um die Flüchtlinge kümmert?«

»Ja. Wie es aussieht, waren sie eine Zeitlang ein Paar.«

»Was du nicht sagst! Sie waren bestimmt ein schönes Paar! Aber ... aber ...«

»Was hast du denn?«

»Du glaubst doch nicht, dass er etwas mit dem Mord zu tun hat?«

»Livia, was redest du da! Nein, absolut nicht. Osman und ich waren gestern Nacht zusammen am Hafen, als Elena ermordet wurde.«

»Gibt es Verdächtige?«

»Ja. Wenn auch kein Motiv. Ihr letzter Liebhaber hat praktisch kein Alibi.«

»Dann glaubst du also, es war ein Verbrechen aus Leidenschaft?«

»Ich glaube gar nichts. Ich bin durcheinander und hundemüde, ich schlafe seit zwei Tagen nicht in meinem Bett ...«

»Was sagst du da? In wessen Bett hast du denn geschlafen?«

Damit nahm das Gespräch eine völlig andere Wendung. Montalbano war verärgert, Livia noch viel mehr. Sie wünschten sich eine gute Nacht, im Klartext: eine sauschlechte Nacht, und beendeten das Telefonat.

Es war eine Art Totenwache. Alle saßen im Schneidersalon in einer Reihe nebeneinander. Dottor Osman hatte einen Arm auf Meriams Schulter gelegt, neben ihr saß der alte Schneider Nicola, dann kam der junge Schneider, der sich bei Enzo untergehakt hatte, der Letzte in der Reihe war Trupia.

Montalbano saß im Sessel und betrachtete sie, während er langsam eine Tasse Pfefferminztee trank.

Offenkundig warteten sie auf jemanden. Da erschien Pasquano in der Tür, Rinaldo auf dem Arm. Er näherte sich dem großen Arbeitstisch, setzte den Kater ab und stand dann neben Montalbanos Sessel stramm.

»Wir können anfangen«, sagte Montalbano mit lauter Stimme.

Fazio kam mit einem blauen Wollknäuel herein, das er vor den Kater auf den Tisch legte. Alle hielten den Atem an, als stünde etwas Ungewöhnliches bevor, aber Rinaldo fing an, mit dem Wollknäuel zu spielen, das bis zur Tischkante rollte, ohne herunterzufallen.

Irgendwann nahm er das Fadenende des Knäuels ins Maul und sprang damit hinunter auf den Boden. Dann ging er auf die Tür zu und verschwand aus dem Blickfeld. Aber allen war klar, dass er im Korridor weiterspielte, denn das Wollknäuel drehte sich auf dem Tisch und wurde immer kleiner, bis nur noch der Fadenanfang übrig war.

Jetzt stand Montalbano auf und folgte dem Faden. Er trat auf den Korridor hinaus. Der Faden verschwand hinter der Tür, die in den oberen Stock führte. Der Commissario folgte dem Faden die Treppe hinauf, Stufe um Stufe. Jetzt war er in der Wohnung. Der Faden verlief durch den gesamten Flur, nahm dann eine Kurve und verschwand hinter der Tür zu Elenas Schlafzimmer. Montalbano trat ein.

Mitten auf dem Fußboden endete der Faden, der aussah wie ein mit blauer Kreide gezogener Strich.

Von Rinaldo weit und breit keine Spur.

Montalbano wachte auf und fragte sich, was dieses Zeichen zu bedeuten hatte, aber er war noch viel zu müde und hatte keine Lust, sich den weiteren Schlaf mit jungianischen oder freudianischen Deutungen zu verderben.

Im Kommissariat teilte Catarella ihm mit, dass Dottor Cosma bereits im Wartezimmer saß.

»Ist Fazio vor Ort?«

»Sissì, Dottore, er ist vollkommen verortet.«

»Sag ihm, er soll in mein Büro kommen.«

Montalbano ging ins Wartezimmer und reichte Osman die Hand.

»Wie geht es Ihnen?«

»Mehr schlecht als recht.«

»Fühlen Sie sich imstande, mir ...«

»Aber selbstverständlich ...«

Montalbano führte ihn am Arm in sein Büro.

Fazio, der bereits saß, stand auf und ging auf Osman zu, um ihm gleichfalls die Hand zu geben.

»Setzt euch doch«, sagte der Commissario.

Osman nahm auf dem einen Stuhl vor Montalbanos Schreibtisch Platz, Fazio auf dem anderen.

»Eins möchte ich vorausschicken«, begann Montalbano. »Sie, Dottor Osman, sind als potenzieller Zeuge geladen. Gegen Sie liegt keine Beschuldigung vor, und es wäre auch gar nicht möglich, Anklage gegen Sie zu erheben, da Sie zum Tatzeitpunkt mit mir zusammen waren. Dennoch haben Sie Anspruch auf einen Rechtsanwalt. Wenn Sie möchten, können wir unser Gespräch an dieser Stelle unterbrechen und einen anderen Termin vereinbaren, zu dem Sie mit einem Anwalt hier erscheinen.«

»Ich brauche keinen Anwalt«, sagte Osman, »und ich bin bereit, alle Ihre Fragen zu beantworten.«

»Danke«, sagte Montalbano, »daran hatte ich keine Zweifel. Trotzdem möchte ich, dass Ispettore Fazio Ihre Aussagen zu Protokoll nimmt.«

Als Osman zustimmend nickte, klappte Fazio seinen Laptop auf.

»Sagen Sie mir bitte, Dottore, in welcher Beziehung Sie zu dem Opfer standen.«

»Ich habe Elena vor acht Jahren kennengelernt. Sie kam als Patientin zu mir, auf Empfehlung von Meriam, die schon längere Zeit bei ihr in der Schneiderei arbeitete. Was mich an ihr beeindruckte, als sie das Behandlungszimmer betrat, war ihr Lächeln, das mir noch heute lebhaft vor Augen steht. Beim ersten Zahnarztbesuch sind die Leute immer sehr nervös. Sie nicht. Sie lachte, redete, setzte sich auf den Stuhl und stellte Fragen zu allen Knöpfen, die sie sah, und berührte einen nach dem anderen. Und diese Spontaneität und ihre Leichtigkeit im Umgang nahm mir meine Befangenheit und gab mir, Muffel und Muslim, der ich bin, den Mut, sie zum Abendessen einzuladen. So hat es angefangen.«

»Was, Dottore, hat angefangen?«

»Eine wunderbare und leidenschaftliche echte Liebesgeschichte.«

»Wie lange hat sie gedauert?«

»In gewisser Weise dauert sie bis heute.«

»Erklären Sie das bitte genauer.«

»So schnell, wie sich nach unserer ersten Begegnung die übliche Arzt-Patienten-Beziehung verändert hatte, wurden wir ein Liebespaar. Schon nach wenigen Tagen. Und wir waren beide überrascht und glücklich über die Intensität unserer Gefühle. Es war eine leidenschaftliche und reife Liebe. Etwas, das man sich nur erlauben kann, wenn man frei ist und offen für das Leben. Und das war und ist bis heute das Wichtigste, was ich von Elena gelernt habe. Offen zu sein für das Leben. Bereit zu sein anzunehmen, was das Leben einem schenkt.«

»Und wie kam es dazu, dass sich diese Beziehung später gewandelt hat?«, fragte Montalbano.

Osman sah ihn verwundert an.

»Sie meinen, von Liebe zurück zur Freundschaft?«

»Ja.«

»Das geschah genauso schnell und natürlich, wie es anfing. Nach fünf Jahren lagen wir eines Tages im Bett und wunderten uns, dass unsere Körper einander nicht mehr begehrten, sondern wir uns nur danach sehnten, uns zärtlich zu umarmen. Und da wurde uns klar, dass wir diese neue Situation zu akzeptieren hatten. Ich habe mich oft gefragt, was wir gemacht hätten, wenn wir Kinder bekommen hätten.«

»Warum haben Sie keine bekommen?«

»Elena wollte nicht.«

»Und warum haben Sie nicht geheiratet?«

»Auch hier war Elena unbeirrbar. Sie war schon einmal verheiratet gewesen, und es war keine Erfahrung, die sie wiederholen wollte. So wenig wie die Erfahrung eines Zusammenlebens ohne Trauschein.«

»Und was wissen Sie über Elenas Ehe?«

»Nur das, was Elena mir erzählt hat, und das ist ziemlich wenig. Sie hatte diesen Ehemann, sie hatten sehr jung geheiratet und lebten oben im Norden. Sie hatten beide denselben Beruf und haben gemeinsam eine Schneiderei eröffnet. In Rovigo oder in Treviso, ich weiß es nicht mehr. Er hat sich das Leben genommen. Den wahren Grund dafür wollte Elena mir nie verraten. Auch wenn wir uns mit ihrer Schwägerin getroffen haben, hat Elena immer sehr darauf geachtet, dass das Gespräch nicht auf diese Jahre kam. Ich habe ihren Wunsch nach Diskretion immer respektiert. Aber jetzt möchte ich Klarheit haben. Ich kann einfach nicht begreifen, dass sie ermordet wurde.«

»Um etwas zu verstehen«, sagte Montalbano, »müssen wir so viel wie möglich über Elenas Leben in Erfahrung bringen. Ich bin ihr nur zwei Mal begegnet, Sie dagegen haben fünf Jahre praktisch mit ihr zusammengelebt. Ich möchte Sie daher bitten: Versuchen Sie sich zu erinnern, denken Sie konzentriert nach. Vielleicht fällt Ihnen ein Detail ein, irgendeine Veränderung von Elenas normalem, alltäglichem Verhalten, und sei sie noch so geringfügig.«

»Commissario, darüber habe ich eine schlaflose Nacht verbracht. Ich habe versucht, mir diese fünf Jahre in Erinnerung zu rufen. Bis in die kleinsten Einzelheiten. Und ich muss Ihnen sagen, dass ich mich nur zwei Mal gefragt habe, warum Elena mich nicht einweihen wollte in etwas, was ihr geschah und von dem ich nichts wusste.«

»Erklären Sie das genauer.«

»Wir haben uns mal bei mir und mal bei ihr getroffen. Einmal haben wir bei ihr zu Hause zu Abend gegessen. Elena war in der Küche beschäftigt, ich habe den Tisch gedeckt, und da läutete das Telefon. ›Geh du ran‹, sagte sie. Eine Frauenstimme fragte, ob Elena zu Hause sei, und als ich bejahte, wurde aufgelegt. Elena wollte wissen, wer angerufen hat, und als ich ihr erzählte, was passiert war, hat sie nichts weiter dazu gesagt. Am Tag darauf geschah wieder etwas Merkwürdiges. Als das Telefon klingelte, stürzte Elena zum Apparat und nahm das Gespräch an. Sie sagte: ›Ich kann jetzt nicht sprechen, ruf nicht mehr an, ich melde mich morgen früh.‹ Dann hat sie sich an den Tisch gesetzt, war aber sichtlich durcheinander.«

»Und Sie haben nicht nachgefragt?«

»Natürlich habe ich nachgefragt. Aber Elena meinte nur, das ginge mich nichts an. Es war nicht unhöflich gemeint, sie wollte mir nur zu verstehen geben, dass ich mit dieser Geschichte nichts zu tun hatte.«

»Und Sie wissen nicht, woher diese Anrufe kamen?«

»Nein, Commissario. Ich erinnere mich gut, dass Elena nach diesen beiden Anrufen wie verwandelt war. Sie war gereizt, nervös. Irgendetwas hatte sie tief verstört. Etwas, von dem ich nichts wusste und nichts wissen konnte. Aber obwohl wir einander so nahestanden, habe ich ihren Wunsch respektiert und nie wieder nachgefragt.«

»Was können Sie mir noch sagen?«

»Im Moment nichts. Aber ich hoffe, mir fällt noch etwas ein, was uns helfen könnte.«

Montalbano stand auf.

»Ich danke Ihnen für Ihre Mitwirkung. Wir sehen uns bald wieder. Und jetzt ruhen Sie sich bitte aus.«

Osman sah ihn an. Fast lächelte er, und seine Augen schienen zu sagen: Versetz du dich mal in meine Lage und versuch dann, Ruhe zu finden!

Fazio brachte den Dottore hinaus und kam genau in dem Moment zurück, als das Telefon läutete. Gleichzeitig trat Mimì Augello ein.

Am anderen Ende der Leitung war die Nervensäge Tommaseo. Montalbano stellte das Gespräch laut.

»Ihre Vorgehensweise erstaunt mich, ehrlich gesagt, sehr.«

Es dauerte nur den Bruchteil einer Sekunde, bis der Commissario begriff, dass der Staatsanwalt mit einem gewissen Recht wütend auf ihn war.

»Worin besteht mein Fehler, Signor Giudice?«

»In allem, Montalbano, in allem. Finden Sie es korrekt, dass ich erst aus den Berichten, die Sie mir haben zukommen lassen, erfahre, wie weit die Ermittlungen zu dem Mord an dieser wunderbaren, fabelhaften Frau, dieser Schneiderin, gediehen sind?«

Montalbano stellte sich Tommaseos vor morbidem Begehren leuchtenden Augen vor. Wenn es um Mord an schönen Frauen ging, verlor der Staatsanwalt buchstäblich den Kopf. Offenkundig hatte er in seinem ganzen Leben noch keine Frau aus Fleisch und Blut gehabt. Der Commissario beschloss, noch eins draufzusetzen.

»Und dabei kennen Sie sie nur von Fotos, Signor Giudice. Sie hätten Sie sehen sollen, als sie noch lebte!«

»Ah! Wirklich?«

»Aber jetzt sagen Sie mir, welchen Fehler ich gemacht habe.«

»Sie haben den Fehler gemacht, nicht persönlich mit mir über diesen Fall zu sprechen. Sehen Sie, für mich wäre es ein Kinderspiel gewesen, die Ermittlungen in die richtigen Bahnen zu lenken.«

»Und was sind die richtigen Bahnen?«

»Ich habe soeben einen Ermittlungsbescheid gegen Elenas Geliebten Diego Trupia ausgestellt.«

»Signor Giudice, wenn Sie gestatten, das scheint mir ein voreiliger Schritt zu sein, denn noch ist nicht...«

»Hören Sie auf mit diesem *noch nicht*, Montalbano! Das ist ja lachhaft. Wir sind doch erwachsene Menschen, nicht wahr? Die Lösung des Falls liegt auf der Hand: Trupia streitet mit seiner Geliebten. Zwei, drei Tage später kommt er zu ihr und versucht, mit dem Wunsch nach einem leidenschaftlichen und versöhnlichen Beischlaf die Beziehung wiederaufzunehmen. Die Frau weigert sich natürlich, und Trupia drückt sie in einem Anfall unbändiger, plötzlicher Erregung mit Gewalt an sich, doch sie entzieht sich seinem Begehren. Und da greift er, blind vor Leidenschaft, nach der Schere und fügt dem Körper, nach dem er sich so verzehrt hat, tödliche Wunden zu. Und ich sage Ihnen noch etwas: Er hat den Busen ausgespart, weil er nicht die Kraft hatte, diesen so geliebten, so begehrten, so ersehnten Teil ihres Körpers zu verletzen.«

»Signor Giudice, wenn Sie mir gestatten...«

»Nein, Montalbano. Diesmal habe ich nicht die Absicht, Ihren verschlungenen Gedankenspielen nachzugeben.

Die Wahrheit ist sehr viel klarer und deutlicher als alle Ihre Hirngespinste.«

Montalbano beschloss, das Gespräch zu beenden.

»Dann erteilen Sie mir Ihre Anweisungen.«

»Hören Sie genau zu: Sie müssen Trupia binnen vierundzwanzig Stunden in die Mangel nehmen. Sobald er gesteht – und er wird gestehen, das garantiere ich Ihnen –, werde ich gemäß den Vorschriften einen Haftbefehl ausstellen und Trupia dem Haftrichter vorführen.«

»Wie Sie möchten, Signor Giudice. Bis bald«, sagte der Commissario und legte auf.

»Dieses eine Mal«, sagte Augello, »bin ich mit Tommaseo einer Meinung.«

»Ach ja?«, hakte Montalbano nach. »Schade, dass du keine Zeit hast, sonst würde ich Trupias Vernehmung dir überlassen.«

»Aber ich habe Zeit!«, erwiderte Augello und grinste übers ganze Gesicht. »Heute Morgen hat mich der Questore angerufen und gesagt, dass unser Kommissariat ab heute von der Pflicht entbunden ist, Sileci zu unterstützen. Bis auf bestimmte Ausnahmefälle natürlich, die es eventuell geben wird.«

»Umso besser«, sagte Montalbano. »Dann bestell deinen Ex-Freund Trupia her, sag ihm, dass er einen Anwalt mitbringen soll, und nimm ihn in die Mangel, wie Tommaseo sagt.«

»Mit Vergnügen!«, sagte Augello, stand auf und verließ das Zimmer.

Fazio verzog das Gesicht.

»Was gefällt dir nicht?«

»Dottore, wenn der Verteidiger erfährt, dass Dottor Augello mit Trupia befreundet ist – glauben Sie nicht, dass er das für sich nutzen wird? Damit wird die Vernehmung schnell anfechtbar.«

»Meinst du, daran hätte ich nicht gedacht?«

Fazio sah ihn verdutzt an.

»Dann sind Sie also nicht der Ansicht, dass Trupia etwas mit dem Mord zu tun hat?«

»Sagen wir, zu neunzig Prozent.«

»Aber er hat doch kein Alibi.«

»Eben deshalb. Er ist aus eigenem Antrieb hergekommen, wohl wissend, dass er der Erste ist, auf den der Verdacht fällt, und dass er nichts in der Hand hat, um sich zu verteidigen.«

»Das könnte aber auch ein kluger Schachzug sein, Dottore.«

»Ja natürlich, das sind die restlichen zehn Prozent. Ich schicke niemanden ins Gefängnis, wenn ich nicht fest von seiner Schuld überzeugt bin, nicht mal für einen Tag.«

»Und jetzt? Wie hauen wir diesen Trupia raus?«

»Warum müssen wir ihn raushauen? Warten wir ab, was Trupias Vernehmung ergibt. Mimì wird alles Mögliche und Unmögliche tun, um ihn in die Pfanne zu hauen. Und wenn es Trupia gelingt, auch nur einen winzigen Punkt zu seinen Gunsten vorzubringen, werden wir diesen Punkt aufgreifen.«

Es trat eine Pause ein.

Fazio betrachtete seine Schuhspitzen, wie immer, wenn er eigenmächtig etwas unternommen hatte und nicht wusste, wie er es Montalbano beibringen sollte.

»Nur Mut. Pack schon aus«, forderte der Commissario ihn auf.

»Dottore, Sie müssen mir glauben, aber es war reiner Zufall, dass ich heute Morgen Nicola begegnet bin. Sie wissen schon, dem alten Schneider, der bei Elena gearbeitet hat.«

»Ja, ich weiß.«

»Nun, dieser Nicola hat mir unter Weinen und Wehklagen ein paar Dinge über den Alltag in der Schneiderei erzählt. Bis vor zwei Monaten haben sie alle in schönster Eintracht und Harmonie zusammengearbeitet.«

»Und was ist dann passiert?«

»Lillo Scotto, sein jüngerer Kollege, hat sich Hals über Kopf in Elena verliebt. Schlimmer noch, er bildete sich ein, sie würde seine Gefühle erwidern. Und damit fing der Ärger an.«

»Soll heißen?«

»In der Schneiderei hat er sie nicht eine Minute in Ruhe gelassen. Er folgte ihr durch den ganzen Laden und wich keinen Augenblick von ihrer Seite. Wenn Elena in ihrer Wohnung war, fand er immer einen Vorwand, zu ihr hochzugehen, um ihr nahe zu sein. Anfangs hat die Signora nur gelacht, darüber hat sich Lillo maßlos geärgert. Offenbar hat er sogar ein paar Mal nachts bei ihr geklingelt. Das war der Signora zu viel, sie hat mit Nicola und Meriam darüber gesprochen und beschlossen, ihm zu kündigen.«

»Wann hätte er gehen müssen?«

»In zehn Tagen, zum Monatsende.«

»Ich danke dir«, sagte Montalbano. »Du weißt, was du zu tun hast.«

»Sissì, Dottore«, sagte Fazio, »ich lege gleich los.« Damit ging er hinaus.

Jetzt war Montalbano allein und konnte nachdenken.

Aber ihm blieb keine Zeit dafür, denn die Tür wurde mit einem infernalischen Krach aufgerissen, schlug gegen die Wand und fiel mit derselben Wucht wieder ins Schloss.

»Ich bitte um Vergebnis, Dottori, mir ist der Fuß ausgerutscht«, hörte er Catarellas Stimme von der anderen Seite der Tür.

»Schon gut, komm rein.«

»Dottori, ich bin verunmöglicht. Wenn ich dieselbe Bewegung mache wie eben, geschieht noch ein größeres Wohutabuho.«

Montalbano stand auf und öffnete ihm.

Catarellas Gesicht war blutverschmiert, und er war behängt wie ein Weihnachtsbaum. In der linken Hand hielt er eine Transportbox für Kleintiere, in der Rinaldo mit Mörderblick saß, und an seinem linken Ellbogen baumelten zwei Plastiktüten. Unter den rechten Arm hatte er ein Katzenklo geklemmt, und in der Hand trug er ein Spielzeugeimerchen, das randvoll mit Sand gefüllt war.

Der Commissario trat zur Seite, um ihn hereinzulassen.

Catarella machte ein paar vorsichtige Schritte ins Zimmer, aber als er die Transportbox auf dem Stuhl vor dem Schreibtisch abstellen wollte, rutschte ihm das Eimerchen aus der Hand, und der Sand ergoss sich auf den Boden.

Montalbano fluchte.

Mit dem Blick eines geprügelten Hundes stellte Catarella den gesamten Weihnachtsschmuck auf den Boden ab und versicherte:

»Machen Sie sich keine Sorgen, Dottori, ich geh und bin gleich wieder da.«

Damit verschwand er.

Montalbano setzte sich hinter seinen Schreibtisch, und Catarella kam mit Schaufel und Besen zurück. Er schaufelte den Sand in den Eimer, dann stand er mit dem Besen in der Hand vor dem Schreibtisch stramm wie zum Appell.

»Was hast du denn mit deinem Gesicht gemacht?«

»Gar nichts hab ich gemacht, Dottori. Das ist passiert, als sie mir den Kater gebracht haben. Ich hab versucht, ihn aus dem Raubtierkäfig rauszuholen, aber er wollte nicht und hat mich gekratzt.«

»Catarè, tu mir einen Gefallen: Geh dich waschen und desinfizieren und komm dann wieder. Und mach bitte die Tür zu. Hier sieht es ja aus wie in einem Zoo.«

Catarella gehorchte.

Neugierig geworden stand Montalbano auf, um nachzusehen, was in den Tüten war.

Catarella hatte weder Kosten noch Mühe gescheut: Die eine Tüte enthielt Trockenfutter für Rinaldo, die andere neben den Schalen für Wasser und Futter eine Stoffmaus, einen Topf Katzengras und ein Wollknäuel.

Ein Wollknäuel!

Ein Wollknäuel von demselben Blau, wie er es im Traum gesehen hatte.

Montalbano ging vor dem Käfig in die Hocke. Er sah Rinaldo an, und Rinaldo sah ihn an. Und da wusste er, dass er von dem Kater nichts zu befürchten hatte.

Zwölf

Montalbano öffnete das Türchen, und nach ein paar zögerlichen Sekunden machte Rinaldo zwei Schritte, kam heraus und setzte sich auf seinen Schoß.

Im selben Moment schepperte die Tür gegen die Wand. Catarella kam herein. Der Kater erschrak und bohrte seine Krallen in Montalbanos Bein. Fluchend riss der Commissario das Tier hoch und schleuderte es Catarella entgegen, der natürlich Angst bekam. Der Kater entwischte in den Korridor.

Mindestens drei Polizisten waren im Einsatz, um Rinaldo einzufangen und wieder in den Käfig zu sperren.

»Dottori, in Anbetracht der Tatsache, dass für den Kater hier vor Ort im Amt keine Zuständigkeit gegeben ist: Könnte ich ihn nicht mit zu mir nach Hause nehmen?«, schlug Catarella vor.

»Catarè, das ist keine streunende Katze. Man wird sie ihren Besitzern zurückgeben müssen.«

»Dottori, Sie haben recht, aber ihre Besitzerin wurde tödlich ermordet!«

»Stimmt, aber da ist noch die Schwägerin ...«

Catarella machte ein so enttäuschtes Gesicht, dass der Commissario zurückruderte.

»Hör zu, wir machen Folgendes: Du nimmst sie für ein paar Tage mit nach Hause, dann sehen wir weiter.«

»Danke. Und verzeihen Sie nochmals, Dottori, aber könnte ich diese ganzen Sachen nicht in zwei oder drei Fuhren abtragen? Sonst passiert nochmal so ein Wohutabuho.«

»Von mir aus. Lauf so oft hin und her, wie du willst.«

Montalbano wartete, bis Catarella das Büro geräumt hatte, dann stand er auf und ging mittagessen.

Vielleicht hatte er damit übertrieben, seinen aufgestauten Hunger zu stillen, denn der Spaziergang zur Mole war nicht nur notwendig, sondern unerlässlich.

Als er den flachen Felsen erreichte, fand er, dass der richtige Zeitpunkt für einen Anruf gekommen war.

»Meriam, wie geht's?«

»Dottore, buongiorno. Wie soll's schon gehen …«

»Glauben Sie, dass ich heute Nachmittag mit der Signora Messina sprechen kann?«

»Vor wenigen Stunden wurde Elenas Leichnam freigegeben. Teresa ist mit ihrem Mann im Leichenschauhaus, und ich glaube nicht, dass sie sich von dort wegbewegen wird. Morgen früh um elf findet die Beerdigung statt.«

»Nun, es eilt ja nicht. Hätten Sie Zeit, sich mit mir zu treffen? Ich muss Sie ein paar Dinge fragen.«

»Gern, aber ich kann nicht sofort kommen. Sagen wir, nach sechs?«

»Könnten Sie ins Kommissariat kommen?«

»Ja.«

»Also dann bis später.«

Während er eine Zigarette rauchte, kam ihm der Gedanke,

dass er bisher eine Art Nachrichtenempfänger gewesen war.

Er hatte eine Fülle von Informationen aufgenommen, aber selbst noch keine Initiative ergriffen.

Und das gefiel ihm ganz und gar nicht. Als wäre er außerstande, die richtigen Tasten zu drücken.

Das eigentliche Problem jedoch bestand darin, dass er Elenas Bild nicht scharfstellen konnte. Als lägen einige Bereiche von ihr in einem diffusen Helldunkel, das die Konturen verschwimmen ließ.

Den Beschreibungen zufolge, die er über sie erhalten hatte und die seine eigenen Erfahrungen bestätigten, konnte Elenas Aufgeschlossenheit für die Welt und für andere Menschen auch eine Art Schutzschild gewesen sein.

Oder vielmehr: Ihre Zugewandtheit gab ihr die Möglichkeit, etwas zu verbergen, das, je nach Blickwinkel, ebenso wahr wie unwahr sein konnte.

Vielleicht sollte er lieber wie gewohnt vorgehen und sich von jetzt an nur noch an gesicherte und konkrete Fakten halten, statt sich von dieser Fülle von Nachrichten, Daten und Informationen, vor allem aber Urteilen über Elena beeinflussen zu lassen.

Und deshalb beschloss er, sofort etwas zu tun, was er schon längst hätte tun sollen.

Er rief bei der Spurensicherung an.

Vor ein paar Monaten hatte Fernando Leanza dort die Leitung übernommen, ein Kollege, mit dem er sich ausgezeichnet verstand.

Leanza sagte, er habe ihm einiges mitzuteilen, könne ihn aber erst in etwa einer Stunde empfangen.

Bis zu dem Treffen mit Leanza hatte Montalbano zwei Optionen: Er konnte entweder auf der Mole bleiben oder zu den Tempeln von Agrigent fahren, die er schon lange nicht mehr besichtigt hatte.

Er stieg ins Auto und fuhr los.

Anders als erwartet streiften zwischen den imposanten Ruinen mehrere Touristengruppen umher, die sich eindeutig als solche zu erkennen gaben und deren Gesichter entweder von einem Fotoapparat oder von einem Handy verdeckt waren.

Voller Freude entdeckte er, dass man innerhalb der Tempelanlage ein Gehege eingerichtet hatte, in dem Girgentana-Ziegen gezüchtet wurden.

Er blieb stehen und betrachtete die Tiere.

Wie schön sie waren!

Sie gehörten einer aussterbenden Rasse an, und vielleicht erschienen sie dem Commissario gerade deshalb als die schönsten Ziegen, die er jemals gesehen hatte. Sie hatten ein langes, hellbraunes Fell, längliche, schmale und grazile Köpfe, große rosa Euter und wunderschöne, schraubig gedrehte lange Hörner.

Ist es möglich, dachte er, dass Borromini sich bei seinem spiraligen Turm von Sant'Ivo von diesen Hörnern hatte inspirieren lassen?

Plötzlich huschte der Flügel eines Vogels mit einem unangenehm lauten Geräusch an ihm vorbei. Montalbano erschrak, und ein Mädchen neben ihm begann zu schreien und zu weinen.

Montalbano sah gerade noch, dass eine Möwe dem ausländischen Mädchen einen Keks aus der Hand gerissen hatte.

Vater und Mutter versuchten, ihr Kind zu beruhigen.

Im Weitergehen sann der Commissario darüber nach, dass die Möwen heutzutage nicht nur ihre Würde als Meeresbewohner verloren hatten, sondern auch zu Strauchdieben geworden waren.

Mit diesem traurigen Gedanken brach er auf, um mit dem Leiter der Spurensicherung zu sprechen.

Es gab einen sehr persönlichen Grund für die Sympathie, die er für Leanza hegte.

Als Leanza von der Spurensicherung Palermo nach Montelusa versetzt worden war, hatte Pippo Ragonese vom lokalen Fernsehsender Televigàta, der Journalist mit dem Hühnerarschgesicht, ihn mit einem alles andere als wohlwollenden Beitrag willkommen geheißen.

Unerklärlicherweise hatte Ragonese den Verdacht in den Raum gestellt, der Grund für Leanzas Versetzung sei in seinem privaten und öffentlichen Auftreten zu suchen.

Da Montalbano aber das private und öffentliche Auftreten des Journalisten kannte, hegte er keinen Zweifel, dass Leanza ein untadeliger Mensch war, der seine Freundschaft verdiente.

Und tatsächlich hatte sich der Leiter der Spurensicherung, der mittlerweile seit sieben oder acht Monaten in Montelusa war, als kluger und besonnener Mensch erwiesen, der absolut nichts zu verbergen hatte.

Leanza kam ihm mit ausgebreiteten Armen entgegen.

»Ich grüße dich, Fernà«, sagte Montalbano.

»Setz dich, setz dich. Kann ich dir etwas anbieten?«

»Um diese Uhrzeit hätte ich Lust auf einen Whisky, aber hier im Büro werdet ihr natürlich keinen …«

»Sagt wer?«, meinte Leanza und stand auf. Er ging zum Schrank am anderen Ende des Zimmers und kam mit einer Flasche Whisky und zwei Gläsern zurück, die er zur Hälfte füllte. Eines reichte er Montalbano, dann hoben sie die Gläser und stießen an.

Schweigend genossen sie den Whisky. Dann seufzte Montalbano tief, was Leanza zu Recht als ein Zeichen dafür interpretierte, dass sie zur Sache kommen sollten.

»Eine abscheuliche Geschichte, oder?«, sagte er.

»Mehr als abscheulich. Und bisher ist es mir nicht gelungen, mir einen Reim darauf zu machen.«

»Was wir herausgefunden haben, wird dir vermutlich auch nicht weiterhelfen. Der Mörder hat den Computer und das Handy des Opfers aus der Wohnung mitgenommen, meines Erachtens ein Beleg dafür, dass das Opfer und sein Mörder miteinander in Kontakt standen. Die beiden kannten sich schon länger, und sie haben zusammen zu Abend gegessen.«

»Wie sieht es mit Fingerabdrücken aus?«

»Salvo, davon gibt es unzählige in der Wohnung. Sicher ist: Der Mörder hat die Schneiderschere benutzt und nach der Tat sorgfältig abgewischt, sodass weder am Griff noch an den Klingen Fingerabdrücke zu finden waren.«

»Womit hat er sie abgewischt?«

»Mit dem Stück Stoff, das auf dem Tisch lag und das er nicht mitgenommen hat.«

»Erzähl mir mehr«, sagte der Commissario.

»Nach dem Mord ist er hinauf in die Wohnung. Er muss blutüberströmt gewesen sein. Er zog sich aus und duschte im Bad neben dem Schlafzimmer des Opfers. In der Duschkabine haben wir Blutspuren der Signora Elena, aber keine Fingerabdrücke des Mörders gefunden, auch nicht auf den Wasserhähnen. Sie wurden ebenfalls penibel abgewischt. Und an diesem Punkt stellt sich mir eine Frage.«

»Wenn der Mörder blutige Kleider trug, wie kam er dann raus auf die Straße? Ist das die Frage?«, fragte Montalbano.

»Richtig.«

»Lass uns zunächst eines festhalten: Glaubst du auch, dass es ein Mord im Affekt war, die Tat also spontan begangen wurde?«

»Ja«, antwortete Leanza.

»Wenn unsere Annahme stimmt, hatte der Mörder keine Kleidung zum Wechseln dabei. Dann könnte es sich folgendermaßen abgespielt haben: Er kam mit dem Auto und parkte in unmittelbarer Nähe. Nach dem Mord duschte er, zog sich das Allernötigste an und stieg schnell wieder ins Auto. Wenn er von außerhalb angereist ist und Elenas Gast war, könnte er auch einen Koffer mit Ersatzkleidung dabei gehabt haben. Apropos, Fernà, erinnerst du dich an das Gästezimmer?«

»Klar. Das Bett war frisch bezogen, aber unbenutzt.«

»Genauso das Gästebad, es war ebenfalls blitzsauber«, ergänzte Montalbano.

»In beiden Räumen haben wir keine Fingerabdrücke von Fremden gefunden.«

»Der Mörder hatte alle Zeit der Welt, um seine Spuren zu beseitigen. Was kannst du mir über Rinaldo sagen?«

»Wer ist Rinaldo?«, fragte Leanza erstaunt.

»O pardon, das ist Elenas Kater.«

Der Leiter der Spurensicherung lächelte.

»Verrat mir eins, mein Freund: Das Bett war nicht zufällig für dich hergerichtet?«

»Denk doch mal nach, Fernà: Für mich hätte sie doch nicht das Gästebett zu beziehen brauchen.«

Da Leanza ihn immer noch verschmitzt ansah, fühlte sich der Commissario zu einer Erklärung genötigt.

»Ich kannte Elena, aber ich habe sie nur zwei Mal gesehen, weil ich mir einen Anzug schneidern lassen wollte ...«

»Bekommt ihr im Kommissariat Vigàta so hohe Gehälter, dass ihr euch solche Extravaganzen leisten könnt?«

»Fernà, bitte, lass uns von etwas anderem reden. Dieser Anzug stand von Anfang an unter keinem guten Stern«, sagte Montalbano. »Erzähl mir lieber von dem Kater.«

»Das Fell des Katers war mit dem Blut des Opfers getränkt. Könnte sein, dass er den Mörder angegriffen und gekratzt hat. Aber es war unmöglich, unter den Krallen des Tiers eine DNA zu isolieren, weil es sich auf dem Teppich neben dem Opfer sorgfältig geputzt hat. Das ist alles.«

»Hast du eine Erklärung dafür, dass die Brust des Opfers verschont wurde?«, fragte der Commissario.

»Das hat bestimmt etwas zu bedeuten, es war eine bewusste Entscheidung. Aber interpretieren kann ich es nicht, tut mir leid.«

Sie sahen sich an.

Leanza zuckte bedauernd die Schultern.

Montalbano stand auf, bedankte und verabschiedete sich und fuhr nach Vigàta zurück. Unterwegs warf er einen Blick auf die Uhr: Er würde pünktlich zu seiner Verabredung mit Meriam im Kommissariat sein.

Das Erste, was ihm auffiel, war ihre Müdigkeit.

Meriam sah erschöpft aus. Ihr Gesicht trug kleine Fältchen, die Montalbano bisher nicht aufgefallen waren.

Klug, wie sie war, verstand Meriam sofort, was Montalbanos Blick zu bedeuten hatte.

»Es war ein schwerer Schlag für mich. Ich kann immer noch keine Erklärung dafür finden.«

»Verzeihen Sie«, sagte Montalbano, »verzeihen Sie, dass ich immer wieder Salz in die Wunde streue, aber ich brauche ein paar Informationen von Ihnen.«

»Wenn ich Ihnen helfen kann, stehe ich zu Ihrer Verfügung«, sagte Meriam und rang sich ein Lächeln ab.

»Man hat mir von dem Mitarbeiter in der Schneiderei erzählt, Lillo Scotto. Wussten Sie, dass Elena ihm kündigen wollte?«

»Ja, natürlich. Sie hatte mit mir und Nicola darüber gesprochen. Glauben Sie mir, Commissario, Elena hat bis zuletzt versucht, diesen Schritt zu vermeiden, aber die Situation wurde von Tag zu Tag unerträglicher.«

»Schildern Sie mir das genauer.«

»Lillo arbeitet seit ein paar Jahren bei Elena. Er ist ein wirklich guter Schneider, und er war immer ein anständiger Kerl. Eine tüchtige Arbeitskraft, pünktlich und wohlerzogen, und er kannte seinen Platz. Aber dann ...«

Sie unterbrach sich, als wolle sie ihre Gedanken sammeln, und fuhr fort:

»Und dann – der Grund dafür war uns allen schleierhaft – hat sich sein Verhalten plötzlich komplett geändert. Uns allen war klar, dass er sich in Elena verguckt hatte.«

»Was konnte da vorgefallen sein? War Elena ihm gegenüber, wie soll ich sagen, liebenswürdiger?«

»Nein, Commissario, überhaupt nicht. Glauben Sie mir, es gab keinen Auslöser. Lillo hat sich irgendetwas zusammenphantasiert. Er hat nicht mehr gearbeitet, er wollte als Letzter den Laden verlassen und fand immer einen Grund, um in ihrer Nähe zu sein. Anfangs haben wir noch darüber gelacht, auch Elena. Wir dachten, dahinter stecke ein hormonelles Problem oder eine enttäuschte Liebe, über die Lillo durch seine Schwärmerei für Elena hinwegzukommen versuchte. Aber diese Verliebtheit, diese Schwärmerei hörte nicht mehr auf, im Gegenteil. Lillos Besessenheit wurde immer schlimmer. Stellen Sie sich vor, wenn er ein Gespräch annahm und am anderen Ende der Leitung ein Mann war, der mit Elena sprechen wollte, hat er einfach aufgelegt. Elena versuchte, ihm gut zuzureden, erst sanft und liebevoll wie eine Mutter, dann immer strenger und bestimmter, aber es nutzte nichts. Lillo ließ sich nicht zur Vernunft bringen. Er wollte Elena haben, und aus irgendeinem unerfindlichen Grund war er überzeugt, dass sie früher oder später nachgeben würde.«

»Gab es einen Vorfall, der Elena dazu veranlasst hat, ihm zu kündigen?«

»Nein, nicht dass ich wüsste. Aber vor ein paar Tagen, ich war in der Anprobe, habe ich einen Wortwechsel zwischen den beiden mitbekommen. Und von dem Moment an stand Elenas Entscheidung unwiderruflich fest: Lillo sollte entlassen werden.«

»Ich habe eine ganz konkrete Frage an Sie«, sagte Montalbano. »Halten Sie ihn für gewalttätig? Glauben Sie, dass er die Nerven verloren hätte, wenn Elena ihn brüsk und entschieden zurückgewiesen hätte?«

Meriam zögerte keine Sekunde.

»Nein, Commissario. Wenn ich mir anschaue, was so alles in der Zeitung steht, würde ich zwar meine Hand nicht dafür ins Feuer legen. Aber ehrlich gesagt halte ich Lillo nicht für fähig, das zu tun, was Sie vermuten. Deshalb habe ich Ihnen auch nichts von dieser Geschichte erzählt. Er hat ihr zwar aufdringlich den Hof gemacht, aber ich bin sicher, dass er ihr niemals etwas angetan hätte.«

Montalbanos Frage war rein rhetorisch gewesen, denn der Mörder hatte mit seinem Opfer zu Abend gegessen, und nach Lage der Dinge hätte Elena Lillo Scotto bestimmt nicht zum Abendessen in ihre Wohnung eingeladen.

Er kam auf einen anderen Punkt zu sprechen.

»Was können Sie mir über Diego Trupia sagen? Wussten Sie von dieser Geschichte?«

»Ja, Commissario. Er kam oft vorbei, um Hallo zu sagen, und ein paar Mal haben wir gemeinsam den Laden verlassen.«

»Verzeihen Sie bitte, Meriam, aber meines Wissens hatten die beiden eine Liebesbeziehung.«

»Commissario, was soll ich sagen? Ich habe Elena erlebt, wenn sie verliebt war. Und das mit Trupia war keine Liebesgeschichte. Gewiss, sie fühlte sich wohl mit ihm, er leistete ihr Gesellschaft, sie haben ein paar schöne Reisen zusammen unternommen, mehr aber auch nicht. Trupia war nicht Elenas große Liebe.«

»Aber Osman schon?«

»Ja. Ich habe noch nie ein so schönes Paar gesehen. Und die Freundschaft, die sie später verband, war genauso schön.«

In diesem Augenblick klopfte es an der Tür. Mimì Augello kam herein, mit schweißnassen Haaren.

»Verzeihung, aber ich muss dir etwas Wichtiges mitteilen.«

Montalbano stand auf und sagte zu Meriam: »Entschuldigen Sie bitte, ich bin gleich wieder da.« Er ging mit Augello in den Korridor hinaus und schloss die Tür hinter sich.

»Ich habe Trupia gründlich auf den Zahn gefühlt«, platzte Augello mit finsterer Miene heraus. »Dieser Wichser hat mich ordentlich schuften lassen und ins Schwitzen gebracht, aber gestanden hat er nicht.«

»Und jetzt?«

»Fakt ist, dass er kein Alibi hat. Er behauptet, dass er den ganzen Abend zu Hause war und nicht mal ein Telefonat geführt hat. Aber er ist der Einzige, der ein plausibles Motiv hat.«

»Nämlich?«

»Seiner eigenen Aussage nach hat er mit Elena gestritten. Wahrscheinlich verschweigt er uns, dass es zum endgültigen Bruch zwischen ihnen gekommen ist.«

»Mimì, hast du ›wahrscheinlich‹ gesagt?«

»Ja.«

»Mit einem ›wahrscheinlich‹, Mimì, schickt man niemanden ins Gefängnis.«

»Es tut mir leid, dir sagen zu müssen, dass Tommaseo das anders sieht. Soeben ist der Befehl eingegangen, Trupia nach Montelusa zu bringen und ihn ihm vorzuführen. Der Bastard wird heute Nacht nicht in seinem eigenen Bett schlafen, das hat Tommaseo bereits angedeutet.«

»Gute Fahrt«, sagte Montalbano.

Er drehte sich um, ging in sein Büro zurück und setzte sich wieder hinter seinen Schreibtisch.

»Verzeihung«, sagte er zu Meriam, »wollen wir weiter über Trupia sprechen?«

»Commissario, ich habe nicht viel mehr hinzuzufügen.«

»Sagen Sie mir noch eins: Wusste Lillo Scotto von Elena und Trupia?«

»Ja. Auch wenn Trupia anrief, hat er aufgelegt, das ist mehrmals passiert. Aber Lillo lebte in einer Blase, und offenbar wollte er darin bleiben.«

»Wissen Sie, wie er auf die Nachricht von Elenas Tod reagiert hat?«

»Er hat mich angerufen, aber er hat kein Wort herausgebracht. Er hat geschluchzt wie ein Kind, und am Ende hat er das Gespräch an seine Mutter weitergegeben. Ich sollte ihn, glaube ich, anrufen und mich erkundigen, wie es ihm geht.«

»Eine letzte Frage: Als Lillo Scotto von seiner Kündigung erfuhr, hat sich sein Verhalten da geändert?«

»Elena hat ihm im Beisein von mir und Nicola gekündigt. Lillo wurde blass und rannte aus dem Salon. Zum

Glück waren in dem Moment keine Kunden da. Ich lief ihm nach. Er war in die Anprobe geflüchtet, dort habe ich ihn zitternd am Boden liegend gefunden, es sah aus, als hätte er einen epileptischen Anfall. Das war seine erste Reaktion. Aber das Merkwürdige ist, dass er sich hinterher Elena gegenüber verhalten hat, als wäre nichts geschehen. Er hat in keiner Weise versucht, seine Stelle zu retten, und Elena nie gebeten, ihre Entscheidung zu überdenken ...«

Montalbano schwieg und dachte über Meriams Worte nach.

Es war schon merkwürdig: Kaum tauchte ein Verdächtiger auf, der einen Konflikt mit Elena gehabt hatte, wurde er mit dem Argument entlastet, er sei unfähig zu Gewalt.

Er selbst glaubte nicht, dass Trupia Elena ermordet hatte, aber Meriam glaubte ebenso wenig, dass Lillo Scotto zu so etwas fähig war. Osman war natürlich über jeden Zweifel erhaben.

Und nun?

Vielleicht war die gesuchte Person gar nicht in Elenas engstem Umfeld zu finden.

Der Gedanke brachte ihn auf die Idee, Meriam eine weitere konkrete Frage zu stellen.

»Hat Dottor Osman Ihnen erzählt, dass Elena, als er noch mit ihr zusammen war, manchmal Anrufe erhielt, die sie erschütterten und verstörten? Oder dass sie Osmans neugierige Fragen nicht beantworten wollte? Nicola sagte, am Tag, an dem sie ermordet wurde, habe Elena keine privaten Anrufe erhalten. Können Sie das bestätigen?«

»Lassen Sie mich nachdenken ... nun ja ... doch! Aber das

kann Nicola nicht wissen. Denn kurz vor der Mittagspause hat Elena mich gebeten, mit ihr zur Bank zu gehen.
Sie musste Geld abheben, wollte aber nicht alleine hin. Als
wir die Bank verließen, klingelte ihr Handy, und als sie
sah, wer der Anrufer war, hat sie sich ein Stück entfernt.
Das hat sie sonst nie getan. Sie wollte nicht, dass ich mit-
höre.«

»Haben Sie trotzdem etwas aufgeschnappt?«

»Ich erinnere mich, dass sie sagte: ›Gut, dann bis später‹
oder so ähnlich. Aber ich bin mir nicht sicher. Allerdings
war sie plötzlich völlig aufgewühlt. Und nachdem sie mit
der Anprobe Ihres Anzugs fertig war, hat sie uns alle nach
Hause geschickt. Ich glaube aber nicht, dass es zwischen
dem Telefonat und unserem Rausschmiss einen Zusam-
menhang gibt.«

»Wie war das in der Vergangenheit? In all den Jahren, in
denen Sie bei ihr gearbeitet haben, haben Sie sie nach einem Telefonat jemals so verstört erlebt?«

Meriam schloss die Augen und runzelte nachdenklich die
Stirn.

Als sie schließlich zu sprechen begann, erwog sie jedes
Wort sehr genau.

»Ich weiß nicht, ob das, was Elena zugestoßen ist, und
Ihre Fragen der Grund dafür sind, aber ich habe plötzlich
eine Szene vor Augen, die sich in all den Jahren mehrfach
wiederholt hat und der ich bisher keine Bedeutung beigemessen habe.«

Sie schloss erneut die Augen, um sich zu konzentrieren,
und sagte dann:

»Alle drei, vier Monate, in fast regelmäßigen Abständen,

erhielt Elena gegen zehn Uhr morgens einen Anruf, verschob das Telefonat dann aber hastig auf den Abend. Sie tauschte keine Höflichkeiten mit dem Anrufer aus, ich erinnere mich auch nicht an einen Gruß. Aber nach diesen Anrufen wirkte Elena immer etwas zerstreut und nervös. Verstört würde ich es aber nicht nennen. Nein, das nicht.«

»Dann ist also ausgeschlossen, dass es ein geschäftlicher Anruf war?«

Meriam riss die Augen auf.

»Das schließe ich definitiv aus.«

»Sie haben gesagt, dass Lillo Scotto derjenige war, der in den vergangenen Monaten oft die Anrufe entgegennahm. Hat er Elena jemals berichtet, wer am Telefon war?«

»Selbstverständlich, Dottore, aber das waren geschäftliche Anrufe. Die Telefonate, von denen wir sprechen, Verzeihung, das habe ich vergessen zu sagen, erhielt Elena immer nur auf ihrem Handy.«

Montalbano schoss ein Gedanke durch den Kopf.

Da war noch etwas, das er schon längst hätte tun sollen.

Dreizehn

Er griff zum Telefon und rief Fazio an.

»Sind die Schlüssel zur Schneiderei bei dir?«

»Sissì, Dottore.«

»Und die Siegel hast du entfernen lassen?«

»Sissì.«

»Dann gib Catarella die Schlüssel. Ach ja, und bestell Lillo Scotto für morgen früh um neun hierher.«

»Mach ich«, erwiderte Fazio.

Montalbano beendete das Gespräch und sah Meriam schweigend an. Das Schöne war, dass er gar nicht den Mund aufmachen musste, denn sie kam ihm zuvor.

»Was haben Sie vor?«

»Fühlen Sie sich in der Lage, mich in die Schneiderei zu begleiten?«

Meriams Miene veränderte sich schlagartig. Sie wirkte fast ängstlich und schüttelte entschieden den Kopf:

»Nein, nein, nein.«

»Das kann ich gut nachvollziehen«, sagte Montalbano und stand auf. »Bis bald.« Er reichte ihr die Hand.

Meriam wollte sich rechtfertigen.

»Versuchen Sie mich bitte zu verstehen, Dottore. Dorthin zurückzukehren ... das ist für mich ...«

Montalbano unterbrach sie.

»Das ist vollkommen in Ordnung.«

Meriam gab ihm die Hand, ging zur Tür, öffnete sie und ging hinaus.

Montalbano starrte auf die geschlossene Tür.

Meriam wäre ihm zwar eine große Hilfe gewesen, aber es ging auch ohne sie.

In dem Moment hörte er ein leises Klopfen.

»Ja, bitte«, sagte er.

Die Tür ging auf, und Meriam trat ein.

»Ich glaube, ich kann mitkommen«, sagte sie.

Schweigend zog Montalbano seine Jacke an und ließ sich von Catarella die Schlüssel zur Schneiderei geben.

»Soll ich mit Ihnen fahren?«, fragte Meriam.

»Nein«, sagte Montalbano, »wir fahren besser getrennt, denn ich bleibe vermutlich etwas länger.«

In der Via Garibaldi war ein Parkplatz frei, und Montalbano machte Meriam ein Zeichen, ihren Wagen dort abzustellen. Ein Stück weiter fand auch er einen Platz.

Meriam wartete auf ihn, und gemeinsam gingen sie die wenigen Schritte bis zur Haustür.

Auf einmal blieb Montalbano stehen und verharrte reglos wie eine Statue. Meriam, die einen Schritt hinter ihm ging, rempelte ihn an.

»Was ist?«, fragte sie.

»Sehen Sie doch«, antwortete der Commissario mit gedämpfter Stimme.

Auf der Türschwelle zu Elenas Wohnung saß eine weiße Katze auf den Hinterbeinen, aufrecht und unbewegt wie eine ägyptische Statue.

»Rinaldo!«, sagte Meriam verblüfft.

Er musste von da, wohin Catarella ihn gebracht hatte, entwischt sein und hierher, zu seinem richtigen Zuhause, zurückgefunden haben, indem er dem geheimnisvollen Geruchssinn gefolgt war, der Katzen eigen ist.

Als Montalbano sich ihm näherte, wich Rinaldo keinen Millimeter zurück. Der Commissario beugte sich hinunter, kraulte ihm den Kopf und schob ihn behutsam zur Seite. Er steckte den Schlüssel ins Schloss, aber kaum hatte er die Tür einen Spalt geöffnet, war der Kater auch schon ins Haus gewischt, und als Montalbano und Meriam eintraten, stand er vor der Wohnungstür, hinter der er blitzschnell verschwand, als sie geöffnet wurde.

Was ihnen sofort auffiel, war der unerträgliche Geruch nach Fäulnis in Elenas Wohnung. Meriam zog ein Taschentuch heraus und hielt es sich vor die Nase, der Commissario eilte in die Küche und riss das Fenster auf. Die Spurensicherung hatte in den Abfalleimer gesehen, ihn aber nicht geleert.

»Wir gehen in die Schneiderei«, sagte der Commissario. »Hier oben gibt es für uns nichts zu tun.« Während sie die Treppe hinunterstiegen, fragte Montalbano:

»Wo hatte Elena ihren Computer?«

»Ich zeige es Ihnen«, sagte Meriam.

Nach drei Schritten deutete sie auf einen kleinen Tisch an der Flurwand, auf dem ein Telefon stand.

»Einen hatte sie im Schreibtisch ihres Schlafzimmers und einen kleineren hier in dieser Schublade. Sie hatte auch einen Safe, in dem sie das Geld für die ein- und ausgehenden Zahlungen aufbewahrte.«

Montalbano nahm sich vor, später einen Blick darauf zu werfen.

Als sie den Schneidersalon betraten, stieg ihnen ein anderer Geruch in die Nase: der süßliche Geruch von Blut. Meriam wusste zum Glück nicht, was es war, verzog aber angewidert das Gesicht. Beim Anblick der großen dunklen Blutflecken auf dem Boden neben den mit Kreide markierten Umrissen der Leiche erbleichte sie und wankte.

Montalbano stützte sie und führte sie zu einem der beiden Sessel. Er selbst nahm in dem anderen Platz. Als sie sich ein wenig gefasst hatte, fragte er:

»Fühlen Sie sich in der Lage, mir eine Frage zu beantworten?«

»Ja, fragen Sie.«

»Sehen Sie sich aufmerksam um, vor allem im Bereich des Tisches und der Regale. Haben Sie den Eindruck, dass irgendetwas anders ist als am Nachmittag, als Sie den Salon verlassen haben?«

Meriam sah sich aufmerksam um, dann sagte sie:

»Auf dem Tisch lag eine große Schere, sonst nichts.«

»Sind Sie sicher, dass dieses Stück Stoff nicht da war?«, fragte Montalbano.

»Wir haben alles weggeräumt, bevor wir gegangen sind.«

»Tun Sie mir einen Gefallen? Schauen Sie sich das Stück bitte aus der Nähe an, ohne etwas zu berühren.«

»Und warum?«

»Ich möchte wissen, ob es ein Rest von den Stoffballen ist, die vorgestern eingetroffen sind.«

Meriam stand auf, ging um den Tisch herum, um den Kreideumrissen auszuweichen, und näherte sich der

Tischplatte von der anderen Seite. Montalbano trat neben sie.

Meriam betrachtete das Stoffstück eine Weile, dann sagte sie:

»Kann ich etwas aus dem Regal holen?«

»Ja.«

Sie drehte sich um, machte einen großen Bogen um die Kreideumrisse zu den Regalen, bückte sich, um einen Stoffballen herauszuziehen, und kehrte damit an den Tisch zurück.

»Schauen Sie, der Stoffrest ist diesem Ballen hier sehr ähnlich, aber es ist nicht derselbe Stoff. Beide Stoffe sind blau, aber der Farbton ist ein völlig anderer.«

Montalbano bemerkte, dass der Stoffballen zerrissen war.

»Warum ist der Stoff kaputt?«

»Das war die Signora Elena. Ich hatte Ihnen ja schon gesagt, dass sie an jenem Nachmittag sehr aufgewühlt war und einen der neu eingetroffenen Stoffe zerrissen hat. Also, Commissario, Sie können mir glauben, der Stoffrest hier auf dem Tisch stammt nicht aus der neuen Lieferung. Und nicht nur das: Dieser Stoff ist ... wie soll ich sagen ... gebraucht. Er sieht aus, als wäre er alt.«

»Danke«, erwiderte Montalbano, »das genügt mir.«

Meriam legte den Ballen ins Regal zurück, brach dann aber in ein verzweifeltes Schluchzen aus und konnte sich kaum mehr aufrecht halten.

Montalbano legte ihr den Arm um die Schulter und schob sie fast gewaltsam aus dem Schneidersalon. Er fasste sie um die Hüfte und führte sie die Treppe hinauf ins Wohnzimmer, damit sie sich setzen konnte. Dann eilte er in die

Küche, schenkte ein Glas Wasser ein, kehrte damit ins Wohnzimmer zurück und reichte es ihr.

Meriam trank wie eine Verdurstende.

»Jetzt geht es mir besser«, sagte sie.

»Ich habe keine Eile«, erwiderte Montalbano und nahm das Glas.

Als er aus der Küche zurückkam, war Meriam aufgestanden.

»Wenn Sie mich nicht mehr brauchen ...«

»Ich bringe Sie hinaus«, sagte Montalbano. »Sie wissen gar nicht, wie sehr Sie mir geholfen haben.«

»Sie brauchen mich nicht hinauszubringen, Commissario.«

»Eine Frage noch, Meriam: Wann und wo findet die Beerdigung statt?«

»Morgen um elf in der Pfarrkirche.«

Montalbano sah ihr nach, wie sie die Treppe hinunterging, und blieb vor der Wohnungstür stehen, bis er hörte, wie die Haustür ins Schloss fiel.

Dann stieg er langsam noch einmal hinunter in den Salon. Er setzte sich auf den gewohnten Sessel und richtete seinen Blick auf den Stoffrest.

Zwei Fragen gingen ihm durch den Kopf: Woher stammte dieser Stoffrest, wenn er nicht zu den neu gelieferten Ballen gehörte? Und warum hatte jemand ihn herausgezogen und auf den Tisch gelegt?

Er stand auf, ging zum Tisch und öffnete die beiden großen Schubladen unter der Tischplatte. Darin lagen verschiedene Scheren, jede Menge Nadeln, Fäden, Schulterpolster und Maßbänder, aber keine Stoffreste.

Dann trat er hinaus in den Korridor. Vor dem kleinen Tisch blieb er stehen und öffnete die Schublade. Der Computer war nicht da, aber neben dem Tisch befand sich der Safe, der nicht geöffnet worden war. Geld hatte den Mörder also offenkundig nicht interessiert.

Ein Geräusch oben in der Wohnung unterbrach seine Gedanken. Ein leises, gedämpftes, aber beständiges Geräusch, das plötzlich aufhörte. Und dann war deutlich ein Miauen zu vernehmen.

Das war bestimmt Rinaldo. Aber was machte er?

Montalbano stieg die Treppe hinauf. Vor Elenas Schlafzimmertür stand der Kater, kratzte am Holz und miaute kläglich.

Er wollte hinein.

Montalbano öffnete, Rinaldo schoss durchs Zimmer und sprang auf das Bett, wo er sitzen blieb und den Commissario ansah, als wollte er ihn auffordern hereinzukommen.

Montalbano machte ein paar Schritte in die Mitte des Zimmers.

Jetzt schaute der Kater in eine andere Richtung.

Der Commissario folgte Rinaldos Blick zu dem blauen Schreibtisch. Die Tischplatte war leer.

Er nahm einen Stuhl, setzte sich und zog die erste Schublade links heraus. Sie war voll mit Quittungen, Zahlungsbestätigungen, Abrechnungen, Rechnungen und Lieferscheinen: lauter Verwaltungskram.

Er schob sie zu und öffnete die zweite: genau dasselbe, nur dass diese Unterlagen aus den Vorjahren in Mappen abgeheftet waren.

Er zog die dritte und letzte Schublade links heraus: noch mehr brieflicher Geschäftsverkehr. Er öffnete die rechte oberste Schublade, die persönliche Unterlagen enthielt: abgelaufene Pässe, Ausweise, Versichertenkarten, alte Scheckhefte, Kontoauszüge und so weiter.

Er schloss sie, öffnete die zweite Schublade und sah sich die persönlichen Dokumente darin an: ein paar vereinzelte Postkarten, Briefe und Fotos, vor allem aber zwei große Umschläge, die von Gummibändern zusammengehalten wurden. Sie enthielten Briefe, die Elena und Osman gewechselt hatten und die ihre Beziehung in allen Einzelheiten dokumentierten. Fast verschämt warf Montalbano einen Blick darauf. Er fühlte sich nicht berechtigt, in das Privatleben der beiden einzudringen: nicht in das des Opfers, was seine Pflicht gewesen wäre, vor allem aber nicht in das Leben Dottor Osmans.

Er öffnete die dritte und letzte Schublade.

Sie war völlig leer. Auch hier war kein Computer.

Er zog die Schublade ganz heraus, schob seinen Stuhl ein Stück zurück und stellte die Schublade auf seinen Schoß.

Elena hatte den Boden mit Geschenkpapier ausgelegt. Er hob es leicht an und entdeckte darunter ein winziges dreieckiges Stück dickes Papier. Er nahm es heraus und sah es sich genauer an. Es war allem Anschein nach Fotopapier und zeigte einen Bildausschnitt, auf den er sich keinen Reim machen konnte. Er betrachtete ihn lange und eindringlich und kam zu dem Schluss, dass er einen Schuh darstellte, in dem ein Kinderfuß steckte. Er legte das Fotofragment zurück, breitete das Geschenkpapier darüber aus, schob die Schublade wieder ins Fach zurück und blieb nachdenklich sitzen.

Sein Fazit, für das es keine Belege gab, lautete, dass Elena hier persönliche Briefe und Fotos aufbewahrt hatte, die der Mörder mitgenommen hatte.

In dem Moment, als er aufstehen wollte, sprang Rinaldo auf seinen Schoß, als wollte er sagen, es sei noch zu früh, das Zimmer zu verlassen.

Montalbano stellte den Kater auf den Schreibtisch, bückte sich und zog die leere Schublade noch einmal heraus. Er stand auf, ging in die Hocke und schaute in das leere Fach. Ganz hinten, ganz weit hinten, blitzte etwas Weißes.

Er bückte sich noch etwas tiefer, streckte den Arm aus, tastete, packte das weiße Etwas mit zwei Fingern und zog es heraus. Es war ein Stück Papier, ein kleines Blatt, das sich durch das Auf- und Zuschieben der Schublade aufgerollt hatte. Offenbar das Fragment eines Briefes. Nur ein paar Worte standen darauf: »*Das Fieber ist verschwunden. Der Kinderarzt sagt, dass . . .*«

Eindeutig eine weibliche Handschrift.

Er steckte das Papier in seine Jackentasche, schob die Schublade wieder ins Fach und dachte nach.

Konnte es sein, dass es in dieser Wohnung überhaupt keine Spuren von Elenas Vergangenheit gab? Er musste weitersuchen.

Er trat zu dem großen Schrank und öffnete ihn. Er hing voller Kleider, und ganz unten gab es sechs große Schubfächer. Montalbano zog eines nach dem anderen heraus: Unterwäsche, Strümpfe, Blusen. Sonst nichts.

Eine Art Rausch erfasste ihn. Er holte einen Stuhl, stellte

ihn neben den Schrank, stieg darauf und tastete die Schrankdecke ab. Seine Finger bekamen nur Staub zu greifen.

Er stieg wieder vom Stuhl und öffnete die beiden Nachttischschubladen. Nichts.

Als er ins Wohnzimmer kam, sank ihm der Mut, denn die vielen Zeitschriften und Bücher, die dort herumlagen, konnte er sich nicht alle anschauen. Auch hier blieb seine Suche ergebnislos. Er fand nichts.

Er ging hinunter in die Schneiderei, schaute an allen möglichen und unmöglichen Orten nach und wusste schließlich, dass er nur seine Zeit vergeudete.

Und so stieg er die Treppe hinauf, passierte den Wohnungskorridor, ging hinunter, öffnete die Haustür, trat hinaus, sperrte ab und begab sich zu seinem Wagen.

Er wollte gerade die Autotür öffnen, als sein Handy klingelte. Es war Fazio, der den Termin mit Lillo Scotto bestätigte.

Er bückte sich, um einzusteigen, doch dann hielt er mitten in der Bewegung inne.

Matre santa! Er hatte Rinaldo vergessen!

Er rief im Kommissariat an, um mit Catarella zu sprechen, aber es hob jemand ab, dessen Stimme er nicht kannte.

»Montalbano am Apparat. Wer bist du?«

»Ich bin Agente De Vico.«

»Und wo ist Catarella?«

»Dottore, es tut mir leid, Catarella ist heute Nachmittag nach Hause gegangen, um nach der Katze zu sehen. Aber sie war nicht da, er ist völlig aufgelöst und sucht sie in der ganzen Stadt.«

»Alles klar«, sagte der Commissario.

Er erreichte Catarella auf dem Handy.

»Nossignore, no!«, rief Catarella. Er war schon nach dem ersten Klingeln drangegangen. »Dottori, telefonieren Sie mich nicht an, denn ich bin nicht würdig, dass Sie auch nur ein Wort an mich richten.«

»Catarè...«

»Dottori, um Himmels willen, sagen Sie nichts. Ich habe etwas Entsetzliches getan! Ich habe Rinaldo entwischen lassen und kann ihn nicht finden. Und bis ich die Katze und meine Ehre nicht wiederhabe, bin ich so ehrlos, dass ich mich im Kommissariat nicht mehr blicken lassen kann.«

»Catarè! Sind wir hier im Puppentheater? Rinaldo ist hier bei mir, ich habe ihn gefunden.«

Vom anderen Ende der Leitung kam ein Schrei, halb Tarzangeheul, halb Pferdegewieher.

»Aber Sie sind ja der Zauderer von Oz, Dottore mio!«

Und dann fragte er mit gebrochener, freudig erregter Stimme:

»Und Sie haben ihn wirklich und wahrhaftig gefunden, Dottori?«

»Ja.«

»Dann sind Sie ein echter Zauberer! Sie haben magische Kräfte! Und wo haben Sie ihn gefunden?«

»Er ist nach Hause zurückgelaufen.«

»Aber ich hab doch alles auf den Kopf gestellt. Sogar im Spülkasten hab ich nachgesehen. Im Backofen. In der Waschmaschine...«

»Catarè, lass mich auch mal zu Wort kommen. Er ist zu sich nach Hause zurückgelaufen, zur Signora Elena.«

»In die Via Calibardo?«

»Ja.«

»Sieh an, was für ein Glück! Ich wohne nur zwei Schritte entfernt. Ich bin sofort da.«

Montalbano ging zurück und zündete sich vor der Haustür eine Zigarette an. Er hatte sie erst zur Hälfte geraucht, als Catarella angerannt kam, eine Transportbox in der Hand.

»Hier bin ich«, sagte er und blieb keuchend vor dem Commissario stehen.

Montalbano drückte ihm die Haustürschlüssel in die Hand und sagte:

»Geh ihn holen. Ich fahre nach Marinella.«

Zu Hause angekommen zog er sich aus und stellte sich unter die Dusche.

Nicht dass er besonders schmutzig gewesen wäre, aber er musste sich von dem Gefühl befreien, Elena mit dem Stöbern in ihrem Leben, ihren Erinnerungen und Gedanken irgendwie in den Schmutz gezogen zu haben, der dann auch an ihm haften geblieben war.

Er kleidete sich notdürftig an, und weil es ein so schöner Abend war, setzte er sich auf die Veranda, rauchte eine Zigarette und durchlief in Gedanken noch einmal alle Ecken und Winkel, die er in der Schneiderei aufgesucht hatte – zusammen mit Meriam und nach ihrem Weggang allein.

Irgendwo in seinem Kopf hatte er ein Detail gespeichert, das ihn einen Moment ins Grübeln gebracht, dann aber sofort wieder vergessen hatte.

Er sah sich durch das Haus gehen wie in einem Film.

Das unterschwellige Gefühl des Unbehagens verließ ihn auch jetzt nicht.

Er beschloss, den Film ein andermal anzuschauen. Und auf einmal wusste er klar und deutlich, woher dieses Unbehagen kam.

Er warf einen Blick auf die Uhr.

Um diese Zeit war Leanza bestimmt nicht mehr in seinem Büro. Er würde ihn auf dem Handy anrufen müssen. Dafür war es fast schon zu spät, aber der Wunsch, eine Antwort auf die Frage zu erhalten, die ihm im Kopf herumging, ließ ihm keine Ruhe.

Er rief ihn an.

»Montalbano am Apparat. Entschuldige bitte die Störung, Fernà.«

»Keine Ursache. Worum geht es?«

»Erinnerst du dich an das blaue Stoffstück auf dem großen Arbeitstisch in der Schneiderei?«

»Den Stoffrest, mit dem der Mörder die Schere abgewischt hat?«

»Richtig. Elenas Mitarbeiterin hat mir gesagt, es sei ein altes Stück Stoff. Erinnerst du dich an einen Riss?«

»Ja, sehr gut sogar.«

»Die Frage ist folgende: Könnte die Spurensicherung herausfinden, ob dieser Riss neu ist oder ob er so alt ist wie das Stück Stoff?«

»Ich denke schon. Es könnte eine plausible Erklärung dafür geben.«

»Wofür?«

»Für den Riss. Wenn er neu ist, könnte er von dem Mörder stammen, als er die Schere abgewischt hat.«

»Ja, das wäre eine Möglichkeit«, sagte Montalbano. »Ich danke dir. Und entschuldige bitte die Störung.«

»Was zum Teufel soll das heißen?«, sagte Leanza. »Wie machen wir das jetzt mit dem Stoff? Hol ich ihn bei dir ab oder schickst du ihn mir?«

»Ich bring ihn dir persönlich selber.«

»Dann erwarte ich dich morgen. Buonanotte.«

Da es spät geworden war, beschloss Montalbano, sofort Livia anzurufen.

Er war im Begriff, ihre Nummer zu wählen, als das Telefon klingelte.

»Dottor Montalbano, Dottor Montalbano ...«, hörte er Meriams verstörte Stimme.

»Meriam, was gibt's? Was ist denn los?«

»Ich habe gerade von Nicola erfahren, dass Lillo versucht hat, sich umzubringen. Sie haben ihn ins Krankenhaus nach Montelusa gebracht.«

»Was genau ist passiert?«

»Heute Nachmittag erhielt Nicola einen Anruf von Lillos Mutter, die ihn angefleht hat, zu ihnen zu kommen. Lillo war außer sich. Er schrie, schlug mit dem Kopf gegen die Wand und hatte Schaum vor dem Mund! Offenbar ein epileptischer Anfall. Erinnern Sie sich, dass Sie Fazio gebeten hatten, ihn ins Kommissariat zu bestellen?«

»Ja natürlich.«

»Von dem Moment an ist die Situation eskaliert. Als Nicola kam, ist Lillos Mutter zur Apotheke gegangen, um sich ein Beruhigungsmittel zu kaufen. Nicola konnte nicht mit Lillo sprechen, der sich ins Bad eingesperrt hatte und nicht aufmachen wollte.«

»Und dann?«

»Nicola hat versucht, durch die geschlossene Tür mit ihm zu reden, und als Lillos Mutter wieder da war und Lillo keine Antwort mehr gab, haben sie die Tür aufgebrochen. Er lag mit aufgeschnittenen Pulsadern in der Badewanne, war aber noch bei Bewusstsein und hatte die Kraft, Nicola zuzuflüstern: ›Ohne Elena hat mein Leben keinen Sinn mehr‹.«

Montalbano hatte Meriams Schilderung fassungslos zugehört. Eine solche Wendung der Ereignisse hatte er sich nicht einmal im Traum vorstellen können.

Er wusste nicht, was er sagen sollte.

»Danke, Meriam. Sie können mich jederzeit anrufen, wenn es etwas Neues gibt, haben Sie da bitte keine Bedenken.«

Was sollte er von dieser Geschichte halten?

Gewiss, Lillos Selbstmordversuch konnte ein Schuldeingeständnis sein, aber auch genau das Gegenteil.

Er war auf dem Weg zur Verandatür, als das Telefon erneut klingelte.

»Dottore, entschuldigen Sie die Störung, aber es ist etwas Schlimmes passiert.«

»Sag schon, Fazio.«

»Ich habe gerade erfahren, dass Lillo Scotto heute Abend versucht hat, sich umzubringen. Er liegt in Montelusa im Krankenhaus.«

»Schon geschehen«, sagte Montalbano.

»Wie bitte?«, fragte Fazio verblüfft.

»Nein, entschuldige. Ich wollte sagen, dass ich schon Bescheid weiß.«

»Was halten Sie davon, wenn ich auf einen Sprung hin-
fahre und Ihnen dann berichte, wie die Dinge stehen?«

»Einverstanden.«

Er legte auf, machte einen Schritt in Richtung Veranda
und hörte erneut das Klingeln des Telefons, das sich offenbar vorgenommen hatte, überhaupt keine Ruhe mehr
zu geben.

»Salvo! Was gibt's Neues?«

Diese einfache Frage brachte Montalbano so in Rage, dass
er wie ein tollwütiger Hund bellte:

»Was es Neues gibt???! Das kann ich dir sagen: Elenas
letzter Liebhaber sitzt hinter Gittern, weil der Staatsanwalt im Einvernehmen mit Augello beschlossen hat, dass
er der Mörder ist. Lillo, ein Junge, der gern Elenas Liebhaber gewesen wäre, liegt nach einem Selbstmordversuch im Krankenhaus. Und ich stecke bis zum Hals in der
Scheiße: Die Computer sind verschwunden, das Handy
ist unauffindbar, und es gibt keine Spur von irgendetwas.
Die einzigen Indizien sind ein zerrissenes Stück Stoff,
der Ausschnitt eines Fotos mit einem Kinderfuß und das
Fragment eines Briefes mit einem Satz, der mir nichts sagt.
Elena liegt im Leichenschauhaus, und die Beerdigung findet morgen früh um elf in der Pfarrkirche von Vigàta statt.
Was noch? Ach ja, Catarella ist der Kater weggelaufen,
und ich habe ihn wiedergefunden.«

»Buonanotte«, sagte Livia und legte auf.

Vierzehn

Es war gut, Dampf abzulassen, denn fünf Minuten nachdem er sich auf die Veranda gesetzt hatte, bekam er Appetit.

Er unternahm seinen üblichen Inspektionsgang in die Küche. Adelina hatte ihm einen Sfincione mit Fleisch zubereitet. Der pizzaartige Fladen verströmte einen Duft, der ihn ganz benommen machte. Er wärmte ihn im Ofen auf und trug ihn auf die Veranda hinaus. Statt den Tisch zu decken, begnügte er sich damit, eine Flasche Wein und ein Glas aus der Küche zu holen. Besteck brauchte er keines.

Wie immer hatte Adelina es gut mit ihm gemeint. Der Sfincione hätte für vier Personen gereicht, und der Commissario schaffte mit großem Bedauern nur die Hälfte.

Die andere Hälfte wickelte er vorsichtig in Butterbrotpapier und stellte sie in den Kühlschrank.

Er war auf dem Weg ins Schlafzimmer, als sein Handy klingelte.

Es war Meriam.

»Verzeihen Sie, Commissario, dass ich so spät anrufe, aber ich möchte Ihnen mitteilen, dass ich im Krankenhaus war. Lillo Scotto ist außer Lebensgefahr und könnte sogar schon morgen Nachmittag entlassen werden.«

»Ich danke Ihnen«, erwiderte Montalbano. »Hoffentlich können Sie jetzt ein bisschen schlafen.«

»Danke. Auch Ihnen eine gute Nacht.«

Er legte das Handy neben den Fernseher, ging ins Schlafzimmer, legte sich zufrieden hin, schloss die Augen und tat einen tiefen Seufzer, der vom Klingeln seines Handys unterbrochen wurde.

Fluchend nahm er das Gespräch an. Es war Fazio.

»Dottore, ich komme gerade aus Montelusa. Lillo Scotto ist außer Lebensgefahr und ...«

»Schon gehört«, sagte Montalbano und schämte sich fast dafür, dass er es dem armen Fazio so kräftig heimzahlte.

»Wissen Sie, dass er morgen Nachmittag entlassen werden soll?«

»Auch das weiß ich.«

»Wenn Sie schon über alles Bescheid wissen, lasse ich Sie in Ruhe schlafen, auch wenn ich Sie noch etwas fragen wollte. Buonanotte!«

»Warte!!!«, schrie der Commissario ins Telefon. »Zu dieser nächtlichen Stunde wirst du doch nicht grantig werden wollen!«

»Dottore, entschuldigen Sie bitte, aber ich werde nervös, wenn Sie mir sagen, dass Sie schon alles wissen.«

»Ja, stell dir vor!«, antwortete Montalbano. »Also, was wolltest du wissen?«

»Wenn Scotto sich erholt, kann ich ihn dann für übermorgen Vormittag einbestellen?«

»Er soll um neun da sein«, sagte Montalbano. »Danke, und gute Nacht.«

Er legte sich wieder hin und schlief sofort ein, nur um

gleich darauf hochzuschrecken. Senkrecht saß er im Bett, mit weit aufgerissenen Augen.

Ein Gedanke war wie eine leuchtende Schlange durch seinen Kopf gehuscht und sofort wieder verschwunden, ohne dass er ihn am Schlafittchen hatte packen können. Schöne Scheiße! Was für ein Gedanke war das gewesen? Nichts zu machen, es blieb zappenduster.

Er ließ sich wieder aufs Kissen sinken und schloss die Augen, und erst in dem Moment ging ihm auf, dass es irgendetwas mit Elenas Telefonaten zu tun hatte, mit etwas, das er zu tun versäumt hatte. Aber was war es, das er vergessen hatte?

»Zum Teufel mit dem verdammten Alter!«, fluchte er.

Aber es war nicht zu ändern. Erst nach einer geschlagenen Stunde fand er wieder Schlaf.

Er schlug die Augen auf, als es schon hell war, und beschloss, noch ein Weilchen liegen zu bleiben, da er im Kommissariat nichts Dringendes zu erledigen hatte.

Doch dann überlegte er es sich anders.

Er stand auf, stellte das Espressokännchen auf den Herd, rasierte sich, trank seinen Kaffee und ging unter die Dusche.

Aber statt sich anzuziehen, schlüpfte er in seine Badehose und unternahm einen langen Spaziergang am Meer, der seinen Kopf leicht machte und seine Lungen durchpustete.

Als er nach Vigàta aufbrach, war es neun.

Er betrat das Kommissariat, blieb vor Catarellas Pförtnerkabine stehen und fragte ihn:

»Was gibt's Neues von Rinaldo?«

Catarella verzog verdrießlich das Gesicht.

»Dottori, er mag mich nicht. Er weint ununterbrochen. Er will immer ausbüchsen. Der Ärmste! Er ist an eine Frau gewöhnt, und ich bin leidigerweise ein Mann. Wenn ich es schaffe, ihn festzuhalten, ihm den Kopf zu kraulen, macht er nicht schnurr schnurr schnurr, sondern knurr knurr knurr, und das ist das Signal dafür, dass er mich kratzen will. Sogar vom Whiskyfraß will er nichts wissen.«

»Weiß du was, Catarè? Wenn ich Meriam das nächste Mal sehe, sag ich ihr, dass sie ihn zu sich nehmen soll.«

»Aber ich hab Rinaldo doch so ins Herz geschlossen.«

»Hol dir eine andere weiße Katze von der Straße, damit tust du sogar ein gutes Werk. Hör mal: Hast du noch die Schlüssel zur Schneiderei?«

»Sissì, Dottori.«

»Gib sie mir.«

Catarella zog eine Schublade auf und reichte ihm den Schlüsselbund.

»Und ich brauche eine Plastiktüte«, sagte Montalbano.

»Zum Einkaufen?«

»Nein, Catarè, zur Sicherung von Beweisstücken.«

Catarella stand auf, öffnete eine andere Schublade und gab ihm eine durchsichtige, noch unversiegelte Tüte.

Montalbano steckte sie ein und sagte im Gehen:

»Ich bin in einer halben Stunde zurück.«

Der Commissario setzte sich ins Auto und fuhr in die Via Garibaldi. Er hatte Glück und fand direkt vor Elenas Wohnung einen Parkplatz.

Er schloss die Haustür auf, ging die Treppe hoch, durchquerte den Flur, betrat den Schneidersalon, legte die Plastiktüte auf den Tisch, griff mit zwei Fingern nach dem blauen Stoffstück und tat es in die Tüte.

Dann trat er den Rückweg an.

Er hatte die Hand schon auf der Haustürklinke, hielt dann aber inne. Irgendetwas irritierte ihn. Wieder huschte diese leuchtende Schlange durch seinen Kopf, die ihn in der Nacht aus dem Schlaf hatte hochfahren lassen. Und wieder beschlich ihn das deutliche Gefühl, etwas nicht getan zu haben, was er unbedingt tun musste.

Aber was?

Lange blieb er stehen und dachte nach, aber es fiel ihm einfach nicht ein.

Er öffnete die Haustür, stieg in sein Auto und fuhr ins Kommissariat zurück.

»Ist Fazio da?«, fragte er Catarella.

»Sissì, Dottori.«

»Schick ihn zu mir.«

Er setzte sich, und schon war Fazio zur Stelle.

»Buongiorno, Dottore.«

»Nimm Platz, wir müssen reden. Was hältst du von Lillo Scottos Selbstmordversuch?«

»Dottore, was soll ich dazu sagen? Ich habe schon mit Dottor Augello darüber gesprochen. Er schließt definitiv aus, dass dieser Suizidversuch ein Schuldeingeständnis ist. Er ist felsenfest davon überzeugt, dass Trupia der Mörder ist, davon rückt er nicht ab.«

»Und was glaubst du?«

»Ich habe mich überall nach diesem jungen Mann erkundigt. Und niemand, nicht ein Einziger, hält Scotto für fähig, auch nur einer Ameise etwas zuleide zu tun. Meiner Ansicht nach hat er versucht sich umzubringen, weil er die Signora Elena verloren hat.«

»Na großartig!«, bemerkte Montalbano bitter. »Wir haben zwei potenzielle Mörder: der eine sitzt hinter Gittern, der andere liegt im Krankenhaus, und eigentlich sind wir überzeugt, dass sie beide absolut nichts mit dem Mord zu tun haben.«

»Das liegt auch daran, dass wir nur die halbe Wahrheit kennen«, warf Fazio ein.

»Was meinst du damit?«

»Dottore, ich meine, dass wir nach Scottos Vernehmung vielleicht klarer sehen. Nach dem Gespräch mit Trupia sind Sie zu der Überzeugung gelangt, dass er es nicht gewesen sein kann. Wenn Sie mit Scotto gesprochen haben, kommen Sie womöglich zu einem anderen Schluss.«

»Du hast recht. Lassen wir die Frage vorerst offen.«

»Gehen Sie zu Signora Elenas Beerdigung?«, fragte Fazio.

»Ja.«

»Möchten Sie, dass ich mitkomme?«

»Nein.«

Fazio war klar, dass mit diesem »Ja« und diesem »Nein« die Unterredung beendet war.

»Ich mach mich wieder an die Arbeit«, sagte er, stand auf und ging.

Montalbano überlegte, wie er das Stündchen, das ihm vor seinem Aufbruch zur Kirche noch blieb, am besten nutzen konnte.

Ihm fiel ein, dass sein Kollege im Roman, dieser Schiavone, der nach Aosta geschickt worden war, morgens im Büro als Erstes einen Joint rauchte.

Nein, nein, in seinem Alter konnte er nicht mehr mit Drogen anfangen, nicht einmal mit weichen!

Wehmütig streckte er die Hand aus, griff nach dem Schriftstück, das ganz oben auf dem Papierstapel lag, und begann zu unterschreiben.

Die Kirche war brechend voll. Elena hatte die halbe Stadt auf die Beine gebracht.

Der Sarg stand vor dem Hauptaltar auf dem Boden.

In der Bank links saß Meriam. Sie hatte den Arm um Teresa gelegt, die ganz in Schwarz gekleidet war. Hinter den Frauen versuchte Stefano, die beiden Zehnjährigen an seiner Seite zu beruhigen.

In der rechten Bank befand sich ein ungleiches Paar: der alte Nicola, ein gebrochener Mann, der mit dem Kopf in den Händen dasaß und weinte, und Dottor Osman, der kerzengerade aufgerichtet neben ihm stand, ohne jede innere oder äußere Regung und noch eleganter als sonst.

Unter den Trauergästen erkannte Montalbano außer Enzo den Barmann der Bar Castiglione, seinen Vize Augello, den Obstverkäufer und den Inhaber des Tabakladens.

Demnach waren alle Bewohner der Via Garibaldi und der umliegenden Straßen gekommen.

Der Commissario lauschte der Messe, und nach dem Segen stand Dottor Osman auf und ging auf den Sarg zu.

Drei Sargträger traten neben ihn und bückten sich, und

dann hoben alle vier gemeinsam den Sarg hoch, den der Dottore auf seine rechte Schulter hob, während seine linke Hand sanft über das Holz strich.

Montalbano wartete, bis die Besucher die Kirche verlassen hatten, dann schloss auch er sich dem Trauerzug an. Plötzlich packte ihn jemand am Arm. Es war eine Frau um die fünfzig, etwas vernachlässigt und mit zerzausten Haaren. Mit weinerlicher Stimme sagte sie:

»Mein Sohn ist unschuldig!«

Das konnte nur Lillo Scottos Mutter sein.

»Dottori, Sie müssen mir glauben, er ist unschuldig! Als seine Mutter spüre ich es tief in meinem Herzen.« Schluchzend fuhr sie fort: »Lillo, mein eigenes Fleisch und Blut, ist nicht imstande, etwas so Entsetzliches zu tun! Mein Sohn würde sich eher selbst umbringen als jemand anderen.«

»Signora, beruhigen Sie sich. Gehen Sie ins Krankenhaus. Lillo braucht Sie. Wir klären alles mit Ihrem Sohn, Sie werden sehen.«

Sanft löste er die Hand der Frau von seinem Arm und ging weiter.

Begleitet von drei oder vier Autos hatte sich der Leichenwagen schon in Bewegung gesetzt.

Montalbano begab sich zu seinem Wagen, um ins Kommissariat zurückzufahren, aber als er die Hand auf dem Lenkrad hatte, folgte er instinktiv dem Trauerzug.

Die Beisetzung auf dem Friedhof würde eine Weile dauern, deshalb zündete er sich eine Zigarette an. Er verfolgte das Zeremoniell aus einiger Entfernung und lief dabei auf und ab.

Bei der fünften Zigarette hatte er den Eindruck, dass der Zeitpunkt der Beileidsbekundungen gekommen war.

Er umarmte Osman, der ihm entgegenkam, um ihn zu begrüßen, und reihte sich dann in die Schlange der Kondolierenden ein.

Meriam wich Teresa nicht von der Seite. Sie stellte ihr Montalbano vor, der stumm die Hand der Signora drückte. Als er sie losließ, sagte Teresa:

»Danke, Commissario, ich weiß, dass Sie viel für Elena tun.«

»Das ist meine Pflicht. Sobald Sie sich dazu in der Lage fühlen, würde ich gerne mit Ihnen sprechen.«

Teresa hob den Schleier. Montalbano hatte erloschene, kummervolle und vom Weinen gerötete Augen erwartet, aber Elenas Schwägerin funkelte ihn aus den schwarzen, punktgroßen Pupillen eines Raubtiers an.

»Meinetwegen sofort. Ich will wissen, wer meine Elena umgebracht hat. Würden Sie einen Moment auf mich warten?«

»Ja natürlich«, sagte Montalbano und entfernte sich.

Teresa wechselte ein paar Worte mit ihrem Mann, küsste ihre Kinder und sagte etwas zu Meriam.

Dann trat sie auf Montalbano zu.

»Wir können gehen.«

»Wohin?«

»Ein paar Schritte vom Familiengrab entfernt steht eine Bank. Wenn es Ihnen nichts ausmacht ... Verzeihen Sie, ich brauche frische Luft, und auf diese Weise sind wir Elena noch ein wenig nahe.«

»In Ordnung«, sagte der Commissario.

Sie setzten sich und schwiegen lange, vielleicht weil die Stille ringsherum schwer auf ihnen lastete und ein Gefühl der Befangenheit weckte.

Die ätherische Luft dämpfte sogar das Geräusch der Autos, die auf der Straße hinter der Friedhofsmauer vorbeifuhren. Montalbano fiel auf, dass am Himmel über dem Friedhof kein einziger Vogel zu sehen war.

Das einzige Lebewesen weit und breit war eine alte Frau, die dreißig Meter von ihnen entfernt an einem Brunnen das Blumenwasser einer Vase wechselte.

Von seinem Platz blickte Montalbano auf ein Erdgrab mit einem großen Eisenkreuz. Auf dem Grabstein sah er die Medaillons von zwei jungen Männern in Uniform. Unter den Fotos konnte er die Metallbuchstaben entziffern: Sie benannten zwei Brüder, Antonio und Carmelo, die bei ihrem Einsatz in Afghanistan ums Leben gekommen waren.

Wahrscheinlich hatten die Eltern der gefallenen Soldaten das Grab anlegen und die Inschriften anbringen lassen.

Hier war die natürliche Ordnung auf den Kopf gestellt, denn es hätten die Kinder sein sollen, die ihre Eltern begruben, und nicht umgekehrt.

Seine Gedanken wurden von Teresas Stimme unterbrochen, die die Stille offenkundig nicht länger ertragen konnte.

»Sind Sie sicher, dass Diego Trupia Elenas Mörder ist?«, fragte sie angriffslustig.

»Sie nicht?«

»Nein. Oder zumindest nicht ganz.«

»Warum nicht?«

»Weil ich Trupia kenne und weiß, in welcher Beziehung er zu Elena stand. Sie waren ein Liebespaar, das schon, aber es war kein wirklich intimes Verhältnis, das die beiden verband. Wie soll ich sagen? Sie wussten beide, dass ihre Begegnungen sich auf das beschränkten, was sie waren: ein rein körperlicher Kontakt. Und dabei ist es geblieben. Haben Sie einen Beweis, irgendein Indiz, das seine Verhaftung rechtfertigt?«

»Der einzige Beweis ist, dass er für den Abend kein Alibi hat«, sagte der Commissario, überrascht von seiner Offenheit.

»Das scheint mir nicht viel zu sein. Auch ich habe für diesen Abend kein Alibi.«

»Abgesehen davon, dass Sie keines brauchen«, gab Montalbano zurück, »muss ich zugeben, dass meine Kollegen und ich uns in diesem Punkt nicht ganz einig sind.«

Teresa hakte sofort nach.

»Haben Sie eine Idee, wer es gewesen sein könnte?«

»Nein, Signora«, sagte der Commissario. »Offen gestanden nicht. Deswegen sitze ich mit Ihnen hier. Ich muss so viel wie möglich über Elena in Erfahrung bringen.«

Es war, als wäre ein Damm gebrochen.

»Sie werden es nicht glauben, aber hier auf dieser Bank habe ich mit Elena zum ersten Mal über den Tod meines Bruders gesprochen. Und heute sitze ich auf derselben Bank und spreche mit Ihnen über Elenas Tod. Ich habe sie kennengelernt, als sie nach Vigàta kam, um Franco zur letzten Ruhe zu geleiten, und hier begann die Freundschaft zwischen mir und ihr, eine tiefe Freundschaft. Es war keine auf verwandtschaftlichen Bindungen beruhende Nähe, Elena und ich waren wirklich Schwestern. An diesem Tag und auf dieser Bank hat Elena beschlossen, hier in Vigàta zu leben, davon bin ich fest überzeugt. Sie war ja ganz allein.«

»Erst so spät? Sie haben sich nie gesehen in der Zeit, als Ihr Bruder mit ihr verheiratet war?«

»Wissen Sie, Dottore, ich war noch sehr jung damals und hatte keine Möglichkeit, allein zu verreisen. Ich war nie oben im Norden, um sie zu besuchen. Sie wissen gar nicht, wie gern ich das getan hätte, aber auch meine Eltern waren nicht sehr reiselustig. In den Jahren mit Elena hat Franco uns zweimal besucht, und er kam jedes Mal allein. Aber wir haben oft miteinander telefoniert, und sie haben mir Karten, Briefe, Fotos geschickt ... Die beiden wollten ihren Traum verwirklichen, und da blieb für andere Dinge keine Zeit.«

»Welchen Traum?«

»Franco und Elena wollten große italienische Modedesigner werden. Sie haben sich in einer renommierten Modeschule kennengelernt, in Vicenza. Franco hatte schon immer diese Leidenschaft. Ich erinnere mich, dass er als Kind die Abende mit meiner Großmutter verbracht und gestrickt, genäht und geflickt hat. Er hat mir die Kleidchen für meine Puppen genäht. Er wollte Schneider werden und hatte schon immer sehr genaue Vorstellungen. Als er mit dem Gymnasium fertig war, mit glänzenden Noten übrigens, bat er meine Eltern, ihm die Accademia im Veneto zu finanzieren. Dort hat er dann Elena kennengelernt. Die beiden haben sich sofort verstanden, und wenig später haben sie geheiratet, ohne es irgendjemandem zu sagen.

Nach der Hochzeit haben sie uns ein Foto geschickt. Was sie verband, war Elenas gestalterisches Talent und Francos handwerkliches Geschick. Arbeitstechnisch waren sie ein perfektes Paar, und dass sich daraus eine intime Beziehung entwickeln würde, war ganz natürlich. Sie haben einander optimal ergänzt: Er war für die Technik und die Herstellung verantwortlich, sie für die Entwürfe und das Design. Nachdem sie beide ihr Diplom hatten, fanden sie sofort Arbeit. Elena in einer Firma für Konfektionswaren, Franco als Designer für Handtaschen im Auftrag eines bekannten Modeschöpfers. Aber das war nur für den Übergang. Ihr Traum war die Selbstständigkeit. Elena hat mir erzählt, dass sie auf dreißig Quadratmetern wohnten und viele Überstunden machten, um das notwendige Geld zusammenzubekommen. An den Wochenenden fuhren sie mit dem Auto über die Dörfer, um den idealen Standort für ihr Atelier zu suchen. Elena war da schon so gut, dass ihr die Verantwortung für eine bedeutende Kollektion übertragen wurde. Sie verdiente so viel Geld, dass Franco kündigen konnte, um sich ganz der Suche nach dem richtigen Standort zu widmen und alles andere rund um die Firmengründung auf den Weg zu bringen. Schließlich entschieden sie sich für ein Dorf namens Bellosguardo.«

Bellosguardo!, dachte Montalbano und erinnerte sich an ein Gedicht von Montale.

»Wo liegt das?«, fragte er.

»In der Provinz Udine«, antwortete Teresa. »Elena konnte natürlich nicht sofort umziehen, sie war vertraglich gebunden und musste vor allem ihre Kollektion weiterführen. Franco wohnte also die ersten Monate allein.«

»Und wann ist Elena dann zu ihm gezogen?«, fragte Montalbano.

Teresa sah ihn verdutzt an, antwortete aber nicht sofort. Dann sagte sie ganz langsam:

»Warum löchern Sie mich mit Fragen zu einer Geschichte, die vierzehn Jahre zurückliegt?«

»Ich verstehe nicht«, sagte Montalbano und sah sie fragend an.

»Ich erzähle Ihnen eine Geschichte, die mit dem Mord an Elena absolut nichts zu tun hat. Seien Sie ehrlich: Sie wissen nicht, in welche Richtung Sie ermitteln sollen.«

»Nein, Signora, nein. Ich denke einfach nur, dass in diesem Stadium jede Information über Elena extrem hilfreich sein kann.«

Teresa schien nicht überzeugt, fuhr aber fort:

»Wenn ich mich recht erinnere, kam Elena sechs Monate später nach. Franco hatte inzwischen die Räumlichkeiten für das Atelier gefunden und ein hübsches kleines Häuschen ganz in der Nähe bezogen.«

»Und wie ging es weiter?«

»Während allmählich die ersten Kunden kamen und das Atelier erfolgreich wurde, zeigte ihre Ehe die ersten Risse. Elena hat mir erzählt, dass das Leben in einem so kleinen Dorf für sie sehr belastend war. Sie fand keinen Anschluss dort und hat sehr darunter gelitten. Und dann machte die Firma, in der sie zuvor gearbeitet hatte, ihr ein verlockendes Angebot. Franco schaffte es, sie zu überzeugen, an ihrem gemeinsamen Traum festzuhalten, aber Elena war nicht mehr glücklich. Und dann ...«

Sie stockte. Nach einer Weile fuhr sie fort:

»Ich fühle mich extrem unwohl.«

»Warum?«, fragte Montalbano.

»Weil ich mir geschworen hatte, diese Dinge niemandem zu erzählen. Umso mehr, als Elena und Franco tot sind. Ich habe das Gefühl, in einen sehr privaten Bereich einzudringen, den die beiden nicht mehr schützen können.«

»Signora, ich verstehe Sie sehr gut. Aber machen Sie sich bitte klar, dass ich kein Journalist bin, sondern Polizist. Meine Fragen stehen einzig und allein im Dienst der Ermittlungen.«

»Irgendwann ist Elena klargeworden, dass Franco sie mehr als seine Geschäftspartnerin und weniger als seine Frau betrachtete. Sie sagte mir auch, dass er sich nach dem Umzug nach Bellosguardo verändert hatte. Er war distanziert, von der Arbeit in Anspruch genommen und hatte wenig Interesse an ihrer Beziehung. Sie spürte, dass sie ihn verlieren würde, und reagierte auf eine Weise, die für eine Frau ganz natürlich ist: Sie wollte ein Kind. Seine heftige Reaktion hat sie erschreckt. Er meinte, ein Kind in dieser Situation sei eine Dummheit und würde Elenas berufliche Möglichkeiten einschränken. Ein Kind sei eine Last, und er wolle darüber kein Wort mehr hören. Er wurde aggressiv, das hat sie mir unter Tränen gesagt, ich erinnere mich genau. Die Kluft zwischen ihnen wuchs von Tag zu Tag. Ich glaube, hier hat die Krise zwischen ihnen begonnen.«

»Verzeihen Sie, wenn ich ein Thema anspreche, das sehr schmerzhaft für Sie ist«, sagte der Commissario. »Aber hat Elena Ihnen jemals erzählt, was ihrer Ansicht nach der Grund für Francos Selbstmord war?«

»Ja. Es war nach einem sehr heftigen Streit, bei dem Elena
ihn vor die Alternative gestellt hat: Entweder sie bekommt ein Kind, oder sie verlässt das Atelier. An jenem
Abend ist Franco aus dem Haus gestürmt und hat die Tür
hinter sich zugeschlagen. Am nächsten Morgen hat man
ihn mit zusammengebundenen Händen in dem Fluss unweit des Dorfes tot gefunden. Er war ertrunken.«

»Wie: mit zusammengebundenen Händen?«, fragte Montalbano verblüfft.

»Franco war ein ausgezeichneter Schwimmer, und die
Polizei meinte, er habe seinen Überlebensinstinkt aus-
schalten wollen, indem er sich selbst die Hände zusammengebunden hat, bevor er in den Fluss gesprungen ist.«

Kurz schien es, als würde sie nach Luft ringen. Zwei Tränen flossen über ihre Wangen.

Montalbano musste dem Impuls widerstehen, ihr eine
Hand auf die Schulter zu legen.

»Aber …«, sagte Teresa und unterbrach sich sofort wieder.

»Aber?«, ermunterte sie der Commissario.

»Ich möchte ehrlich zu Ihnen sein. Ich bin mir bis heute
nicht sicher, ob Elena mir die ganze Wahrheit gesagt
hat.«

»Welchen Grund könnte sie gehabt haben, sie Ihnen zu
verschweigen?«

»Ich weiß es nicht, vielleicht hatte Franco sie als Frau ver-
letzt. Vielleicht wollte sie mir auch weiteren Schmerz er-
sparen und hat mir deshalb manches verschwiegen. Ich
hatte immer dieses Gefühl, dass Elena mich vor etwas
schützen wollte. Kurz zuvor hatte ich meine Eltern verlo-

ren, und nun war Franco auf diese entsetzliche Weise ums Leben gekommen. Vielleicht wollte Elena mich vor weiterem Kummer bewahren.«

»Zeugen haben mir berichtet, dass Elena ab und zu Anrufe erhielt, die sie verstörten und erschütterten«, sagte der Commissario. »Ist das auch in Ihrer Gegenwart passiert?«

»Nein. Nie.«

Dann lächelte sie bitter.

»Und um auch das noch zu sagen: Mir fällt gerade ein, dass Franco bei seinem letzten Besuch einen unangenehmen Anruf erhalten hat.«

Fünfzehn

»Wieso unangenehm?«

»Ich weiß noch, wie aufgebracht er war. Er deutete etwas an von einer Mitarbeiterin in seinem Atelier, die sich irgendwie unschön verhalten hatte. Am Telefon war er kurz angebunden, aber während seines ganzen Aufenthalts hier in Vigàta hatte er schlechte Laune.«

»Hatte Elena Ihres Wissens nach weiterhin Kontakt mit jemandem aus Bellosguardo?«

»Nein. Ich habe mich in den vergangenen Tagen immer wieder gefragt, wen ich über Elenas Tod benachrichtigen sollte. Und merkwürdigerweise ist mir kein Name aus ihrer Vergangenheit eingefallen. Der Selbstmord meines Bruders war für sie ein so traumatisches und niederschmetterndes Ereignis, dass sie einen Schlussstrich gezogen hat.«

Sie seufzte tief.

»Sind Sie müde?«

»Ehrlich gesagt, ja.«

»Wenn Sie möchten, fahre ich Sie nach Hause.«

»Danke«, sagte Teresa und stand auf.

Am Friedhofsausgang fiel Teresa plötzlich noch etwas ein.

»Und Rinaldo?«, fragte sie. »Was ist aus Rinaldo geworden?«

»Fürs Erste hat einer unserer Mitarbeiter ihn zu sich genommen«, antwortete der Commissario. »Ich dachte, ich frage Meriam, ob sie ihn nimmt.«

»Nein«, widersprach Teresa entschieden. »*Ich* will ihn haben.«

»Kein Problem. Ich lasse ihn morgen im Laufe des Tages zu Ihnen bringen.«

Der Commissario ging, gefolgt von Teresa, zu seinem Wagen, der unweit des Friedhofs geparkt stand.

Er öffnete die Beifahrertür und bückte sich, um die Tüte mit dem blauen Stoffstück vom Sitz zu nehmen. Dann trat er zur Seite, um Teresa einsteigen zu lassen, aber sie blieb wie erstarrt stehen und blickte auf die Plastiktüte in seiner Hand.

»Was ist das?«, fragte sie mit bebender Stimme.

Im ersten Moment wusste Montalbano nicht, was er sagen sollte. Die Wahrheit über dieses Stück Stoff wäre für Teresa allzu grausam und brutal gewesen, deshalb antwortete er so vage wie möglich.

»Ein Stück Stoff, das ich in der Schneiderei gefunden habe und von der Spurensicherung untersuchen lassen möchte.«

»Geben Sie her«, sagte Teresa schroff. Es klang fast wie ein Befehl.

Montalbano gehorchte.

Teresa nahm die Tüte, hob sie vor die Augen und betrachtete den Inhalt. Dann sagte sie:

»Ich weiß, was das ist.«

Der Commissario sah sie eindringlich an, sagte aber kein Wort. Mit fast brechender Stimme fuhr sie fort:

»Das ist der Schal, mit dem Franco sich die Hände zusammengebunden hat, bevor er in den Fluss sprang. Elena hat ihn in einer Schublade aufbewahrt, zusammen mit anderen Sachen aus der Zeit ihrer Ehe.«

»In welcher Schublade?«

»In einer der Schreibtischschubladen. In ihrem Schlafzimmer. Der dritten unten rechts.«

Es war die Schublade, die der Commissario völlig leer vorgefunden hatte.

Teresa betrachtete das Stück Stoff immer noch so aufmerksam, dass der Commissario nicht wagte, es ihr wegzunehmen. Sie drehte und schüttelte die Plastiktüte sogar, um den Stoff besser erkennen zu können.

»Sieht aus, als wäre der Schal zerrissen«, sagte sie.

»Ja«, bestätigte Montalbano.

»Als ich ihn das letzte Mal gesehen habe, war er noch ganz. Und er war auch nicht so schmutzig. Was sind das für Flecken?«

Montalbano nahm ihr den Beutel aus der Hand.

»Deswegen bringe ich ihn zur Spurensicherung.«

Und während er sich zu seinem gelungenen Täuschungsmanöver beglückwünschte, schloss er hinter Teresa die Wagentür, stieg ein und setzte sich ans Steuer, um Teresa nach Hause zu fahren.

Er parkte und öffnete die Beifahrertür. Teresa stieg aus und sah ihn an.

»Eines müssen Sie mir versprechen.«

»Ich verspreche es.«

»Ich möchte als Erste erfahren, wer der Mörder ist.«

»Das werden Sie«, sagte Montalbano. »Und vergessen Sie nicht, dass ich es als Erster erfahren möchte, wenn Ihnen noch etwas über Elenas Vergangenheit und Gegenwart einfällt. Auch wenn Sie glauben, es sei nicht weiter relevant.«

»Das verspreche ich.«

Sie gaben sich die Hand. Montalbano wartete, bis sie das Haus betreten hatte, dann stieg er in seinen Wagen. Doch bevor er den Motor anließ, warf er einen Blick auf die Uhr.

Schon zwei. Mit Vollgas fuhr er zu Enzos Trattoria. Unterwegs gelang es ihm, das Gespräch mit Teresa aus seinem Kopf zu verbannen.

Er wollte beim Essen nur ans Essen denken.

Am Eingang wäre er fast mit Beba zusammengestoßen, die mit einem großen dampfenden Kochtopf herauskam, hinter ihr eine andere Frau mit einem ähnlich großen Topf.

Er musste keine Fragen stellen, um zu wissen, dass das Tagesgericht auch diesmal wieder die Zuppa del migrante war.

Beba grüßte im Vorbeigehen, er erwiderte den Gruß mit einem Kopfnicken und setzte sich an seinen gewohnten Tisch.

»Du brauchst gar nichts zu sagen«, sagte er zu Enzo, der an seinen Tisch getreten war. »Bring mir die Suppe.«

Enzo zwinkerte ihm dankend zu und ging in die Küche.

Auch diesmal stand der Commissario mit schwerem Magen auf, denn er hatte zwei Portionen Suppe und danach noch einen großen Teller frittierte Tintenfische und Garnelen verdrückt.

Der Spaziergang zur Mole war ziemlich anstrengend, und als er sich auf den flachen Felsen setzte, rang er nach Luft.

Er wartete, bis die frische Meeresbrise seinen Kopf durchgelüftet hatte, dann fing er an, über all das nachzudenken, was Teresa ihm gesagt hatte.

Eines war überdeutlich geworden: Elena hatte so gut wie nie über die Zeit ihrer Ehe gesprochen, und wenn sie dazu gezwungen gewesen war, hatte sie nur die halbe Wahrheit gesagt. Das war sogar ihrer Schwägerin Teresa aufgefallen.

Was in ihrer Vergangenheit hatte Elena zusammen mit ihrem verstorbenen Ehemann für immer begraben wollen?

Und konnten diese Anrufe nicht ein unangenehmer Nachklang dieser Vergangenheit gewesen sein?

Falls ja, wer war diese geheimnisvolle Person am anderen Ende der Leitung?

Dieser Sache musste Montalbano auf den Grund gehen, möglicherweise war sie von entscheidender Bedeutung. Was ihm jedoch am meisten zu denken gab, war die Geschichte von dem Schal gewesen, mit dem Franco sich die Hände zusammengebunden hatte, als er sich in den Fluss stürzte, um nicht instinktiv anzufangen zu schwimmen.

Wie hatten die örtliche Polizei oder die Carabinieri zweifelsfrei beweisen können, dass Franco sich die Hände selbst zusammengebunden hatte?

Anders gesagt: Wie hatten sie die Hypothese eines Mordes ausschließen können? Auch dies war eine wichtige Frage.

Er zog sein Handy aus der Hosentasche und rief Catarella an.

»Catarè, zwei Dinge: Erstens musst du Rinaldo zu Signora Elenas Schwägerin in die Via della Regione 18 bringen ...«

»Madonna, das trifft mich ins Herz! Heute Morgen hat er zum ersten Mal nicht knurr knurr, sondern schnurr schnurr gemacht, Dottore ...«

»Tut mir leid, Catarè. Und zweitens musst du mir sofort die Telefonnummer von dem Friedhofswärter heraussuchen.«

»Ist gut, Dottori, ich werd sie gleich haben, die Nummer von diesem Federico Verde!«

»Catarè, ich habe Friedhofswärter gesagt, nicht Federico Verde.«

»Verzeihung, Dottori. Wie machen wir's: Legen Sie auf oder legen Sie nicht auf?«

»Ich bleibe am Apparat.«

»Sofortestens, Dottori.«

Diesmal verlor Catarella tatsächlich keine Zeit.

Und zwei Minuten später wählte der Commissario die Nummer des Wärters.

»Commissario Montalbano am Apparat.«

»Ja, Dottori. Heute Morgen hatte ich das Vergnügen, Sie hier zu sehen.«

Nur ein Friedhofswärter konnte bei der Begegnung auf einem Friedhof von »Vergnügen« sprechen!

»Ich möchte Sie um einen Gefallen bitten. Könnten Sie zum Grab der Familie Guida gehen und mir das Todesdatum von Franco Guida sagen?«

»Aber selbstverständlich! Dottori, soll ich Sie zurückrufen, oder rufen Sie selber nochmal an?«

Montalbano gab ihm seine Handynummer.

Er beobachtete einen Fischkutter, der ganz langsam in den Hafen einfuhr.

Sein Handy klingelte.

»Dottori, Signor Franco Guida ist am 19. Februar 2002 gestorben. Brauchen Sie sonst noch etwas?«

»Nein. Ich danke Ihnen. Buongiorno.«

Er notierte das Datum auf einem Zettel, den er in seiner Tasche gefunden hatte.

Dann rief er erneut Catarella an.

»Du musst etwas für mich recherchieren.«

»Zu Ihren Diensten, Dottori«, rief Catarella voller Begeisterung.

»Such mir alle Meldungen zum Tod von Franco Guida heraus. Ich wiederhole: Franco Guida«, sagte der Commissario und artikulierte die Silben übertrieben deutlich. »Alles, was nach dem 19. Februar 2002 in den Zeitungen des Friaul erschienen ist. Ich wiederhole: des Friaul. Sowie alles, was du in den Zeitungen hier bei uns darüber findest.«

»Ist gut, Dottori, mit dem Enternet ist das kinderleicht.«

Mit schweren Schritten kehrte der Commissario zu seinem Wagen zurück. Er beschloss, seinem Kollegen telefonisch anzukündigen, dass er gleich kommen würde.

»Ciao Fernà, wenn ich jetzt nach Montelusa komme, hast du dann fünf Minuten Zeit für mich?«

»Klar, ich bin hier. Geht es um das Stoffstück?«

»Ja.«

»Her mit diesem Stück Stoff«, sagte Leanza ruppig, ohne den Commissario zu begrüßen, »ich bringe es gleich Micheluzzi.«

»Warte kurz«, sagte Montalbano überrascht. »Was ist denn los mit dir? Bist du sauer auf mich?«

»Nein, Salvo, ich bin nicht sauer auf dich. Ich bin wütend auf meine Leute.«

»Und warum?«

»Weil wir diesem Stofffetzen keinerlei Bedeutung beigemessen haben, obwohl es doch irgendeine Bewandtnis damit haben muss, wenn du ihn mir jetzt unter die Nase hältst.«

»Nein, Fernà, so ist es nicht, ihr konntet damals noch gar nicht wissen, was für eine Bedeutung dieser Stofffetzen hat. Ich wusste es im Übrigen auch nicht.«

»Na gut«, sagte Leanza. »Setz dich und warte hier auf mich. Wenn du willst, schenk dir in der Zwischenzeit einen Whisky ein.«

»Nein, danke«, sagte Montalbano, »aber darf ich hier eine Zigarette rauchen?«

»Ich sperr dich ein«, schlug Leanza vor, »dann bist du ungestört.«

Montalbano musste drei Zigaretten rauchen, bevor Leanza wieder auftauchte.

»Micheluzzi sagt, der Riss ist nagelneu, der Stoff dagegen mehr als zehn Jahre alt. Und jetzt verrat mir, warum dieser Riss so wichtig ist.«

»Könnte er deiner Ansicht nach von der Schere stammen?«

»Diese Frage kann ich dir schon jetzt beantworten. Micheluzzi meint, wenn er von der Schere stammen würde, wäre es ein glatter Schnitt. Nein, der Stoff wurde mit bloßen Händen zerrissen. Und noch etwas: Er sagt, dass der Stoff tiefe Falten hat, als hätte er lange zusammengefaltet und zusammengepresst in einer Schachtel gelegen. Könnte das sein?«

»Könnte es«, sagte Montalbano und stand auf. »Ich danke dir.«

»Wie? Du lässt mich einfach so zwischen Tür und Angel stehen? Mehr verrätst du mir nicht?«

»Du musst entschuldigen, Fernà, aber bisher habe ich selbst nur eine sehr vage und verworrene Vorstellung. Was ich dir sagen würde, wäre womöglich blanker Unsinn.«

Sie verabschiedeten sich. Montalbano nahm die Plastiktüte und fuhr zum Kommissariat zurück.

»Hast du der Signora den Kater gebracht?«

»Gleich sofort hab ich ihn hingebracht. Maria, es hat mir im Herzen wehgetan. Als die Signora ihn gesehen hat, fing sie an zu weinen und hat ihn umarmt und geküsst. Und da wusste ich, dass Rinaldo es gut haben wird, und damit hab ich mich dann getröstet.«

»Hör zu, wenn du dich noch mehr trösten willst: Auf dem Parkplatz direkt neben meinem Wagen liegt eine Katzenmutter mit zwei kleinen Kätzchen.«

»Wissen Sie, was ich mache?«, sagte Catarella. »Ich hab noch Katzenfutter übrig, das bring ich denen jetzt raus.«

»Und was ist mit der Zeitungsrecherche? Die vergisst du nicht, oder?«

»Natürlich nicht, Dottori! Ich hab schon zwei lange Artikel gefunden. Aber ich suche unermüderlich weiter, Dottori, ohne dass ich auch nur eine Minute verliere.«

»Danke. Ach, hör mal, ist jemand da?«

»Sissì, Dottori. Dottori Augello ist vor Ort.«

»Schick ihn zu mir.«

An seiner finsteren Miene erkannte der Commissario, dass Mimì schlechte Nachrichten hatte.

»Was ist?«

»Allmählich geht mir die Geschichte wirklich auf die Eier.«

»Will heißen?«

»Will heißen, dass mich vor fünf Minuten der Questore angerufen und mir mitgeteilt hat, dass ich Sileci heute Nacht mit zehn Mann zur Verfügung stehen soll...«

»Fängt das schon wieder an?«, fragte Montalbano.

»Der Questore meint, das sei eine Ausnahme. Aber es ist immer das Gleiche: Den Letzten beißen die Hunde. Offenbar kommen heute Nacht rund siebenhundert arme Schlucker an. Aber das ist nur das Eine, was mir auf die Eier geht.«

»Und das Andere?«

»Das Andere ist, dass der Haftrichter dazu tendiert, den Haftbefehl gegen diesen Dreckskerl Trupia nicht zu unterzeichnen.«

»Und warum nicht?«

»Weil der Herr Verteidiger äußerst geschickt agiert hat und den Haftrichter davon überzeugen konnte, dass ein fehlendes Alibi nicht automatisch die Schuld seines Mandanten bedeutet und dass keinerlei Beweise gegen ihn vorliegen. Der Haftrichter hat sich vierundzwanzig Stunden Bedenkzeit erbeten. Aber ich bin mir sicher, er lässt ihn laufen.«

»Sag mal«, Montalbano lächelte süffisant, »würdest du in einem Prozess als Zivilkläger gegen Trupia auftreten, weil er dir die Frau weggeschnappt hat?«

»Du bist ein Arschloch, Salvo. Ich bin zutiefst davon überzeugt, dass er der Mörder ist. Und selbst wenn er freigelassen wird, werde ich ihn keine Sekunde aus den Augen lassen. Ich werde nicht eher Ruhe geben, bis ich seine Schuld bewiesen habe.«

Montalbano applaudierte.

»Was ist denn?«, fragte Mimì verblüfft.

»Bravo! Ausgezeichnete Darbietung! Wie in einem amerikanischen Film. Wenn du das mit derselben Emphase nochmal sagst, pfeif ich die Titelmelodie dazu.«

»Leck mich am Arsch!«, sagte Mimì, stand auf, verließ das Zimmer und knallte die Tür hinter sich zu.

Eine Minute später ging sie wieder auf, und Fazio kam herein. Er bemerkte das blaue Stoffstück in der Plastiktüte auf dem Schreibtisch und betrachtete es schweigend und mit gerunzelter Stirn, während er Platz nahm.

»Hat es dir die Sprache verschlagen?«

»Nein, Dottore, Sie sind dran.«

»Über was soll ich reden?«

»Zum Beispiel über diesen Stofffetzen, der, als ich ihn das letzte Mal gesehen habe, auf dem Schneidertisch lag.«

»Also gut. Erinnerst du dich, dass er blutverschmiert war,

weil der Mörder die Schere daran abgewischt hat, und dass er auch einen Riss hatte?«

»Natürlich.«

»Jetzt, wo ich die Details kenne, wollte ich wissen, ob der Riss jüngeren oder älteren Datums ist. Deshalb war ich bei der Spurensicherung, und dort haben sie mir gesagt, dass der Riss neu, der Stoff selbst dagegen alt ist.«

»Und was bedeutet das?«, fragte Fazio.

»Das bedeutet exakt das, was die Signora Teresa mir erzählt hat.«

»Erzählen Sie es auch mir.«

»Es geht um Folgendes: Franco, Elenas Mann, hat Selbstmord begangen und sich in einen Fluss gestürzt. Und um seinen Überlebensinstinkt auszuschalten, hat er sich die Hände zusammengebunden. Mit diesem Schal.«

Fazios detektivischer Spürsinn meldete sich sofort.

»Aber woher weiß man, dass ihm nicht jemand anders die Hände zusammengebunden hat? Beispielsweise derjenige, der ihn umgebracht hat, indem er einen Selbstmord vortäuschte?«

»Das muss Catarella mir sagen.«

»Catarella?«

»Ja. Ich habe ihn gebeten, mir sämtliche Zeitungsmeldungen zu diesem Selbstmord herauszusuchen. Aber da ist eine Sache, die mir schwer zu denken gibt. Der Schal lag zusammen mit anderen Sachen in der untersten Schublade von Elenas Schreibtisch. Ich habe in diese Schublade geschaut, und sie war völlig leer. Der Mörder hat also alles mitgenommen, was in dieser Schublade war. Die beunruhigende Frage, die sich daraus ergibt, lautet: Warum hat

Elena den Schal herausgeholt und im Schneidersalon auf den Tisch gelegt? Und die einzige Antwort, die ich bisher gefunden habe, ist, dass sie ihn dem Mörder zeigen wollte.«

»Und warum?«

»Das weiß Gott allein.« Und nach einer Pause fragte der Commissario: »Gibt's was Neues von dem Jungen?«

»Ich habe ihn für morgen früh um neun herbestellt.«

»Gut. Es ist spät geworden, lass uns nach Hause gehen.«

Das Telefon läutete.

»Ah Dottori, da wäre, dass in der Leitung der Signore L'Avaricella wäre, der persönlich selber mit Ihnen sprechen möchte.«

»Catarè, aber ist der denn nicht ansteckend? Varizellen sind doch Windpocken!«

»O mein Gott, Dottori! Das kann ich Ihnen nicht sagen. Sie meinen tatsächlich, dass er ansteckend ist? Sogar übers Telefon? Matre santa, Dottori, ich habe als Kind Mumps gehabt, aber keine Windpocken.«

»Stell ihn zu mir durch und desinfizier dir danach die Ohren mit etwas Alkohol.«

»Danke, Dottori. Was Sie nicht alles wissen!«

»Montalbano am Apparat. Signor, Signor . . .«

»Hier spricht Aurelio Auricella«, hörte er die ernste, tiefe und salbungsvolle Stimme eines älteren Mannes.

»Worum geht es?«

»Ich bin vor einer Viertelstunde aus Palermo zurückgekommen.«

Stille.

»Danke für diese Information«, sagte Montalbano.

Dann bedeckte er die Sprechmuschel mit der Hand und flüsterte Fazio zu:

»Ich glaube, mit dem könnte es lustig werden. Hör zu.« Er drückte die Lauttaste.

Und da der Mann immer noch schwieg, provozierte er ihn.

»Und Sie beabsichtigen, länger hier in Vigàta zu bleiben?«

»Ich bin schon länger hier. Ich wohne in der Via Giosuè Cusumano 22, und meine Familie lebt hier schon seit Generationen.«

»Glückwunsch«, sagte Montalbano und zwinkerte Fazio zu. »Haben Sie mir weitere interessante Dinge zu sagen, Signor Auricella?«

»Sissì. Ich rufe Sie an, weil ich meine Frau entbinden möchte.«

»Ist sie schwanger?«

»Nein, Dottori, machen Sie keine Scherze, sie ist siebzig Jahre alt. Wir haben vier Enkelkinder von zwei Söhnen mit Namen Antonio und Filippo.«

»Meinen herzlichsten Glückwunsch. Aber jetzt muss ich Schluss machen, denn ich habe ...«

»Warten Sie einen Moment, ich muss Concittina von etwas entbinden.«

»Das ist Ihre Frau?«

»Sissignore, sie muss sich von dieser Last befreien, die sie mit sich herumträgt. Sie hatte nicht den Mut, sich selbst davon zu entbinden, weil ich in Palermo war.«

»Und was ist das für eine Last?«, fragte Montalbano.

»Die Last besteht darin, dass meine Frau an Schlaflosigkeit leidet und die Zeit mit Gucken verbringt.«

»Mit Fernsehgucken«, ergänzte Montalbano.

»Nein, Dottori, beim Fernsehen fallen ihr die Augen zu.«

»Was guckt sie denn dann?«

»Sie guckt ins Haus gegenüber.«

Diesem Signor Auricella musste man jedes Wort mit der Pinzette aus der Nase ziehen.

»Und was hat sie im Haus gegenüber gesehen?«

»Beispielsweise hat sie da Diego Trupia gesehen.«

Montalbano und Fazio wurden schlagartig ernst. Das Lächeln verschwand aus ihren Gesichtern.

»Und was hat er gemacht?«

»Nichts, Dottori. Er saß da und hat ferngeschaut.«

»Und wann?«

»Bravo, Dottori. Daran sieht man, dass Sie ein tüchtiger Polizist sind, das meint auch der Concierge in meinem Haus. Von eben dieser Last wollte Concittina sich entbinden. In der Nacht, als die arme Signora Elena ermordet wurde, hat Diego Trupia bis zwei Uhr früh ferngeschaut. Dann hat er den Fernseher ausgeschaltet und ist ins Schlafzimmer gegangen. Aber als er angefangen hat, sich auszuziehen, hat meine Frau, die eine ehrbare und schamhafte Person ist, in das Fenster zwei Stockwerke drüber geguckt, wo der Signore Anzalone mit seinen Freunden bis zum Morgengrauen Karten gespielt hat.«

Es gab also ein Alibi, das Trupia entlastete!

»Hören Sie, Signor Auricella«, sagte der Commissario, »wäre Ihre Frau bereit, ins Kommissariat zu kommen und uns zu erzählen, was sie Ihnen erzählt hat?«

»Aber selbstverständlich. Jetzt, wo ich aus Palermo zurück bin, kann ich sie begleiten.«

»Dann hätte ich eine Bitte: Könnten Sie sofort kommen?«

»In Ordnung, Dottori, wir sind in einer halben Stunde da.«

»Tausend Dank. Und wenn Sie im Kommissariat sind, fragen Sie bitte nach Dottor Augello, der auf Sie wartet und Ihre Aussage zu Protokoll nehmen wird. Nochmals danke, Sie waren uns wirklich eine große Hilfe.« Damit legte er auf.

Und wählte sofort Mimì Augellos Nummer.

»Mimì, hör mal, gerade kam ein Anruf von einem gewissen Auricella, dessen Frau wichtige Informationen über Trupia hat. Ich hoffe, sie helfen dir, Trupia so richtig in die Mangel zu nehmen. Die beiden sind in einer halben Stunde hier.«

»Danke, Salvo, du bist ein Freund«, sagte Mimì.

Der Commissario stand auf, umrundete drei Mal seinen Schreibtisch, summte vor sich hin und hüpfte von einem Bein aufs andere, alles unter den Augen Fazios, die unmissverständlich sagten: Was für ein verdammter Hurensohn mein Chef doch ist!

»Ich fahre jetzt nach Marinella.«

»Alles klar«, sagte Fazio. »Ich dagegen möchte dieses Schauspiel nicht verpassen.«

»Dann kannst du mir ja morgen alles erzählen«, sagte Montalbano.

Sechzehn

Auf dem Weg nach Marinella bekam er plötzlich wahnsinnigen Durst. Er versuchte, Spucke im Mund zu sammeln, aber es war wie die Suche nach Wasser in einer Wüste. Sein Mund war so trocken, dass er kaum noch schlucken konnte. Als er die Haustür aufgesperrt hatte, stürzte er sofort in die Küche.

Er drehte den Wasserhahn auf, füllte ein Glas, leerte es in einem Zug und drehte den Wasserhahn wieder zu. Oder vielmehr, er drehte am Regler, aber das Wasser lief weiter. Offensichtlich war die Dichtung spröde. Er drehte auf und mit aller Kraft wieder zu, aber jetzt schoss das Wasser geradezu heraus. Matre santa! Wenn das so weiterging, war in einer halben Stunde die Küche überschwemmt. Er schloss den Haupthahn und suchte nach der Nummer des Klempners.

Er hatte sie mit Sicherheit in seinem jahrzehntealten roten Taschenkalender notiert.

Aber wo hatte er ihn hingelegt?

Er suchte in der Nähe des Telefons, als er plötzlich innehielt.

Die leuchtende Schlange eines Gedankens, der gelegentlich sein Gehirn durchzuckte, war wieder da, nur dass der

Gedanke nicht mehr vage und konfus, sondern kristall-
klar war.

Was für ein hohlköpfiger oder besser gesagt vertrottelter
alter Kerl er doch war! Er hatte komplett vergessen, nach
Elenas Telefonverzeichnis zu suchen!

Er wollte keinen Augenblick Zeit verlieren, deshalb
schlüpfte er wieder in seine Jacke, vergewisserte sich, dass
er die Schlüssel zur Schneiderei und sein Handy in der Tasche hatte, ließ alle Lichter brennen und fuhr zur Via Garibaldi.

Um diese Uhrzeit herrschte wenig Verkehr, er fand sofort
einen Parkplatz, stieg aus, sperrte die Haustür auf und ging
die Treppe hinauf. Es gab zwei Festnetztelefone in Elenas
Wohnung: eines auf dem Nachttisch in ihrem Schlafzimmer und eines auf dem Tischchen im Korridor.

Er begann mit dem Schlafzimmer. Kein Kalender zu sehen. Er öffnete die Nachttischschublade, in der er eine Le-
sebrille fand, ein Buch, eine Packung Schlaftabletten und
ein Taschentuch. Er schloss sie wieder.

Dann ging er die Treppe hinunter in den Korridor und
rückte das Tischchen zur Seite: von einem Telefonverzeichnis keine Spur. Der Vollständigkeit halber öffnete er
die Schubladen des großen Tischs im Schneidersalon und
suchte zwischen den Stoffresten: nichts.

Er setzte sich in den Sessel und dachte nach.

Seine Überlegungen brachten ihn zu einer entmutigenden
Schlussfolgerung: Wahrscheinlich hatte Elena ihre Telefonnummern nicht in einem Büchlein notiert, sondern
wie heutzutage üblich in ihrem Handy gespeichert.

Seine Suche schien aussichtslos. Doch dann kam ihm noch

eine weitere Möglichkeit in den Sinn. Er ging wieder nach oben und setzte sich an den blauen Schreibtisch.

Er öffnete die oberste Schublade links, zog sie mit beiden Händen heraus und legte sie vor sich auf den Tisch. Er fing an, ganze Hände voll Papier herauszuschaufeln. Bei der zweiten Ladung glitt zwischen den Blättern etwas Rotes heraus und fiel zu Boden: der gleiche Taschenkalender wie seiner, nur dass dieser hier drei Jahre alt war. Er hob ihn auf, blätterte darin und stellte fest, dass er jede Menge Namen und Telefonnummern enthielt. Er klappte ihn wieder zu, steckte ihn in seine Jackentasche, räumte alles an seinen Platz und fuhr nach Marinella.

Er hatte sich, wie Auricella es formuliert hätte, von einem Gedanken entbunden.

Und er war so zufrieden, dass er anfing, die Melodie eines Beatles-Songs vor sich hin zu singen, in einem radebrechenden Englisch: *Lov, lov mi du.*

Zu Hause legte er den Kalender neben das Telefon, und weil Farbe nach Farbe ruft, tauchte plötzlich vor ihm im Regal sein roter Kalender auf.

Er rief sofort den Klempner an, vereinbarte einen Termin für den nächsten Tag gegen elf, wenn Adelina da sein würde, und erhielt einen Rat, wie er das Problem provisorisch lösen konnte.

Er ging in die Küche und schnitt einen Korken mit einem Messer so zurecht, dass er den Wasserhahn damit verschließen konnte. Dann umwickelte er den Korken mit einem Lappen und zurrte ihn mit einem Knoten fest. Er drehte das Sperrventil auf: Es funktionierte.

Die unverhoffte Entdeckung des Kalenders hatte zur Folge, dass er plötzlich einen Wolfshunger bekam. Und da er schon mal in der Küche war, warf er einen Blick in den Kühlschrank.

Hier wartete eine zweite Entdeckung auf ihn: Sartù di riso, Reisauflauf mit Fisch, eine gelungene Erfindung von Adelina. Er schob ihn zum Aufwärmen in den Ofen, schaute nach, ob er draußen essen konnte, und deckte den Tisch auf der Veranda. Überzeugt, dass der Auflauf inzwischen warm geworden war, trug er ihn hinaus, setzte sich, stieß einen Seufzer der Erleichterung aus und fing an zu essen. Nachdem er fertig war und den Tisch abgeräumt hatte, machte er es sich mit Elenas Kalender auf den Knien im Sessel bequem. Doch dann kam ihm der Gedanke, dass er Livia vielleicht besser jetzt gleich anrief, um später nicht gestört zu werden.

»Livia, entschuldige bitte, ich habe nur ein paar Sekunden Zeit, gleich kommt ein Schiff mit siebenhundert Flüchtlingen an ... darunter viele Kinder ... viele Verletzte. Ich muss die Nacht durcharbeiten.«

»Salvo, das tut mir leid! Was für eine Tragödie!«

»Ich weiß, Livia. Aber so ist nun mal meine Arbeit. Buonanotte.«

»Buonanotte, amore mio.«

Er schlug die Seite mit dem Buchstaben A auf und begann zu lesen: Adamo Salvatore und daneben die Telefonnummer; Almirante Rosalinda, von der drei Telefonnummern verzeichnet waren: zwei Festnetznummern und eine Handynummer, dazu die Adresse.

Beim Buchstaben N war er überzeugt, dass der Kalender

nur sizilianische Telefonnummern und Adressen enthielt: mit der Vorwahl von Montelusa, Catellonisetta, Palermo, Trapani und so weiter.

Beim Buchstaben S hatte er die Hoffnung fast schon aufgegeben: Hier gab es nur drei Namen: Savatteri Ernesto, Sirch Nevia, Siracusa Valerio.

Er war im Begriff, die nächste Seite aufzuschlagen, blätterte dann aber noch einmal zurück.

Sirch Nevia.

Das war kein sizilianischer Name.

Hier waren zwei Telefonnummern verzeichnet: eine Handy- und eine Festnetznummer sowie die Adresse.

Via Orta 3, Bellosguardo.

Von diesem Ort in der Provinz Udine hatte Teresa gesprochen.

Dann hatte Elena also doch nicht alle Brücken zu ihrer Vergangenheit abgebrochen.

Eine Versuchung überkam ihn, der er nicht widerstehen konnte.

Er stand auf, ging zum Telefon und wählte die Nummer in der Provinz Udine.

»Pronto.«

Es war eine Frauenstimme mit einem norditalienischen Einschlag, der ausgeprägter nicht hätte sein können.

»Pronto, wer ist da?«, wiederholte die Frau.

Montalbano war so überrumpelt, dass er nicht wusste, was er sagen sollte, und legte auf.

Doch dann hatte er eine Idee. Er wählte die Nummer erneut.

»Pronto, wer ist denn am Apparat?«

»Ich habe offenkundig eine falsche Nummer! Ist dort nicht Siracusa?«

»Nein, tut mir leid, hier ist Sirch.«

»Entschuldigen Sie die Störung«, sagte Montalbano und beendete das Gespräch. Er hatte erfahren, was er wissen wollte: Nevia Sirch hatte noch dieselbe Telefonnummer und wohnte nach wie vor in Bellosguardo.

Er überlegte, ob er in den Polizeipräsidien und Kommissariaten der Gegend jemanden kannte, aber ihm fiel keiner ein.

Es war zu spät, um noch einen vernünftigen Gedanken zu dieser Nevia Sirch zu fassen. Er würde morgen mit Fazio darüber sprechen.

Montalbano beschloss, sich schlafen zu legen, zog das nächstbeste Buch aus dem Regal und ging ins Bad. Als er im Bett lag, schlug er das Buch auf und stellte fest, dass er das Postleitzahlenverzeichnis in der Hand hielt. Aber statt noch einmal aufzustehen, begann er darin zu lesen und amüsierte sich über die sonderbaren Namen italienischer Ortschaften. Bei den Orten mit Ponte – Ponte a Bozzone, Pontecuti, Ponte Ete – fielen ihm die Augen zu.

Wie lange hatte er geschlafen, als ihn das Klingeln des Telefons weckte? Er hatte das Licht brennen lassen. Jetzt schaute er auf die Uhr, halb drei. Bestimmt war es an der Anlegestelle zu einem größeren Zwischenfall gekommen. Fluchend ging er ran, und an Augellos besorgt klingender Stimme merkte er, dass er mit seiner Vermutung richtig lag.

»Salvo, entschuldige bitte, aber du musst ins Kommissariat kommen.«

»Und warum?«

»Als sie von Bord gingen, fingen zwei Frauen plötzlich an zu schreien und zu zetern, und dann hat die eine ein Messer gezogen und die andere schwer verwundet. Es gab ein unbeschreibliches Drunter und Drüber, lieber Salvo, weil die Freunde der einen sich mit den Freunden der anderen ein Handgemenge geliefert haben.«

»Und wie ist die Lage jetzt?«

»Die Verletzte wurde ins Krankenhaus nach Montelusa gebracht, und die anderen sitzen alle in den abfahrbereiten Bussen.«

»Und was zum Teufel habe ich damit zu schaffen?«

»Zu schaffen hast du damit, dass die Messerstecherin im Kommissariat ist. Wenn du sie die ganze Nacht in der Arrestzelle sitzen lassen willst, ist das deine Entscheidung. Aber da du so besorgt um Trupia warst, hielt ich es für angebracht, mir Sorgen um dich zu machen.«

Mimì hatte es ihm heimgezahlt, sie waren quitt.

Montalbano legte wortlos auf.

Er war durchaus bereit, ins Kommissariat zu fahren, aber das stellte ihn vor ein großes Problem. Meriam und Dottor Osman hatten einen schweren Tag hinter sich, und er würde nicht den Mut finden, einen der beiden zu wecken.

Aber wie sollte er sich dann mit dieser Frau verständigen? Gar nicht. Das einzig Vernünftige war, sich wieder hinzulegen und spätestens um halb acht im Kommissariat zu sein, denn um neun würde Lillo Scotto kommen.

Bevor er die Augen schloss, gingen ihm Mimìs Worte durch den Kopf: *Zwei Frauen fingen plötzlich an zu schreien und zu zetern, und dann hat die eine ein Messer gezogen und die andere schwer verwundet.*

Er hatte nicht einmal Lust, sich zu fragen, warum ihm dieser Satz im Kopf herumspukte. Einen Grund musste es geben, aber er war zu müde, um darüber nachzudenken.

Als Erstes überreichte Catarella ihm vier bedruckte Seiten.

»Dottori, das ist alles, was ich in den Zeitungen zu dem gefunden habe, wonach Sie gefragt haben.«

»Gut gemacht«, sagte Montalbano und steckte die Blätter ein. »Wer ist vor Ort?«

»Vor Ort wäre Fazio.«

»Schick ihn zu mir.«

Er setzte sich und holte Catarellas Blätter aus der Tasche. Drei Zeitungen waren aus Norditalien. Nur eine einzige sizilianische Zeitung, der *Giornale dell'Isola*, widmete Francos Selbstmord zehn Zeilen. Der Artikel war oberflächlich und brachte nichts Neues.

Er hatte ihn gerade zu Ende gelesen, als Fazio eintrat.

»Warum bist du heute so früh dran?«

»Dottor Augello hat mich in der Nacht angerufen, nachdem er mit Ihnen gesprochen hatte. Er hat mir von der Messerstecherei erzählt, und danach konnte ich nicht mehr einschlafen.«

»Na gut«, sagte Montalbano. »Ich rufe jetzt Osman an. Ich brauche seine Hilfe bei der Vernehmung dieser Frau.«

»Schon geschehen«, sagte Fazio.

Montalbano musste sich beherrschen, um nicht über den Schreibtisch zu springen und Fazio an der Gurgel zu packen. Um seine Wut zu verbergen, täuschte er einen Hustenanfall vor.

»Was bedeutet *schon geschehen*?«, fragte er.

»Es bedeutet, dass ich diese Frau heute Morgen durch den Spion beobachtet habe. Sie war verzweifelt und hat geweint. Ich bin reingegangen und habe sie beruhigt, und dabei habe ich festgestellt, dass sie Italienisch spricht, und da habe ich sie vernommen. Sie hat mir erzählt, dass die andere Frau versucht hatte, ihrem dreijährigen Sohn ein Stück Brot wegzunehmen. Das erste Mal auf dem Boot, das zweite Mal auf dem Schiff der Küstenwache und das dritte Mal beim Vertäuen. Da hat sie den Kopf verloren und ein Messer gezogen.«

Montalbano saß eine Weile schweigend da, dann fragte er:

»Hast du Informationen über die Frau, die ins Krankenhaus eingeliefert wurde?«

»Ja, Dottore. Sie ist außer Lebensgefahr.«

»Dann machst du jetzt Folgendes: In spätestens einer halben Stunde rufst du den Staatsanwalt an, schilderst ihm die Situation und übergibst ihm den Fall. Ich habe andere Dinge zu tun. Und wenn Lillo Scotto eintrifft, protokollierst du die Vernehmung.«

»In Ordnung, Dottore«, sagte Fazio und ging.

Nach einer Weile stand Montalbano auf, durchquerte den Korridor und beobachtete, wie zuvor Fazio, die Frau durch den Spion in der Zellentür.

Sie war etwa dreißig Jahre alt, klein, trug ein Kopftuch, einen langen Rock und einen ausgebeulten und löchrigen Pullover, dessen Farbe einmal Grün gewesen sein musste.

Er schloss den Spion, kehrte in sein Büro zurück und rief Dottor Pasquano an.

»Buongiorno Dottore.«

Pasquano erkannte seine Stimme sofort.

»Einen Dreck buongiorno! Was fällt Ihnen verdammt nochmal ein, um diese Uhrzeit anzurufen!«

»Was ist passiert? Haben Sie heute Nacht beim Pokern verloren?«

»Das geht Sie gar nichts an. Was wollen Sie wissen?«

»Ich möchte wissen, ob eine mit einer Schere bewaffnete Frau eine andere Frau umbringen kann.«

»Wenn die Frau imstande ist, anderen auf den Eiern herumzutrampeln so wie Sie, warum nicht? Wut und Hass potenzieren die Kräfte eines Menschen. Als Sie noch jung waren, wussten Sie das, aber das Alter hat Ihr Erinnerungsvermögen ausgelöscht. Und damit ist das Gespräch beendet.«

Das änderte das Bild vollständig. Vielleicht mussten sie aus dem Mörder eine Mörderin machen.

Der Commissario nahm erneut die Zeitungsberichte zur Hand. Zwei Artikel, die im zeitlichen Abstand von fünf Tagen erschienen waren, stammten aus dem *Gazzettino*.

Im ersten wurde über den rätselhaften Tod von Franco Guida berichtet, einem, wie es hieß, vielversprechenden jungen italienischen Modemacher, dessen Leiche im Fluss bei Bellosguardo gefunden worden war, die Hände mit einem Schal zusammengebunden. Letzteres hatte zunächst auf ein Verbrechen hingedeutet, aber die Polizei war zu einem anderen Ergebnis gekommen: dass der junge Mann sich die Hände selbst zusammengebunden hatte, um sich am Schwimmen zu hindern. Das hatte auch Teresa gesagt.

Der zweite Artikel enthielt Informationen zum Ergebnis der Autopsie: Bevor Franco in den Fluss sprang, hatte er sich mit Medikamenten betäubt, deren Dosis mit hoher Wahrscheinlichkeit ausgereicht hätte, ihn umzubringen. Der Polizei zufolge bestätigte die Autopsie also die Vermutung, dass er sich die Hände selbst zusammengebunden hatte. Dass Franco alles getan hatte, damit sein Selbstmord gelang.

Die dritte Zeitung schloss sich im Wesentlichen der Vermutung des *Gazzettino* an, allerdings ergänzt um ein bemerkenswertes Detail. Einem Journalisten war es gelungen, mit der Witwe zu sprechen, die zugegeben hatte, dass Franco am Abend seines Todes nach einem heftigen Streit die Wohnung verlassen hatte. Den Grund für diesen Streit hatte die Signora allerdings nicht verraten wollen.

Es klopfte. Fazio trat ein.

»Es ist alles erledigt. Gleich kommt der Wagen, der die Frau ins Gefängnis nach Montelusa transportieren wird.«

»Ins Gefängnis? Unsere Haftanstalten sind doch inzwischen voll mit diesen armen Unglücklichen.«

»Stimmt, Dottore, aber hier geht es um versuchten Mord.«

»Sicher, Fazio, aber diktiert von Hunger und Verzweiflung. Fragst du dich nie, wo die Auftraggeber der Massaker an diesen Armen sind? In der EU formulieren sie Richtlinien zur Einwanderung, während sie Seezunge aus unseren heimischen Gewässern verspeisen.«

Fazio antwortete nicht.

Das Telefon läutete.

»Da wäre, dass die Signori Scottato hier vor Ort wären, Mutter und Sohn.«

»Bring sie zu mir.«

Eine merkwürdige Prozession trat im Gänsemarsch ein. Vorneweg Lillo, der sich kaum aufrecht halten konnte, hinter ihm seine Mutter, die ihn an den Schultern vorwärtsschob, und als Schlusslicht Catarella, der die taumelnde Signora an den Hüften stützte.

Fazio sprang auf, und um zu verhindern, dass der schwankende Zug aus der Bahn geriet, packte er Lillo und führte ihn zu dem Stuhl vor dem Schreibtisch.

Catarella begleitete die Mutter zu dem anderen Stuhl.

Dann verließ er den Raum und schloss die Tür hinter sich.

Lillos Gesichtszüge wirkten auf Montalbano nicht mehr so kindlich, wie er sie in Erinnerung hatte.

Seine Handgelenke waren mit Bandagen umwickelt. Er sah aus wie ein Gespenst.

Er ergriff zuerst das Wort.

»Ich habe die Signora Elena nicht umgebracht.«

»Er war es nicht, er war es nicht!«, mischte sich die Mutter lautstark ein. »Das schwöre ich bei meinem Leben. An diesem unglückseligen Abend war er die ganze Zeit in seinem Zimmer!«

»Immer mit der Ruhe! Bisher wurden keine Anschuldigungen gegen Ihren Sohn vorgebracht. Haben Sie an jenem Abend einen Anruf erhalten oder Besuch von einer Person, die nicht zur Familie gehört?«

»Aber selbstverständlich!«, antwortete die Signora. »Seit über einer Woche hat sich Lillo, wenn er von der Arbeit nach Hause kam, in seinem Zimmer eingeschlossen, er wollte nichts essen, nicht schlafen oder mit uns fernsehen. Und gegen elf Uhr an jenem unglückseligen Abend, an dem die arme Signora Elena ermordet wurde, war er so aufgeregt, nervös und sonderbar, als würde er spüren, was in der Schneiderei vor sich geht, dass ich Dottor Camilleri gerufen und ihn gebeten habe, ihm ein Beruhigungsmittel zu geben.«

»Und ist der Arzt gekommen?«

»Natürlich ist er gekommen. Ein feiner Mensch! Er war fast eine Stunde bei meinem Sohn, hat mit ihm gesprochen und ihn überredet, eine Tablette zu nehmen, damit er schlafen kann.«

Somit waren alle Zweifel an Lillos Unschuld ausgeräumt.

Während seine Mutter geredet hatte, hatte Lillo kein einziges Mal den Mund aufgemacht. Jetzt wandte sich der Commissario mit einer Frage direkt an ihn:

»Seit wann haben Sie in der Schneiderei gearbeitet?«

»In einer Woche wären es zwei Jahre gewesen«, antwortete die Mutter.

Montalbano drehte seinen Stuhl so, dass er dem Jungen direkt zugewandt war.

»Sagen Sie, Lillo, haben Sie sich mit den anderen Mitarbeitern von Anfang an gut verstanden?«

»Er war vom ersten Tag an begeistert, Dottori. Alle hatten meinen Jungen gern...«

Montalbano blickte zu Fazio, der sofort wusste, was er zu tun hatte.

»Signora«, sagte Fazio, »Sie müssten draußen warten. Ich begleite Sie hinaus.«

»Aber warum denn? Warum?«, protestierte die Frau. »Ich bin seine Mutter. Ich möchte alles hören, was Sie von meinem Lilluzzo wissen möchten.«

»Bitte, Signora, Lillo ist volljährig«, sagte der Commissario streng. »Warten Sie bitte draußen.«

Die Frau stand auf, drückte Lillo einen Kuss auf die Stirn, zwei Küsse auf die Wangen, noch einen auf die Stirn und dann auf den Mund, bis Fazio sie am Arm nahm und hinausführte.

»Ich habe Ihre Mutter gebeten, das Zimmer zu verlassen, weil ich Ihnen ein paar sehr persönliche Fragen stellen muss. Haben Sie sich gleich am Anfang in die Signora Elena verliebt?«

Lillo errötete. Er fuhr sich mit einer Hand über die Stirn und verharrte so.

»Nicht sofort«, sagte er dann.

»Wann denn?«

»Eines Tages hat mich die Signora hinauf in ihre Wohnung gerufen. Ich sollte ihr im Bad behilflich sein, weil sie sich mit einem rostigen Messer geschnitten hatte und die Wunde stark blutete. Und da habe ich instinktiv ihre Hand genommen und das Blut herausgesaugt. Ich wollte es ins Waschbecken spucken, aber das erschien mir unanständig, also hab ich es hinuntergeschluckt. Dann hab ich das

Arzneischränkchen aufgemacht, die Wunde desinfiziert und mit Gaze und Pflaster verbunden. Und während dieser ganzen Prozedur hat Elena mich angeschaut und angeschaut und angeschaut. Und da hab ich alles extra langsam gemacht, weil es mir gefallen hat, wie sie mich angeschaut hat. Als ich fertig war, hat Elena mich umarmt und fest an sich gedrückt und gesagt: *Grazie, grazie Lillo.* Aber sie hat es mir ins Ohr geflüstert mit einer Stimme, wie ich sie nicht von ihr kannte. Das hat mich umgehauen. Ich weiß nicht, was mit mir passiert ist, vielleicht war es ihr Blut, dessen Geschmack ich noch im Mund hatte. Von dem Moment an habe ich den Kopf verloren. Es war mir unerträglich, nicht bei ihr zu sein, ich konnte nur noch an sie denken, ich war nicht mehr ich selber. Ich war wie eine Marionette im Puppentheater, die einen Liebestrank getrunken hatte. Ich war wie verhext...«

Er unterbrach sich und fing an zu weinen.

Der barmherzige Samariter Fazio brachte ihm ein Glas Wasser.

»Eine letzte Frage«, sagte Montalbano, »dann können Sie gehen. Ich habe gehört, dass die Signora Elena Ihnen ein paar Tage vor ihrem Tod eine scharfe Rüge erteilt und beschlossen hat, Ihnen zu kündigen. Würden Sie mir genau schildern, was passiert ist?«

»Dottore, wie gesagt, ich hatte völlig den Kopf verloren und war dermaßen eifersüchtig, dass ich immer versucht habe, zur Stelle zu sein, um Anrufe entgegenzunehmen, weil ich wissen wollte, ob sie einen Liebhaber hat oder ob jemand in sie verliebt war. An dem Tag war ich allein im Salon, weil Nicola einem Kunden einen Anzug brachte.

Meriam war in der Anprobe, und die Signora war oben in ihrer Wohnung. Plötzlich klingelte ein Handy, und ich sah, dass es das Handy der Signora war. Sie hatte es auf dem Tisch liegen lassen.« Lillo stockte erneut. »Könnte ich noch einen Schluck Wasser haben?«

Fazio stand auf und brachte ihm noch ein Glas.

»Das war, wie Sie sich vorstellen können, eine Gelegenheit, die ich mir nicht entgehen lassen konnte«, fuhr Lillo fort. »Ich griff nach dem Handy und sah den Namen, aber ich wusste nicht, ob es ein Vor- oder ein Zuname war...«

»Stopp!«, sagte Montalbano. »Denken Sie ganz genau nach, versuchen Sie sich an diesen Namen zu erinnern...«

»Tut mir leid, Dottore, keine Chance. Aber ich kann sagen, dass es eine weibliche Stimme war, und...«

»War es ein Dialekt aus unserer Gegend oder ein fremder Dialekt?«

»Ein fremder Dialekt, Dottore. Die Stimme hatte einen merkwürdigen Tonfall.«

»Lillo, kann dieser Name etwas mit *neve*, Schnee, zu tun haben?«

»Ich weiß es nicht, Dottore. Aber ich erinnere mich, dass sie mich fragte, warum nicht Elena rangegangen ist, und ich war im Begriff zu antworten, als Elena wie eine Furie in den Salon gestürmt kam, sich auf mich stürzte und mir das Telefon aus der Hand riss. Ich hatte sie noch nie so wütend erlebt! Sie sah die Nummer und sagte: ›Ich ruf dich zurück‹. Dann packte sie mich an der Jacke, schüttelte mich und fragte mit erregter Stimme: ›Was hat sie gesagt? Was hat sie gesagt? Hat sie gesagt, dass sie kommt? Hat

sie gesagt, wann? Red schon, du Dummkopf!‹ Ich hab
versucht zu sagen, dass sie gar nichts gesagt hat. Aber die
Signora hat mir gar nicht mehr zugehört. Sie hat sich um-
gedreht und ist mit dem Handy wieder nach oben gegangen, und ich stand wie benommen da.«

»Und dann?«

»Commissario, als die Signora zehn Minuten später wieder herunterkam, sagte sie im Beisein von Nicola und Meriam zu mir, dass ich am Ende des Monats nicht mehr in
die Schneiderei zu kommen bräuchte.«

»Sie haben mir sehr geholfen«, sagte Montalbano. »Ich
danke Ihnen.«

Siebzehn

Vom Korridor hörte der Commissario die durchdringende Stimme von Lillos Mutter.

»Figliuzzo mè, was wollten sie von dir wissen? Du musst deiner Mutter alles ganz genau erzählen!«

Montalbano sinnierte, dass es für einen Menschen aus dem Süden in manchen Situationen nicht das Schlechteste war, keine Mutter mehr zu haben.

Kurz danach kam Fazio zurück, schloss die Tür, setzte sich und starrte den Commissario an.

»Erkennst du mich nicht? Soll ich mich vorstellen? Ich bin Commissario Montalbano.«

»Sie sind zu Scherzen aufgelegt, ich nicht.«

»Was ist los mit dir?«

»Los mit mir ist, dass Sie mir einige Ihrer Überlegungen verschwiegen haben. Warum haben Sie Lillo das mit dem Schnee gefragt?«

»Fazio, bisher war schlichtweg keine Zeit dafür. Aber jetzt stehe ich ganz zu deiner Verfügung und sage dir, zu welchen Schlussfolgerungen ich gekommen bin und warum.«

Es dauerte eine halbe Stunde, bis er ihm alles erzählt hatte. Zum Schluss fragte er:

»Klingt das für dich plausibel?«

»Dottore, das klingt absolut plausibel. Aber ein paar Dinge hängen am seidenen Faden. So ist beispielsweise nicht gesagt, dass diese Nevia die Mörderin ist, nur weil ihr Name der einzige nichtsizilianische in einem drei Jahre alten Kalender ist.«

»Da hast du recht«, räumte der Commissario ein. »Und auch diesbezüglich gibt es noch ein paar Ungereimtheiten. Teresa hat erklärt, dass ihre Schwägerin alle Brücken zu ihrer Vergangenheit abgebrochen hat. Aber das war ganz offenkundig nicht der Fall, weil Elena bis mindestens vor drei Jahren Kontakt zu dieser Frau hatte.«

»Und noch etwas«, nahm Fazio den Gesprächsfaden auf. »Wenn die Mörderin, wie Sie sagen, sich dermaßen mit Blut besudelt hat, dass sie duschen musste, wie konnte sie dann in blutgetränkten Klamotten das Haus verlassen? Als jemand, der extra angereist ist, musste sie zwangsläufig öffentliche Verkehrsmittel benutzen. Und das wäre mit Sicherheit aufgefallen.«

»Es sei denn, sie ist mit dem eigenen Wagen gekommen.«

»Aus dem sie bis zurück ins Friaul nirgendwo hätte aussteigen dürfen. Blutüberströmt wie sie war, konnte sie an keiner Raststätte anhalten, um aufs Klo zu gehen oder zu tanken ...«

Fazios Überlegung war mehr als einleuchtend, und noch während er sprach, kam Montalbano eine Idee. Er suchte auf seinem Schreibtisch, fand den Zettel und wählte eine Nummer.

»Meriam, entschuldigen Sie, ich brauche schon wieder Ihre Hilfe.«

»Bitte, Commissario.«

»Könnten Sie in einer halben Stunde vor dem Haus in der Via Garibaldi sein?«

»Selbstverständlich«, sagte Meriam.

»Wonach suchen Sie?«, fragte Fazio.

»Das sag ich dir, wenn ich zurück bin«, erwiderte Montalbano.

Vor Elenas Haustür hielt er an, parkte, stieg aus und blickte sich um. Meriam war noch nicht da. Er zündete sich eine Zigarette an, und nachdem er drei Züge gemacht hatte, kam Meriams Wagen neben ihm zum Stehen.

»Ich suche schnell noch einen Parkplatz.«

»Ich warte oben auf Sie«, sagte der Commissario.

Er ließ die Haustür angelehnt, stieg die Treppe hinauf und ging in Elenas Schlafzimmer.

In der Mitte des Raums, vor dem weißen Schrank, blieb er stehen.

»Wo sind Sie?«, hörte er Meriams Stimme.

»Hier. In Elenas Schlafzimmer.«

»Buongiorno, Commissario. Ist Ihnen etwas aufgefallen?«

»Vielleicht ja, aber nur Sie können mir helfen: Könnten Sie mir sagen, welches Kleid in Elenas Schrank fehlt?«

Meriam sah ihn fragend an.

»Commissario, Sie leben allein, oder?«

»Ja, wieso?«

»Weil Sie sonst wüssten, dass keine Frau den Inhalt ihres Kleiderschranks so genau kennt. Wie könnte ich Ihnen da sagen, welches Kleid in Elenas Schrank fehlt. Elena hatte eine Unmenge Kleider.«

»Dann versuchen wir's so«, sagte der Commissario. »Am Tag ihrer Ermordung trug Elena, als ich am Nachmittag in die Schneiderei kam, ein grünes Kleid, eine Farbe ... ja, wie könnte man sie beschreiben ...«

»Ultramaringrün«, sagte Meriam.

»Als sie tot aufgefunden wurde, aber das können Sie nicht wissen, trug sie ein anderes Kleid. Könnten Sie das grüne heraussuchen?«

»Klar. Elena war ein sehr ordentlicher Mensch.«

Sie öffnete den Schrank, und Montalbano fiel auf, dass Elena ihre Kleider nach Farben geordnet hatte. Es gab viele grüne Kleider, alle in unterschiedlichen Grüntönen.

Meriam ging alle einzeln durch. Nach einer Weile sagte sie:

»Es fehlt. Es ist nicht da. Vielleicht ist es in der Wäsche.« Noch während sie das sagte, ging sie ins Bad und schaute in dem Korb mit der schmutzigen Wäsche nach. »Nein, ich finde es nicht.«

»Vielleicht hat sie es zur Reinigung gebracht.«

»Das prüfe ich sofort nach«, sagte Meriam und zog ihr Handy aus der Tasche.

Eine Minute später hatten sie die Antwort: Nein, das Kleid war nicht in der Reinigung.

»Wo könnte es sonst sein?«, fragte Meriam.

Montalbano beschloss, nicht zu antworten.

»Ich möchte Sie um einen weiteren Gefallen bitten. Kommen Sie mit.« Sie gingen die Treppe hinunter in die Schneiderei. »Erinnern Sie sich, dass ich Ihnen letztes Mal ein Stück Stoff gezeigt habe, das hier auf dem Tisch lag?«

»Ja. Den alten Stoff.«

»Ich hatte Sie gebeten, ihn sich aus der Nähe anzuschauen. Könnten Sie das noch einmal machen?«

Meriam gehorchte verblüfft.

»Ich bin neben Sie getreten«, sagte der Commissario und ging auf sie zu, »und dann sind Sie zum Regal gegangen und haben einen neuen Stoffballen geholt. Würden Sie das wiederholen?«

»Ja natürlich«, sagte Meriam.

Sie ging an ihm vorbei, drehte ihm die Schulter zu und streckte die Hand zum Regal aus.

»Danke, das genügt«, sagte Montalbano.

Sie stiegen die Treppe wieder hinauf. Der Commissario begleitete Meriam zur Tür, dann sagte er:

»Ich danke Ihnen. Ihre Hilfe war für mich wie immer unendlich wertvoll. Apropos, wissen Sie, wie es Dottor Osman geht?«

»Ja, er hat Urlaub genommen. Er möchte in Tunesien an einer archäologischen Grabung teilnehmen, die ein guter Freund von ihm leitet.«

Montalbano schloss die Haustür, ging hoch und wieder hinunter in den Salon und setzte sich in den gewohnten Sessel.

Er rekapitulierte Meriams und seine Bewegungen im Schneidersalon und ließ alles vor seinem geistigen Auge Revue passieren.

Er sah sich in den Salon eintreten, gefolgt von Meriam, dann sah er Meriam, die sich vor den Tisch stellte, um den Stoff zu betrachten.

Er sah sich selbst, wie er auf Meriam zuging, und Meriam,

wie sie an ihm vorbeiging und den Arm zum Regal ausstreckte.

Stopp.

Die Bilder verschwanden.

Er beschwor sie erneut herauf, und die Figuren vollführten genau dieselben Bewegungen.

Stopp.

Noch einmal.

Diesmal war es Elena, die in den Salon vorausging und etwas sagte, ohne dass ihre Stimme den Commissario erreichte.

Sie sprach mit einer Frau, die genauso groß war wie sie und die hinter ihr das Zimmer betrat.

Dann blieb Elena stehen und deutete auf den Tisch, und die andere Frau stellte sich exakt dorthin, wo zuvor Meriam gestanden hatte. Elena ging auf sie zu, sagte etwas, und die Frau antwortete. Elena konterte, die Frau lächelte spöttisch und erwiderte etwas. Elena erhob die Stimme, aber diesmal machte sie nicht exakt dasselbe wie Meriam, sie ging nicht an der Frau vorbei, sondern drehte ihr die Schulter zu und streckte den Arm zum Regal aus.

Stopp.

Montalbano schloss die Augen und konzentrierte sich. Er schwitzte vor Anstrengung. Dann fühlte er sich bereit, presste die Augen fest zusammen, um sich von nichts ablenken zu lassen, und visualisierte die Szene erneut.

Elena trat ein.

Sie sprach mit der Frau, die ihr folgte.

»... ich zeig es dir ...«

Montalbano verstand nur diese wenigen Worte.

Die andere Frau trat an den Tisch und beugte sich hinunter, um den Stoff zu betrachten.

Sie sagte etwas, das »Ich erinnere mich« gewesen sein könnte.

Elena redete lange, doch auch diesmal erreichte ihn ihre Stimme nicht. Ebenso wenig die Stimme der anderen Frau, die diese spöttische Miene aufgesetzt hatte.

Und dann drehte Elena, immer weiterredend, ihr die Schulter zu und streckte den Arm zum Regal aus.

Schnitt.

Montalbano sah nur eine Schere in der Luft, die mit voller Wucht nach unten stieß.

Erneut Schnitt.

Jetzt passte Elenas blutüberströmter Körper genau in die mit Kreide gezeichneten Umrisse.

Die Bilder verschwanden.

Er öffnete die Augen.

Ja, so musste es sich abgespielt haben.

Er stand auf, löschte das Licht im Salon, stieg die Treppe hinauf, passierte den Korridor und löschte auch dort das Licht. Er stieg die Treppe hinunter, verließ das Haus und schloss die Tür ab.

»Haben Sie gefunden, was Sie suchten?«

»Ja«, sagte Montalbano. »Ich kann das Rätsel lösen. Die Mörderin – und dass es eine Frau war, daran kann es keinen Zweifel mehr geben – hat, nachdem sie geduscht hat, ein Kleid angezogen, das Elena an jenem Tag getragen und wahrscheinlich auf dem Bett abgelegt hat.«

»Und was wollen Sie jetzt machen?«, fragte Fazio.

»Wenn meine Hypothese stimmt«, sagte der Commissario, »ist diese Frau aus dem Norden gekommen. Vielleicht in ihrem eigenen Wagen, vielleicht aber auch mit dem Zug oder dem Flugzeug. Das musst du mir sagen.«

»Commissario, wenn sie in ihrem eigenen Auto oder mit dem Zug gekommen ist, haben wir schlechte Karten«, sagte Fazio. »Unsere einzige Hoffnung ist, dass sie ein Flugzeug genommen und dann ein Auto gemietet hat.«

»Gehen wir vom Flugzeug aus«, sagte Montalbano. »Du hast zehn Minuten Zeit, um das herauszufinden.«

Fazio spurtete los wie ein geölter Blitz.

Sieben Minuten später war er wieder da, mit einem Lächeln so glückselig, als wäre ihm ein Engel begegnet.

»Volltreffer, Commissario. Am Tag, an dem die Signora Elena starb, hat Nevia Sirch ein Flugzeug von Triest nach Trapani genommen. Sie kam nachmittags an und hatte bereits einen Mietwagen reserviert, den sie am Vormittag des darauf folgenden Tages zwei Stunden vor dem Abflug nach Triest zurückgegeben hat.«

Das war erledigt.

»Und jetzt bitte ich dich um einen weiteren Gefallen.«

»Zu Befehl.«

»Erkundige dich nach den Flügen: Wann fliegen die Maschinen ab, wann kommen sie an ...«

»Wollen Sie etwa hinfliegen?«

»Es wird mich Nerven kosten, aber die Antwort auf alle unsere Fragen kriege ich nur dort.«

Fazio stand auf und ging.

Montalbano warf einen Blick auf die Uhr.

Matre santa! Es war halb drei. Er griff zum Telefon.

»Enzo! Lass mir einen Bissen Brot übrig.«

»Wir wollten uns gerade zu Tisch setzen. Wir warten auf Sie.«

Montalbano zischte ab wie eine Rakete.

Während der Commissario einen himmlischen Meeresfrüchtesalat verspeiste, fiel ihm ein, dass das Gericht gar nicht auf der Speisekarte stand. Als Hauptgang gab es ein Reste-Allerlei aus den übriggebliebenen Fischen, in der Pfanne gebraten und so köstlich, dass er sich die Finger ableckte und nur die Gräten übrig ließ. Kurzum, die Familie Enzo stellte sich selbst bessere Gerichte auf den Tisch als ihren Gästen. Das musste er sich merken. Vielleicht sollte er öfter mal zu spät in die Trattoria kommen.

Er hatte so viel gegessen, dass er für seinen Spaziergang auf dem flachen Felsen unterhalb des Leuchtturms doppelt so lang brauchte wie sonst.

Er zündete sich die übliche Zigarette an.

»Wie geht's?«, fragte er den Krebs, der unter dem Felsen saß und zu ihm hochschaute.

Der Krebs schien von der Frage nicht sehr begeistert zu sein, denn er gab nicht nur keine Antwort, sondern tauchte ins Wasser ab und verschwand.

Montalbano fühlte sich, als hätte er ein Glas Wein zu viel getrunken.

Die Gewissheit, kurz vor der Lösung des Falls zu stehen, ließ das Blut in seinen Adern schneller fließen. Wenn die Mörderin nicht den größten Fehler ihres Lebens gemacht hätte, indem sie den Schal, mit dem sie die Schere abgewischt hatte, auf dem Tisch liegen ließ, stünden die Ermittlungen womöglich immer noch ganz am Anfang.

Dieser Schal war der Schlüssel zu allem.

Und wenn er das Motiv für den Mord gewesen war, hatte die Unbekannte, die möglicherweise den Namen Nevia Sirch trug, auch etwas mit Franco Guidas Tod zu tun.

Doch diese zweite Hypothese musste erst noch verifiziert werden.

Und deshalb gab es keinen anderen Weg als den, den er Fazio gegenüber bereits angedeutet hatte: Er musste zu Nevia fahren und mit ihr sprechen.

Diese Aussicht bereitete ihm kein Vergnügen, aber er musste es tun, es war seine Pflicht.

Er beschloss, eine zweite Zigarette zu rauchen. Das Wetter war schön, und Montalbano ließ die Meeresluft in seine Lungen strömen und dachte voller Wehmut, dass er dort, wo er hinfahren musste, nicht einmal den Schatten eines Meeres finden würde.

Sollte Nebel aufziehen, überlegte er, würde er sich garantiert verirren. Die zwei, drei Mal, als er in eine Nebelbank geraten war, war ihm angst und bang geworden, und er hatte das Gefühl gehabt, der einzige Überlebende auf dem ganzen Planeten zu sein.

Er seufzte tief auf, erhob sich von dem flachen Felsen und kehrte ins Kommissariat zurück.

»Dottori, ich hab die Flugzeiten«, sagte Fazio. »Es gibt eine Maschine vormittags um zehn von Trapani nach Triest, und der Rückflug nach Trapani ist dann am Nachmittag.«

»Und wie lange dauert es von Triest nach Bellosguardo?«

»Ohne Nebel zirka zwei Stunden.«

Bei dem Wort »Nebel« tat Montalbano erneut einen tiefen Seufzer.

»Dann muss ich mir am Flughafen Triest also ein Auto mieten?«, fragte er kleinlaut.

»Allerdings«, erwiderte Fazio.

Montalbano stellte sich vor, wie er in einem Auto saß, das nach Lufterfrischer roch. Völlig verloren auf einem Gebirgspass, vielleicht sogar auf demselben, auf dem man Ötzi gefunden hatte, den Mann aus dem Eis.

»Mit Chauffeur«, sagte der Commissario.

»Wie bitte?«

»Den Wagen. Ich will einen mit Chauffeur. Und wenn ich ihn aus eigener Tasche zahlen muss.«

»Ich kümmere mich darum und spreche mit den Kollegen in Trapani«, sagte Fazio. »Wann wollen Sie fliegen?«

»Gleich morgen. Aber jetzt fahre ich erst einmal zum Questore und lege ihm die Sache dar. Wir treffen uns in zwei Stunden wieder hier.«

»Ich habe wenig Zeit, fassen Sie sich kurz«, sagte Bonetti-Alderighi schroff.

»Ich werde im Telegrammstil berichten«, erwiderte Montalbano. »Mutmaßliche Mörderin von Elena Guida entdeckt. Stopp. Beantrage die Erlaub...«

Der Polizeipräsident reagierte, als hätte ihn eine Viper gebissen.

»Hören Sie auf, Montalbano, für Scherze fehlt uns die Zeit.«

»Aber ich scherze doch gar nicht, Signor Questore, ich

wollte nur nicht, dass Sie meinetwegen Zeit verlieren...«

»Spielen Sie nicht den Witzbold, sondern erzählen Sie mir alles haargenau.«

Und der Commissario erzählte.

Der Polizeipräsident hörte ihm zu, ohne ihn auch nur ein einziges Mal zu unterbrechen. Am Ende sagte er:

»Und jetzt gehen Sie zum Staatsanwalt und berichten ihm alles.«

»Nein«, sagte Montalbano, »ich glaube, so weit sind wir noch nicht.«

»Was haben Sie vor?«

»Ich bitte um die Erlaubnis, persönlich mit der Verdächtigen zu sprechen. Sie wohnt in der Provinz Udine. Mitten im Nebel.«

»Wie bitte?« Der Polizeipräsident war verblüfft. »Was hat der Nebel damit zu tun?«

»Nichts. Ich meinte einen metaphorischen Nebel.«

Der Polizeipräsident überlegte so lange, dass Montalbano sich genötigt sah, ihm auf die Sprünge zu helfen.

»Spricht etwas dagegen?«

»Carissimo, die Sache stellt sich als eine territoriale Grenzüberschreitung dar. Wenn mir kein schriftlicher Antrag vorliegt, der wenigstens auf einem Minimum an Beweisen fußt, kann ich keine Erstattung von Reisekosten, Übernachtung, Mietwagen und so weiter beantragen...«

»Dann bezahle ich es aus eigener Tasche und basta«, sagte der Commissario.

»Das kann ich nicht zulassen«, sagte der Polizeipräsident entschieden.

»Dann beantrage ich zwei Tage Urlaub«, erwiderte Montalbano ebenso entschieden.

»Die zwei Tage Urlaub gewähre ich Ihnen. Aber Vorsicht. Was eine mögliche Verhaftung angeht, sind die lokalen Behörden zuständig, nicht Sie.«

»In Ordnung«, sagte der Commissario.

»Ich habe alles erledigt«, sagte Fazio. »Die in Trapani haben alles reserviert. Wenn Sie mir die Genehmigung des Staatsanwalts geben, reiche ich sie sofort weiter.«

»Es gibt keine Genehmigung, Fazio. Ich fliege zu meinem eigenen Vergnügen. Ich habe Lust, auf der Piazza von Bellosguardo einen Kaffee zu trinken.«

»Soll ich dann das Flugticket für Sie buchen?«

»Bravissimo. Aber nur den Hinflug. Vielleicht finde ich ja eine gute Trattoria und ziehe nach Bellosguardo.«

»In Ordnung. Gallo holt Sie morgen früh um halb acht ab.«

Fazio wollte gehen, aber Montalbano hielt ihn zurück.

»Hat das geklappt mit dem Fahrer?«

»Ja. Die haben sogar gefragt, ob Sie lieber eine Frau oder einen Mann wollen.«

»Und was hast du gesagt?«

»Eine Frau, Dottore.«

»Das hast du gut gemacht.«

Die Triestinerinnen standen im Ruf, bildschön zu sein, und sollte er in hübscher weiblicher Begleitung im Nebel stecken bleiben, war das vielleicht sogar angenehm.

Fazio hielt ihn im Kommissariat fest, bis er ein paar wichtige Schreiben unterzeichnet hatte.

Als er in Marinella ankam, war es acht Uhr abends.

Er beschloss, Livia anzurufen und ihr zu sagen, dass er für zwei Tage nach Palermo müsse, um an einer Konferenz für Polizeibeamte teilzunehmen.

»Dann ist es also völlig ausgeschlossen, dass du zu mir kommst?«

»Livia, es tut mir furchtbar leid, aber ich weiß nicht, wie ich das schaffen soll...«

»Na schön, dann gute Reise und gute Nacht«, gab Livia frostig zurück und legte auf.

Das üppige Mittagessen am frühen Nachmittag hinderte ihn nicht daran nachzusehen, was Adelina für ihn gekocht hatte.

Glücklicherweise war es ein leichtes Gericht. Seine Haushälterin hatte diesmal dem Meer den Rücken gekehrt und sich dem Festland zugewandt: Sie hatte Eintopf mit Saubohnen, Erbsen und Artischocken zubereitet.

Dem Aroma nach zu urteilen, hatte sie sich selbst übertroffen.

Später, als er den ersten Bissen zum Mund führte, überreichte er Adelina im Geist eine Goldmedaille so groß wie der Teller, den er vor sich hatte.

Nach dem Essen ging er zum Strand hinunter und machte einen Spaziergang am Meer entlang.

Eine ganze Stunde versuchte er, sich seine erste Begegnung mit der Mörderin gedanklich zurechtzulegen. War es besser, sie sofort mit der Anschuldigung zu konfrontieren, oder sollte er sie schmoren lassen, bevor er ihr gezielte Fragen stellte?

Er beschloss, sein Vorgehen der Reaktion der Frau anzupassen, nachdem er sich ihr als Commissario Montalbano aus Vigàta vorgestellt hatte.

Doch dann blieb er abrupt stehen, denn ein Gedanke schoss ihm durch den Kopf: Was, wenn er in Bellosguardo ankam, falls er überhaupt jemals dort ankam, und die Frau nicht da war? Vielleicht hatte sie ein paar Tage Urlaub genommen und war verreist, oder sie arbeitete irgendwo außerhalb …

Das musste er klären. Und vor allem musste er in Erfahrung bringen, ob es vor Ort eine Polizei- oder Carabinieri-Wache gab.

Er kehrte nach Hause zurück, setzte sich vor das Telefon, und das Erste, was ihm in die Hände fiel, war Elenas roter Taschenkalender.

Ohne lange zu überlegen, wählte er Nevia Sirchs Nummer.

»Pronto, wer ist da?«

Es war dieselbe Stimme wie beim letzten Mal.

»Spreche ich mit Signora Nevia Sirch?«

»Ja, und wer sind Sie?«

»Commissario Montalbano am Apparat. Ich rufe aus Vigàta an.«

Er hielt inne und wartete auf eine Reaktion.

»Vigàta? In Vigàta wohnt eine gute Freundin von mir«, sagte die Frau, ohne im Mindesten überrascht zu sein.

»Richtig. Und über diese Freundin möchte ich mit Ihnen sprechen.«

»Warum? Was ist passiert?«

»Leider muss ich Ihnen eine traurige Mitteilung machen.«

»Oddio!«, sagte die Frau.

»Die Signora Elena Guida wurde ermordet.«

Es war, als wäre die Person am anderen Ende der Leitung im Nichts verschwunden. So sehr Montalbano auch die Ohren spitzte, er hörte keinen Atemzug. Die Leitung musste zusammengebrochen sein.

»Pronto!«, sagte er. »Sind Sie noch da?«

»Ja«, antwortete die Frau, es war nicht mehr als ein Murmeln. Und dann sagte sie: »Entschuldigen Sie mich einen Moment.«

Montalbano begann zu zählen. Er war bei fünfundzwanzig, als die Frau wieder da war und eine einzige Frage stellte:

»Wer war es?«

»Das wissen wir noch nicht. Deswegen rufe ich Sie an. Der Mörder hat ohne ein plausibles Motiv gehandelt.«

»Und wie … wie … wie wurde sie ermordet?«

»Sie wurde mit einer Schere erstochen.«

Jetzt hörte er klar und deutlich, dass die Frau weinte.

»Beruhigen Sie sich«, sagte er.

»Verzeihen Sie, Commissario, aber das ist ein furchtbarer Schlag für mich. Ich glaube, ich muss mich hinsetzen. Warten Sie einen Augenblick, ich hole mir einen Stuhl.«

Nach einer Weile fragte sie:

»Und was wollen Sie von mir?«

»Ich spreche mit allen, die Elena nahestanden, deshalb …«

»Verzeihung, aber wer hat Ihnen meine Telefonnummer gegeben?«

»Ich habe sie in einem alten Kalender von Elena gefunden ...«

»Ah«, sagte die Frau. Mehr nicht.

»Ich möchte Sie fragen, ob wir uns morgen Nachmittag in Bellosguardo treffen könnten. Würde Ihnen drei Uhr passen?«

»Ich erwarte Sie in der Via Orta Nummer drei. Und jetzt entschuldigen Sie mich bitte, ich kann nicht weitersprechen«, sagte sie und legte auf.

Sie hatte sich völlig normal verhalten, so normal, dass Montalbano Zweifel kamen, ob er nicht auf dem Holzweg war.

Achtzehn

Bevor er schlafen ging, legte er ein Hemd, eine Unterhose und ein Paar Socken in einen Koffer. Schließlich war er nur einen Tag unterwegs. Den Wecker stellte er auf halb sieben.

Er schlief tief und fest, und als er aufwachte, fühlte er sich in Bestform. Er öffnete das Fenster und merkte, dass die Luft seltsam milchig und irgendwie feucht war. Wie jeden Morgen machte er sich eine große Tasse Espresso, trank sie leer, duschte und rasierte sich und schlüpfte in die nächstbeste Hose, die ihm in die Hände fiel, zog aber keine Jacke, sondern eine wattierte Weste an. Er tat Zahnbürste, Kamm und alles, was er sonst noch brauchte, in eine Plastiktüte, die er zusammen mit einem Spionageroman in den Koffer legte. Der Roman würde einschläfernd wirken, da der Commissario, wie bei den Spionagefilmen im Fernsehen, nie verstand, worum es ging.

Gallo war auf die Sekunde pünktlich, und nachdem der Commissario ins Auto eingestiegen war, raste er los, als wäre er auf der Rennpiste von Indianapolis. Montalbano hatte gar keine Zeit zu protestieren, denn urplötzlich gerieten sie vom Bundesstaat Indiana in Dantes Vorhölle. Der Commissario konnte sich nicht erklären, warum jenseits der Windschutzscheibe nichts mehr zu erkennen war.

»Verdammt nochmal!«, rief Gallo.

»Was ist denn los?«

»Wir sind in einer Nebelbank«, erwiderte Gallo und drosselte das Tempo. »Das passiert mir zum ersten Mal hier in der Gegend.«

Das hatte ja so kommen müssen!

Montalbano kam der Spruch *Principio sì giolivo ben conduce* in den Sinn. Das fing ja gut an. Er war drauf und dran, Gallo zu bitten, umzukehren. Wenn der Nebel ihn schon an der Haustür abholte, was für eine Suppe würde ihn erst da oben im Norden empfangen.

Sie fuhren jetzt im Schritttempo. Mit einem Pferdekarren wären sie schneller vorangekommen.

Irgendwann blieb Gallo fast stehen.

»Sie müssen mir einen Gefallen tun, Dottore.«

»Welchen?«

»Sie müssten aussteigen und vorausgehen, ich kann die Straßenschilder nicht erkennen. Sonst fahren wir am Ende nach Palermo statt nach Trapani.«

Der Commissario fluchte innerlich wie ein Berserker, stieg aber aus und trat vor die Stoßstange des Autos. Dann setzte sich die Prozession im Schneckentempo in Bewegung.

Plötzlich, wie durch Zauberhand, war der Nebel verschwunden. Triumphal kam die Sonne heraus, und Gallo fand zurück auf die Rennpiste von Indianapolis.

Als sie den Flughafen Trapani erreichten, wurden die Passagiere bereits zum Einsteigen aufgerufen.

Kaum war das Flugzeug in der Luft, erhielten sie die Ansage, wegen der starken Turbulenzen angeschnallt sitzen zu bleiben. Die Stewardess vollführte merkwürdige Gesten und deutete mal nach links und mal nach rechts, während eine blecherne Stimme Instruktionen erteilte, wie man sich im »Notfall«, einer behutsamen Umschreibung für »im Fall des sicheren Todes«, zu verhalten habe. Fast schon abergläubisch lernte Montalbano das Blatt mit den Sicherheitshinweisen auswendig. Es enthielt Zeichnungen zum Anlegen der Rettungsweste im Fall eines Flugzeugabsturzes über dem Meer, die den Leuten weismachten, dass man sie ruck, zuck aus dem Wasser fischen würde; Hinweise zum Anlegen einer Sauerstoffmaske über Nase und Mund, an die man sicher zuletzt dachte, wenn man nach Luft rang; und die Bitte, hochhackige Schuhe auszuziehen, bevor man auf der Notrutsche ins Meer glitt, wo einen unter Garantie Haie mit aufgerissenem Maul erwarteten.

Er war so beeindruckt, dass er beim Anflug auf Triest mit dem Schlimmsten rechnete und die Stuhllehnen umklammert hielt und die Augen zukniff. Aber es war eine weiche Landung.

Er begab sich zum Autoverleih, und nachdem er an die zwanzig Blätter unterschrieben hatte, gab man ihm die Autoschlüssel.

»Das ist ein Missverständnis. Ich hatte ein Auto mit Fahrer bestellt.«

»Ach ja, entschuldigen Sie bitte«, sagte die Angestellte, griff mit der Hand unter den Tisch und zog ein kleines Gerät hervor. »Hier ist das Navi.«

»Das Navi? Man hatte mir eine Fahrerin versprochen.«

»Kein Problem, ich stelle Ihnen eine weibliche Stimme ein. Wohin müssen Sie?«

»Nach Bellosguardo. Provinz Udine«, sagte der Commissario enttäuscht.

Die Angestellte machte sich an dem Gerät zu schaffen.

»Hier, bitte, Sie müssen nur Esters Stimme folgen, die Sie an Ihr Ziel bringen wird.«

Eher verwirrt als überzeugt ging Montalbano zum Parkplatz, suchte das Nummernschild mit der Zeichenfolge J44 und stieg in den Wagen, der nach Lufterfrischer roch.

Das Navigationsgerät befestigte er am Armaturenbrett.

»Fahren Sie geradeaus bis zum Kreisverkehr«, sagte das Gerät.

Eine tatsächlich angenehme weibliche Stimme. Und nicht nur das, ihre Informationen waren so präzise, dass der Commissario mehrmals antwortete:

»Danke, Ester.«

Von Nebel nirgends eine Spur, dafür überall üppiges Grün und schneebedeckte Berge in der Ferne.

Dann gab Ester ihm die Anweisung, nach rechts abzubiegen, und wie durch Magie erschien der Name Bellosguardo auf einem Ortsschild.

Gut gemacht, Ester!

Er stellte seinen Wagen auf dem Hauptplatz ab, der vielleicht einzigen Piazza des Ortes, und kam sich vor wie in einem Gedicht von Palazzeschi:

Drei niedliche Häuschen
mit spitzigen Giebeln,
eine winzige Wiese
an begrastem Rain.

Montalbano sah auf die Uhr. Zeit fürs Mittagessen. Auch wenn Palazzeschi davon nichts geschrieben hatte, eine Trattoria gab es mit Sicherheit. Und tatsächlich brauchte er nur den Kopf zu drehen, und schon las er: *Al Leon d'Oro.* Zum Goldenen Löwen. Ein vertrauenerweckender Name. Er trat ein. Ein Restaurant mit Hausmacherküche und kleinen Tischen, die alle frei waren. Kaum hatte er sich gesetzt, erschien auch schon ein Kellner.

»Heute haben wir Jota e frico«, sagte er.

»Wie bitte?«, fragte Montalbano. Er fiel aus allen Wolken.

»Jota e frico«, wiederholte der Kellner.

Dem Commissario blieb nichts anderes übrig, als beide Gerichte zu bestellen.

In der Stille des Restaurants, dessen einziger Gast er blieb, verdrückte er hochzufrieden Zwiebeln, Butter, Kartoffeln und Sauerkraut.

Er zahlte wenig und fragte den Kellner, ob die Via Orta in der Nähe lag.

»Zehn Minuten zu Fuß. Wenn Sie rausgehen, nach rechts und dann immer geradeaus. Es ist die zweite Straße links«, war die Antwort.

Er trat ins Freie, und bevor er sich auf den Weg machte, ging er in die Bar und bestellte einen dreifachen Espresso, um in seinem Magen, wo es kräftig rumorte, ein wenig Ordnung zu schaffen.

Die Via Orta war leicht zu finden. Die Hausnummer drei war ein dreistöckiges Wohnhaus.

Die Haustür war verschlossen. An der Sprechanlage drückte er den Klingelknopf mit dem Namen Sirch. Keine Antwort. Er versuchte es erneut. Nichts.

Er beschloss zu warten und eine Zigarette zu rauchen. Dann hörte er das Klacken von Schuhabsätzen und sah eine etwa vierzigjährige Frau mit schnellen Schritten in seine Richtung kommen. Er hoffte, sie würde bei Haus Nummer drei stehen bleiben, aber sie ging weiter. Er wollte gerade die Hand heben, um erneut zu klingeln, als sich die Tür öffnete.

Vor ihm stand ein gut gekleideter Fünfzigjähriger, der ihn fragte:

»Suchen Sie jemanden?«

»Ja, die Signora Sirch. Ich bin mit ihr verabredet.«

Der Mann machte ein verwundertes Gesicht.

»Ich befürchte, dass Sie sie heute nicht antreffen werden. Ich habe sie heute Morgen in aller Frühe abreisen sehen, mit vielen Koffern. Vielleicht weiß die Signora de Amicis im dritten Stock, wie Sie sich mit ihr in Verbindung setzen können.«

Montalbano versank in einem dunklen Brunnen, aber dieses Fünkchen Hoffnung wollte er sich nicht nehmen lassen. Ohne ein Wort des Dankes rannte er die Treppe hinauf. Im obersten Stock läutete er an der Tür links.

»Wer ist da?«

Er versuchte zu sprechen, aber sein Mund war so trocken, dass er nur ein Krächzen herausbrachte.

»Wer ist da?«, wiederholte die Stimme hinter der Tür.

»Ich bin Commissario Montalbano.«

»Ah, ja!«, sagte die Frau und öffnete. Sie war um die sechzig und trug einen Haarknoten.

»Ich hatte um drei eine Verabredung mit der Signora...«

»Ich weiß Bescheid«, unterbrach ihn die Frau.

»Wissen Sie, wohin sie gefahren ist?«

»Nein. Das hat sie mir nicht gesagt.«

»Ein Herr, dem ich unten an der Haustür begegnet bin, meinte, Sie wüssten, wie ich sie finden kann.«

»Nein, nein. Tut mir leid, sie hat mir nichts gesagt.«

Das Fünkchen Hoffnung zerstob, und Montalbano sank erneut ins Bodenlose.

»Aber sie hat mir einen Brief für Sie dagelassen«, fuhr die Frau fort.

Montalbanos Sturz in die Tiefe wurde auf halber Höhe gestoppt. Ihm war augenblicklich klar, dass sein Telefonat am Abend zuvor eine ungeheure Dummheit gewesen war.

»Hier ist er«, sagte die Signora und reichte ihm einen verschlossenen Umschlag.

Montalbano nahm ihn, er war schwer. Er steckte ihn in die Tasche.

»Grazie«, murmelte er. »Buongiorno.«

Er stieg die Treppe hinunter, aber seine Beine trugen ihn kaum, er musste sich am Geländer festhalten.

Ein einziges Wort ging ihm im Kopf herum, und es bezog sich allein auf ihn selbst:

»Volltrottel. Volltrottel. Volltrottel.«

Er kehrte in die Bar auf der Piazza zurück, wo er sich auf einen Stuhl sinken ließ und einen doppelten Whisky ohne Eis bestellte.

»Volltrottel. Volltrottel. Volltrottel.«

Er zog den Brief aus der Tasche, legte ihn auf das Tischchen und betrachtete ihn.

Ohne einen weiteren Anschub würde er es nicht schaffen, ihn zu öffnen.

»Bringen Sie mir noch einen«, sagte er zum Kellner.

Er trank langsam. Ohne den Blick von dem Umschlag zu wenden.

Als er fertig war, nahm er den Brief, riss den Umschlag auf und zog den Inhalt heraus. Es waren fünf eng beschriebene Seiten, ohne Datum und ohne einen einleitenden Gruß. Er begann zu lesen:

Wenn es Ihnen aufgrund eines Fehlers von mir gelungen ist, mich zu finden, heißt das, dass Sie irgendwie herausgefunden haben, wie es sich abgespielt hat.

Ich glaubte, alle Spuren meiner Beziehung zu Elena getilgt zu haben, aber offensichtlich habe ich mich getäuscht. Ich weiß, dass Sie mit mir sprechen wollten, um mich in die Enge zu treiben, nicht um Aufschluss zu erhalten. Im ersten Moment habe ich mir sogar überlegt, ob ich auf Sie warten soll. Aber dann habe ich mir gesagt, dass ich, wenn ich mit Ihnen spreche, die Freiheit verlieren würde, die mir zusteht. Ihr Anruf hatte den erstaunlichen Effekt, mir augenblicklich jene geistige Klarheit zurückgegeben, die ich in den vergangenen Jahren unter einem Schleier aus Hass und Rachegelüsten verloren hatte. Diese Klarheit erlaubt es mir auch, Ihnen meine Geschichte darzulegen, die ich hier zum ersten und einzigen Mal erzähle.

Ich habe Franco in Udine kennengelernt, an einem Juli-

nachmittag um 17.22 Uhr. Er betrat das Maklerbüro, in dem ich arbeitete, und ich wusste augenblicklich, dass er der Mann meines Lebens ist.

Franco unterbreitete mir unumwunden sein Anliegen, das sehr komplex war. Er suchte eine Wohnung und Räumlichkeiten für eine Schneiderei, beides möglichst in angrenzenden Gebäuden. Und das Ganze in einem Dorf in der Provinz. Er wollte sich nicht an einem touristischen Ort niederlassen, sondern in einem kleinen Dorf in der Umgebung, sodass sich der Name des Ateliers durch umsichtige Werbung und gezielt gesteuerte Mundpropaganda verbreiten konnte. Wir begannen mit der Suche. Ich beschloss, ihn überallhin zu begleiten. Wir waren tagelang mit dem Auto in den Dörfern rund um Udine unterwegs, und es dauerte zwei Monate, bis wir uns schließlich für Bellosguardo entschieden. Und in diesen zwei Monaten haben wir uns ineinander verliebt, auch wenn Franco bis zum Schluss behauptet hat, dass ich es war, die ihn verführt hat, und dass er mich nicht liebt. Aber mir entging nicht, wie er meine Beine ansah und mich zärtlich anlächelte. Er war schüchtern, daher musste ich nachhelfen.

Ich wusste, dass er verheiratet war und seine Frau irgendwo weit weg arbeitete und eines Tages zu ihm ziehen würde, aber das war mir damals ziemlich egal.

Als er die Wohnung in Bellosguardo bezog und mit der Einrichtung der Schneiderei begann, besuchte ich ihn fast täglich. Manchmal sagte er, er wolle mich nicht sehen, und gab vor, mich nicht zu begehren. Aber ich wusste, dass im Grunde auch er mich liebte.

Meine ständige Abwesenheit vom Arbeitsplatz führte zu

meiner Entlassung. Ich beschloss, nach Bellosguardo zu ziehen, um Franco nahe zu sein, und als ich ihm das sagte, hatte er keine Einwände. Ich war schwanger. Franco flehte mich an abzutreiben, aber das lehnte ich ab. Als Elena kam, seine Frau, litt ich schwere Qualen, weil wir uns jetzt sehr viel seltener sahen und wenn, dann immer nur heimlich, was für mich unerträglich war. Und so verschlechterte sich unsere Beziehung immer mehr. Ich verlangte von ihm, dass er seiner Frau alles sagte und mit mir lebte, aber zugleich war mir klar, dass Franco unfähig war, einen so harten Schnitt zu machen. Der Zufall kam uns zu Hilfe. Ich war zu einer Schwangerschaftsuntersuchung im Krankenhaus in Udine, und als ich das Wartezimmer betrat, hörte ich, wie Elena Guida aufgerufen wurde. Sie war eine schöne Frau, elegant, lächelnd. Später erfuhr ich, dass sie in medizinischer Behandlung war, um schwanger zu werden. Ich wartete am Ausgang auf sie, stellte mich als die Immobilienmaklerin vor, die Franco unterstützt hatte, und lud sie zu einem Kaffee ein. Wir saßen an einem Tischchen in der Bar, und während Elena den Zucker in ihrer Tasse umrührte, sagte ich ihr, dass ich schwanger war. Dass ich ein Kind von Franco erwartete. Sie sah mich ungläubig an, dann sprang sie auf und ging. Ich empfand eine gewisse Befriedigung bei der Vorstellung, dass von nun an ein gemeinsames Leben Elenas mit Franco nicht mehr möglich war. Als das Kind zur Welt kam, das ich Franco nannte, besuchte er mich nicht einmal. Ich schrieb ihm einen Brief, den ich in Kopie an Elena schickte und in dem ich ihn bat, wenigstens die Vaterschaft anzuerkennen. Er reagierte darauf, indem er wütend in meine Wohnung stürmte. Er war außer sich. Er beschimpfte mich und sagte, ich hätte ihn reingelegt und ich könne mir aus dem Kopf schlagen, dass er das Kind jemals anerkennen würde. Er behauptete sogar, er sei gar nicht der Vater. Danach sah ich ihn längere Zeit nicht. Franchinos Entwicklung war gestört. Er weinte ständig, schlief nie, und es ging ihm sichtlich schlecht. Ich brachte ihn zum Arzt, der meinte, das Kind leide an einer schweren genetischen Erkrankung und bräuchte eine kostspielige Behandlung. Ich wusste nicht, was ich machen sollte, meine finanziellen Mittel waren ja ohnehin knapp. Ich entschloss mich, Franco zu schreiben und ihn um Geld zu bitten. Ein paar Tage später tauchte Elena bei mir auf. Ohne mich auch nur eines Blickes zu würdigen, stürzte sie auf die Wiege mit dem Säugling zu. Sie nahm ihn in den Arm, ohne mich um Erlaubnis zu fragen. Ihr fiel sofort auf, dass er klein war, viel zu klein. Sie drückte ihn instinktiv an sich, knöpfte ihre Bluse auf und ließ ihn an ihrer Brust saugen. In Elenas Armen und an ihren Busen geschmiegt schlief der kleine Franco sofort ein. Er schlief stundenlang, so lange, bis wir uns über die Unterhaltszahlungen geeinigt hatten. Elena sagte, sie würde sich um das Kind kümmern, aber das dürfe ich ihrem Mann unter keinen Umständen sagen.

Am 17. Februar brachte ich meinen Sohn zur Behandlung ins Krankenhaus. Am 18., ich war schon zu Bett gegangen, klopfte jemand gegen Mitternacht an meiner Tür. Es war Franco. Ich ließ ihn herein. Er war völlig durcheinander, ich glaube, er hatte getrunken. Offenbar hatte er sich heftig mit Elena gestritten und wollte das Geld zurück, das sie mir ohne sein Wissen gegeben hatte. Ich spürte eine unbezähmbare Wut auf ihn. Aber ich versuchte ihn zu beruhigen, und bot ihm ein Glas Wein an, in das ich alle Schlafmittel kippte, die ich zu Hause hatte. Aber es reichte nicht, denn Franco schrie mich weiter an und warf mir vor, ich hätte sein Leben zerstört, indem ich Elena von unserer Beziehung erzählt hatte. Und er fügte hinzu, es sei meine Schuld, dass er es nicht schaffe, sie zu schwängern. Seine psychische Verfassung verschlechterte sich von Minute zu Minute, und so schlug ich ihm vor, einen Spaziergang zu machen. Ich zog mich an, und wir gingen Richtung Fluss, der nach einer langen Regenphase viel Wasser führte. Es war eine eiskalte Nacht, und zum Glück begegneten wir niemandem. Franco torkelte und drohte damit, mich ins Wasser zu werfen. Am Flussufer brach er zusammen. Und dann zeigten die Schlafmittel, die ich ihm in den Wein getan hatte, Wirkung: Er schlief ein. Ich nahm ihm den Schal ab, den er um den Hals trug, und band ihm die Hände zusammen, damit er, wenn er ins kalte Wasser eintauchte und aufwachte, nicht instinktiv anfing zu schwimmen. Franco war ein ausgezeichneter Schwimmer. Das Ufer war schlammig und rutschig, und ich gab ihm mit dem Fuß einen Schubs. Ich drehte mich um und ging nach Hause. Am Nachmittag des folgenden Tages wurde ich von den Carabinieri vernommen. Ich erzählte fast alles, verschwieg aber unseren Spaziergang. Ich sagte nur, Franco sei türenknallend weggegangen und habe damit gedroht, sich umzubringen. Offenbar half mir meine Situation als alleinstehende Mutter mit einem kranken Kind, das von seinem leiblichen Vater nicht anerkannt wurde. Die Carabinieri ließen sich überzeugen und kamen zu dem Schluss, dass es Selbstmord gewesen war. Wenige Monate nach Francos Tod verkaufte Elena die Wohnung und das

Atelier und zog nach Vigàta, versprach mir aber, uns weiter zu unterstützen. Doch mein Kind überlebte das erste Lebensjahr nicht.

Aber das hat Elena nie erfahren. Das Geld stand mir zu.

Ich schickte ihr weiter Fotos von dem kleinen Franco, in Wirklichkeit waren es Bilder eines gleichaltrigen Neffen von mir. Elena bat mich immer wieder, ihn sehen zu dürfen, aber ich sagte ihr jedes Mal, das Kind sei noch nicht so weit, die Wahrheit zu erfahren. So ging es jahrelang, bis ich vor einem Monat einen langen Brief von Elena erhielt, in dem sie mir vorschlug, ihr Franco für eine angemessene Entschädigung und eine Rente auf Lebenszeit zu überlassen. Ich hätte das Angebot gern angenommen, aber wie? Franchino lebte nicht mehr. Um Zeit zu gewinnen, schlug ich ihr vor, das Problem persönlich zu besprechen. Ich würde nach Vigàta kommen, selbstverständlich auf Elenas Kosten. Sie war einverstanden. Ich kann mir bis heute nicht erklären, warum ich ihr so etwas vorschlug. Am vereinbarten Tag flog ich nach Trapani, mietete einen Wagen und war kurz vor dem Abendessen bei Elena. Sie war anders, als ich sie in Erinnerung hatte. Sie wirkte bekümmert und war einsilbig, und wir nahmen das Abendessen fast schweigend ein. Sie erkundigte sich nicht einmal nach Neuigkeiten über Franchino. Als wir mit dem Essen fertig waren, fragte sie, ob ich sie hinunter in die Schneiderei begleiten würde. Ich folgte ihr. Wir gingen auf den großen Tisch zu, auf dem nur ein Stück Stoff und eine Schere lagen. Sie forderte mich auf, den Stoff genau zu betrachten, ich erkannte ihn sofort: Es war Francos Schal.

Als ich das aussprach, fing Elena an, mich zu beschimpfen.

Sie sagte, der Stoff sei viel zu zart und empfindlich, niemals hätte Franco sich damit die Hände zusammenbinden können, ein Ruck, und das Gewebe wäre zerrissen, und noch während sie das sagte, nahm sie den Schal in die Hand, und der Stoff zerriss.

Ich versuchte dagegenzuhalten, der Schal sei im Laufe der Jahre mürbe geworden, er habe ja auch lange im Wasser gelegen.

»Nein«, erwiderte Elena zunehmend gereizt. »Derselbe Stoff ist heute Vormittag angekommen. Ich zeige ihn dir. Du bist eine Mörderin.« Sie drehte sich zum Regal um und wollte ihn herausnehmen. Aber das Wort »Mörderin« hatte mich in die Vergangenheit zurückkatapultiert. Für einen Moment war ich wieder am Flussufer und band Franco die Hände zusammen, aber dann wurde ich mir der Gegenwart bewusst, griff nach der großen Schere auf dem Tisch und stach wutentbrannt auf Elena ein, verschonte aber ihre Brust, an der Franchino einen kurzen Moment des Friedens gefunden hatte. Ich war blutüberströmt, zog mich aus, duschte, zog ein Kleid an, das ich auf dem Bett fand, verstaute meine schmutzigen Sachen in einer Tüte und trat die Heimreise an.

Ich werde kein Geld mehr von Elena bekommen, aber ich fühle mich endlich frei.

Das ist alles.

Der Brief trug klar und deutlich die Unterschrift *Nevia Sirch.*

Obwohl sie ihn reingelegt hatte, konnte Montalbano eine gewisse Befriedigung nicht verhehlen.

Sein Gehirn hatte einwandfrei funktioniert, nur an der Geschwindigkeit hatte es gehapert.

Der Brief hatte ihm weitere Details offenbart, aber die Grundrichtung seiner Ermittlungen hatte gestimmt.

Er steckte den Brief wieder in den Umschlag und rief den Kellner. Er bezahlte den Whisky und fragte, ob es in dem Ort eine Dienststelle der Carabinieri oder ein Kommissariat gab.

Es gab eine Carabinieri-Wache.

Er ließ sich den Weg beschreiben und ging zu Fuß hin. Nachdem er sich ausgewiesen hatte, wurde er von einem Maresciallo empfangen, der ihn verwundert ansah. Es war noch nie vorgekommen, dass ein Polizeikommissar mit einem Anliegen bei den Carabinieri vorgesprochen hatte.

Montalbano erzählte ihm die ganze Geschichte, und am Ende reichte er ihm den Brief.

Er wartete, bis der Maresciallo ihn vollständig gelesen hatte, dann fragte er:

»Was werden Sie tun?«

»Es ist zu spät«, antwortete der Maresciallo. »Zu spät, um Straßensperren aufzustellen. Aber ich werde die Suche nach ihr umgehend in die Wege leiten. Geben Sie mir Ihre Mobilfunknummer.«

»Warum?«, fragte Montalbano.

»Wollen Sie denn nicht wissen, wie es ausgeht?«

Hätte er dem Maresciallo sagen können, dass ihn der Fortgang dieser Geschichte nicht mehr interessierte? Nein. Er gab ihm seine Handynummer.

Und was sollte er jetzt machen?

Sich gleich hier im Ort ein Hotel suchen? Oder sich ins

Auto setzen und in Esters Begleitung nach Triest zurück-fahren? Bellosguardo gefiel ihm, daher beschloss er, die Nacht in dem Ort zu verbringen.

In dem Hotel, das gleichfalls *Leon d'Oro* hieß, gab man ihm ein hübsches Zimmer.

Jetzt machte sich die Erschöpfung dieses langen Tages be-merkbar.

Er setzte sich in einen schönen Samtsessel und schaltete den Fernseher ein, um sich die Zeit zu vertreiben.

Knapp eine Stunde später erhielt er einen Anruf des Maresciallo. Nevia Sirch war bei einer Kontrolle angehal-ten worden, durfte aber weiterfahren, obwohl sie keine Kfz-Versicherung vorweisen konnte. Und sie war weiter-gefahren.

Montalbano ging der tröstliche Gedanke durch den Kopf, dass er nicht der Einzige war, der Fehler machte.

»Inzwischen dürfte sie in Slowenien sein«, fügte der Maresciallo hinzu.

»Warum in Slowenien?«

»Dort hat sie offenbar Verwandte. Keine Sorge, wir finden sie.«

Montalbano bedankte sich, und zwei Minuten später klin-gelte erneut sein Telefon.

Es war Livia:

»Salvo! Ich möchte, dass du herkommst, du hast es mir versprochen. Ich habe mir eine Lösung ausgedacht, die dir Zeit spart.«

»Zeit wofür, Livia?«

»Siehst du, du hast es vergessen. Wie immer. Übermorgen findet die Erneuerung des Eheversprechens statt.«

Maria, beddra matre!, rief Montalbano im Geist aus.

»Giovanna und Stefano freuen sich auf dich«, fuhr Livia fort und sprudelte weiter wie ein über die Ufer getretener Fluss, »und du wirst da sein. Ich habe schon nach den Abflugzeiten geschaut. Morgen früh nimmst du eine Maschine von Trapani nach Triest. Am Flughafen mietest du dir ein Auto, und wir treffen uns direkt in Udine.«

»In Udine?«, unterbrach Montalbano sie. »Warum in Udine?«

»Und auch das hast du vergessen. Die Erneuerung des Eheversprechens findet in Udine statt, wo ich morgen um 15 Uhr mit dem Zug aus Genua ankomme.«

Udine?

»Udine?!«, rief Montalbano überrascht.

»Ja, Salvo, wir treffen uns morgen um drei am Bahnhof in Udine.«

Endlich bekam der Commissario Gelegenheit zu seiner Rache.

»Ich bin schon da.«

»Red keinen Quatsch«, sagte Livia.

»Ich korrigiere mich«, sagte der Commissario. »Du kannst davon ausgehen, dass ich da bin.«

Livia schickte ihm einen schmatzenden Kuss, dass ihm das Ohr dröhnte und er auflegte.

Montalbano machte es sich im Sessel noch bequemer. Er war im Einklang mit sich und der Welt. Jetzt musste er nur noch irgendwo einen Maßanzug finden.

Anmerkung des Autors

Auch diesmal stehen die Personen und Situationen des Romans in keinerlei Bezug zu real existierenden Personen und Ereignissen.

Ich möchte Valentina Alferj danken, die mir geholfen hat, dieses Werk zu schreiben, und das nicht nur physisch. Sie hat auch mit ihren kreativen Ideen zu dessen Entstehung beigetragen. Mit anderen Worten: Aufgrund meiner Erblindung habe ich dieses Buch nur mit ihrer Unterstützung zustande gebracht (und ich hoffe, weitere werden folgen).

A.C.